"十三五"国家重点出版物出版规划项目

外国文学研究
核心话题系列丛书
Key Topics in Foreign
Literature Studies

● 自然·性别研究
Nature/Gender Studies

外语学科核心话题
前沿研究文库

身体

＊

The Body

张金凤 著

外语教学与研究出版社
FOREIGN LANGUAGE TEACHING AND RESEARCH PRESS
北京 BEIJING

图书在版编目（CIP）数据

身体／张金凤著. –– 北京：外语教学与研究出版社，2019.12（2024.12 重印）
（外语学科核心话题前沿研究文库. 外国文学研究核心话题系列丛书. 自然·性别研究）
ISBN 978–7–5213–1398–7

Ⅰ. ①身⋯ Ⅱ. ①张⋯ Ⅲ. ①外国文学－文学研究 Ⅳ. ①I106

中国版本图书馆 CIP 数据核字 (2019) 第 281497 号

出 版 人　王　芳
选题策划　常小玲　李会钦　段长城
项目负责　王丛琪
责任编辑　段长城
责任校对　解碧琰
装帧设计　杨林青工作室
出版发行　外语教学与研究出版社
社　　址　北京市西三环北路 19 号（100089）
网　　址　https://www.fltrp.com
印　　刷　北京九州迅驰传媒文化有限公司
开　　本　650×980　1/16
印　　张　14
版　　次　2019 年 12 月第 1 版　2024 年 12 月第 5 次印刷
书　　号　ISBN 978–7–5213–1398–7
定　　价　55.90 元

如有图书采购需求，图书内容或印刷装订等问题，侵权、盗版书籍等线索，请拨打以下电话或关注官方服务号：
客服电话：400 898 7008
官方服务号：微信搜索并关注公众号"外研社官方服务号"
外研社购书网址：https://fltrp.tmall.com

物料号：313980001

出版前言

　　随着中国特色社会主义进入新时代，国家对外开放、信息技术发展、语言产业繁荣与教育领域改革等对我国外语教育发展和外语学科建设产生了深远影响，也有力推动了我国外语学术出版事业的发展。为梳理学科发展脉络，展现前沿研究成果，外语教学与研究出版社汇聚国内外语学界各相关领域专家学者，精心策划了"外语学科核心话题前沿研究文库"（下文简称"文库"）。

　　"文库"精选语言学、应用语言学、翻译学、外国文学研究和跨文化研究五大方向共25个重要领域100余个核心话题，按一个话题一本书撰写。每本书深入探讨该话题在国内外的研究脉络、研究方法和前沿成果，精选经典研究及原创研究案例，并对未来研究趋势进行展望。"文库"在整体上具有学术性、体系性、前沿性与引领性，力求做到点面结合、经典与创新结合、国外与国内结合，既有全面的宏观视野，又有深入、细致的分析。

　　"文库"项目邀请国内外语学科各方向的众多专家学者担任总主编、子系列主编和作者，经三年协力组织与精心写作，自2018年底陆续推出。"文库"已获批"十三五"国家重点出版物出版规划项目，作为一个开放性大型书系，将在未来数年内持续出版。我们计划对这套书目进行不定期修订，使之成为外语学科的经典著作。

　　我们希望"文库"能够为外语学科及其他相关学科的研究生、教师及研究者提供有益参考，帮助读者清晰、全面地了解各核心话题的发展脉络，并有望开展更深入的研究。期待"文库"为我国外语学科研究的创新发展与成果传播作出更多积极贡献。

外语教学与研究出版社
2018年11月

目录

总序

　　外国文学研究在二十世纪的中国经历了作品译介时代、文学史研究时代和作家+作品研究时代，如果查阅申丹和王邦维总主编的《新中国60年外国文学研究》，我们就可以看到，在改革开放后的中国，特别是在九十年代以后，外国文学研究进入了文学理论研究时代。译介外国文学理论的系列丛书大量出版，如"知识分子图书馆"系列和"当代学术棱镜译丛"系列等。在大学的外国文学课堂使用较多、影响较大的教程中，中文的有朱立元主编的《当代西方文艺理论》；英文的有张中载等编的《二十世纪西方文论选读》和朱刚编著的《二十世纪西方文艺批评理论》。这些书籍所介绍的西方文学理论和批评理论，以《二十世纪西方文论选读》为例，包括俄国形式主义、新批评、原型批评、结构主义、精神分析批评、接受美学与读者反应理论、后结构主义、西方马克思主义、女权主义、后现代主义、新历史主义、后殖民主义、文化研究等等。

　　十多年之后，这些理论大多已经被我国的学者消化、吸收，并在外国文学研究领域广泛应用。有人说，外国文学研究已经离不开理论，离开了理论的批评是不专业、不深刻的印象主义式批评。这话正确与否，我们不予评论，但它至少让我们了解到理论在外国文学研究中的作用和在大多数外国文学研究者心中的分量。许多学术期刊在接受论文时，首先看它的理论，然后看它的研究方法。如果没有通过这两关，那么退稿即是自然的结果。在学位论文的评阅中，评阅专家同样也会看这两个方面，并且把它们视为论文是否合格的必要条件。这些都促成了我国外国文学研究理论时代的到来。我们应该承认，中国读者可能有理论消化不良的问题，可能有唯理论马首是瞻的问题。在某些领域，特别是在博士论文和硕士论文中，理论和概念可能会被生搬硬套地强加于作品，导致"两张皮"的问题。但是，总体上讲，理论研究时代的到来是一个进步，是一个值得我们去探索和追寻的方向。

一

如果说"应用性"是我们这套"外国文学研究核心话题系列丛书"（以下简称"丛书"）追求的目标，那么我们应该仔细考虑以下两个问题：第一，我们应该如何强化理论的运用，它的路径和方法何在？第二，我们在运用西方理论的过程中如何体现中国学者的创造性，如何体现中国学者的视角？我们先看第一个问题。十年前，当人们谈论文学理论时，最可能涉及的是某一个宏大的领域，如新历史主义、女性主义、后殖民批评等。而现在，人们更加关注的不是这些大概念，而是它们下面的小概念，或者微观概念，比如互文性、主体性、公共领域、异化、身份等等。原因是大概念往往涉及一个领域或者一个方向，它们背后往往包含许多思想和观点，在实际操作中有尾大不掉的感觉。相反，微观概念在文本解读过程中往往具有很强的操作性，在分析作品时能帮助人们看到更多的意义，帮助人们更好地理解人物、情节、情景，以及这些因素背后的历史、文化、政治、性别缘由。

在英国浪漫派诗歌研究中，这种批评的实例比比皆是。比如莫德·鲍德金（Maud Bodkin）的《诗中的原型模式：想象的心理学研究》（*Archetypal Patterns in Poetry: Psychological Studies of Imagination*）就是运用荣格（Carl Jung）的原型理论对英国诗歌传统中出现的模式、叙事结构、人物类型等进行分析。在荣格的理论中，"原型"指古代神话中出现的某些结构因素，它们已经扎根于西方的集体无意识，在从古至今的西方文学和仪式中不断出现。想象作品的原型能够唤醒沉淀在读者无意识中的原型记忆，使他们对此作品作出相应的反应。鲍德金在书中特别探讨了塞缪尔·泰勒·柯尔律治（Samuel Taylor Coleridge）的《古水手吟》（*The Rime of the Ancient Mariner*）中的"重生"和《忽必烈汗》（*Kubla Khan*）中的"天堂地狱"等叙事结构原型（Bodkin: 26-89），认为这些模式、结构、类型在诗歌作品中的出现不是偶然，而是自古以来沉淀在西方集体无意识中的原型在具体文学作品中的呈现（90-114）。同时她也认为，不但作者在创作时毫无意识地重现原型，而且这些作品对读者的吸引也与集体无意识有关，他们不由自主地对这些原型作出了反应。

在后来的著作中，使用微观概念来分析具体文学作品的趋势就更加明显。大卫·辛普森（David Simpson）的《华兹华斯的历史想象：错位的诗歌》（*Wordsworth's Historical Imagination: The Poetry of Displacement*）显然运用了西方马克思主义理论，但是它凸显的关键词是"历史"，即用社会历史视角来解读威廉·华兹华斯（William Wordsworth）。在"绪论"中，辛普森批评文学界传统上将私人领域与公共领域对立，将华兹华斯所追寻的"孤独"和"自然"划归到私人领域。实际上，他认为华氏的"孤独"有其"社会"和"历史"层面的含义（Simpson: 1-4）。辛普森使用了湖区的档案，重建了湖区的真实历史，认为这个地方并不是华兹华斯的逃避场所。在湖区，华氏理想中的农耕社会及其特有的生产方式正在消失。圈地运动改变了家庭式的小生产模式，造成一部分农民与土地分离，也造成了华兹华斯所描写的贫穷和异化。华兹华斯所描写的个人与自然的分离以及想象力的丧失，似乎都与这些社会的变化和转型有着密不可分的关系（84-89）。在具体文本分析中，历史、公共领域、生产模式、异化等概念要比笼统的马克思主义概念更加有用，更能产生分析效果。

奈杰尔·里斯克（Nigel Leask）的《英国浪漫主义作家与东方：帝国焦虑》（*British Romantic Writers and the East: Anxieties of Empire*）探讨了拜

伦（George Gordon Byron）的"东方叙事诗"中所呈现的土耳其奥斯曼帝国，雪莱（Percy Bysshe Shelley）的《阿拉斯特》（*Alastor*）和《解放了的普罗米修斯》（*Prometheus Unbound*）中所呈现的印度，以及托马斯·德·昆西（Thomas De Quincey）的《一个英国瘾君子的自白》（*Confessions of an English Opium-Eater*）中所呈现的东亚地区的形象。他所使用的理论显然是后殖民理论，但是全书建构观点的关键概念"焦虑"来自心理学。在心理分析理论中，"焦虑"常常指一种"不安""不确定""忧虑"和"混乱"的心理状态，伴随着强烈的"痛苦"和"被搅扰"的感觉。里斯克认为，拜伦等人对大英帝国在东方进行的帝国事业持有既反对又支持、时而反对时而支持的复杂心态，因此他们的态度中存在着焦虑感（Leask：2–3）。同时，他也把"焦虑"概念用于描述英国人对大英帝国征服地区的人们的态度，即他们因这些东方"他者"对欧洲自我"同一性"的威胁而焦虑。

如果我们的目标是批评实践，是用批评理论进行文本分析，那么拉曼·塞尔登（Raman Selden）的《实践理论与阅读文学》（*Practicing Theory and Reading Literature*）一书值得我们参考借鉴。该书是他先前的《当代文学理论导读》（*A Reader's Guide to Contemporary Literary Theory*）的后续作品，主要是为先前的著作所介绍的批评理论提供一些实际运用的方法和路径，或者实际操作的范例。在他的范例中，他凸显了不同理论的关键词，如关于新批评，他凸显了"张力""含混"和"矛盾态度"；关于俄国形式主义，他凸显了"陌生化"；关于结构主义，他凸显了"二元对立""叙事语法"和"隐喻与换喻"；关于后结构主义，他凸显了意义、主体、身份的"不确定性"；关于新历史主义，他凸显了主导文化的"遏制"作用；关于西方马克思主义，他凸显了"意识形态"和"狂欢"。

虽然上述系列并不全面，我们现在所使用的概念的数量和种类都可能要超过它，但是它给我们的启示是：要进行实际的批评实践，我们必须关注各个批评派别的具体操作方法，以及它们所使用的具体路径和工具。我们这套"丛书"所凸显的也是"概念"或者"核心话题"，就是为了实际操作，为了文本分析。"丛书"所撰写的"核心话题"共分5个子系列，即"传统·现代性·后现代研究""社会·历史研究""种族·后殖民研究""自然·性别研究""心理分析·伦理研究"，每个子系列选择3—5个核心的话题，分别撰写成一本书，探讨该话题在国内外的研究脉络、发展演变、经典及原创研究案例等等。通过把这些概念运用于文本分析，达到介绍该批评派别的目的，同时也希望展示这些话题在具体的文学批评中的作用。

二

中国的视角和中国学者的理论创新和超越，是长期困扰国内外国文学研究界的问题，这不是一套书或者一个人能够解决的。外国文学研究界，特别是专注外国文学理论研究的学者，也因此承受了巨大的压力。有人甚至批评说，国内研究外国文学理论的人好像有很大的学问，其实仅仅就是"二传手"或者"搬运工"，把西方的东西拿来转述一遍。国内文艺理论界普遍存在着"失语症"。这些批评应该说都有一定的道理，它警醒我们在理论建构方面不能无所作为，不能仅仅满足于译介西方的东西。但是"失语症"的原因究竟是因为我们缺少话语权，还是我们根本就没有话语？这一点值得我们思考。

我们都知道，李泽厚是较早受到西方关注的中国现当代本土文艺理论家。在美国权威的文学理论教材《诺顿文学理论与批评选集》(*The Norton Anthology of Theory and Criticism*) 第二版中，李泽厚的《美学四讲》(*Four Essays on Aesthetics*) 中的"形式层与原始积淀"("The Stratification of Form and Primitive Sedimentation")成功入选。这说明中国文艺理论在创新方面并不是没有话语，而是可能缺少话语权。概念化和理论化是新理论创立必不可少的过程，应该说老一辈学者王国维、朱光潜、钱锺书对"意境"的表述是可以概念化和理论化的；更近时期的学者叶维廉和张隆溪对道家思想在比较文学中的应用也是可以概念化和理论化的。后两者在这方面做了很多工作，但要在国际上产生影响力，可能还需要有进一步的提升，可能也需要中国的学者群体共同努力，去支持、跟进、推动、应用和发挥，以使它们产生应有的影响。

在翻译理论方面，我国的理论创新应该说早于西方。中国是翻译大国，二十世纪是我国翻译活动最活跃的时代，出现了林纾、傅雷、卞之琳、朱生豪等翻译大家，在翻译西方文学和科学著作的过程中积累了大量的经验。在中国翻译家提出"信达雅"的时候，西方的翻译理论还未有多少发展。但是西方的学术界和理论界特别擅长把思想概念化和理论化，因此有后来居上的态势。但是如果仔细审视，西方的热门翻译理论概念如"对等""归化和异化""明晰化"等等，都没有逃出"信达雅"的范畴。新理论的创立不仅需要新思想，而且还需要一个整理、归纳和升华的过程，这就是我们所说的概念化和理论化。曹顺庆教授在比较文学领域提出的"变异学"就是一个有意义的尝试，我个人认为，它有可能成为中国学者的另一个理论创新。

理论创新是一件重要而艰难的事情，最难的创新莫过于思维范式的创新，也就是托马斯·库恩（Thomas S. Kuhn）在《科学革命的结构》（*The Structure of Scientific Revolutions*）中所说的范式（paradigm）的改变。哥白尼（Nicolaus Copernicus）的"日心说"是对传统的和基督教的宇宙观的全面颠覆，达尔文（Charles Darwin）的"进化论"是对基督教的"存在的大链条"和"创世说"的全面颠覆，马克思（Karl Marx）的唯物主义是对柏拉图（Plato）以降的唯心主义的全面颠覆。这样的范式创新有可能完全推翻以前人们对世界的认识，从而建立一套新的知识体系。福柯（Michel Foucault）在《词与物：人文科学考古学》（*The Order of Things: An Archaeology of the Human Sciences*）中将"范式"称为"范型"或"型构"（épistémè），他认为这些"型构"是一个时代知识生产与话语生产的基础，也是判断这些知识和话语正确或错误的基础（Foucault: xxi–xxiii）。能够改变这种"范式"或"型构"的理论应该就是创新性足够强大的理论。

任何创新都要从整理传统和阅读前人开始，用牛顿（Isaac Newton）的话来说，就是"我之所以比别人看得远一些，是因为我站在巨人的肩膀上"。福柯曾经提出了"全景敞视主义"（panopticism）的概念，用来分析个人在权力监视下的困境，在国内的学位论文中得到比较广泛的应用，但是这个概念来自英国功利主义哲学家杰里米·边沁（Jeremy Bentham）；福柯还提出了一个"异托邦"（heterotopia）的概念，用来分析文化差异和思维模式的差异，在中国的学术界也很有知名度，但这个概念是由"乌托邦"（utopia）的概念演化而来，它的源头可以追溯到古希腊的柏拉图和十六世纪的英国作家托马斯·莫尔（Sir Thomas More）。雅克·拉康（Jacques Lacan）对"主体性"（subjectivity）的分析曾经对女性主义和文化批评产生过很大影响，但是它也是对弗洛伊德（Sigmund Freud）心理分析的改造，可以说是后结构主义语言观与弗洛伊德心理分析的巧妙结合。詹明信（Fredric Jameson）的"政治无意识"（political unconscious）概念常常被运用在西方马克思主义批评中，但是它也是对马克思和路易·阿尔都塞（Louis Althusser）的"意识形态"（ideology）理论的发展，可以说是传统的马克思主义与后结构主义和心理分析的巧妙结合。甚至文化唯物主义和新历史主义批评的两个标志性概念"颠覆"（subversion）和"遏制"（containment）也是来自别处，很有可能来自福柯、雷蒙·威廉斯（Raymond Williams）或其他马克思主义批评家。虽然对于我们的时代来说，西方文论的消化和吸收的高峰期已经结束，但对于个人来说，消化和吸收是必须经过的一个阶段。

在经济和科技领域也一样，人们也是首先学习、消化和吸收，然后再争取创新和超越，这就是所谓的"弯道超车"。高铁最初不是中国的发明，但是中国通过消化和吸收高铁技术，拓展和革新了这项技术，使我们在应用方面达到了世界前列。同样，中国将互联网技术应用延伸至电子商务、共享经济、线上支付等领域，使中国在金融创新领域走在了世界前列。这就是说，创新有多个层面、多个内涵。可以说，理论创新、方法创新、证据创新、应用创新都是创新。从0到1的创新，或者说从无到有的创新，是最艰难的创新，而从1到2或者从2到3的创新相对容易一些。

我们这套"丛书"也是从消化和吸收开始，兼具**学术性、应用性**：每一本书都是对一个核心话题的理解，既是理论阐释，也是研究方法指南。"丛书"中的每一本基本都遵循如下结构。1）概说：话题的选择理由、话题的定义（除权威解释外可以包含作者自己的阐释）、话题的当代意义。如果是跨学科话题，还需注重与其他学科理解上的区分。2）渊源与发展：梳理话题的渊源、历史、发展及变化。作者可以以历史阶段作为分期，也可以以重要思想家作为节点，对整个话题进行阐释。3）案例一：经典研究案例评析，精选1—2个已有研究案例，并加以点评分析。案例二：原创分析案例。4）选题建议、趋势展望：提供以该话题视角可能展开的研究选题，同时对该话题的研究趋势进行展望。

"丛书"还兼具**普及性**和**原创性**：作为研究性综述，"丛书"的每一本都是在一定高度上对某一核心话题的普及，同时也是对该话题的深层次理解。原创案例分析、未来研究选题的建议与展望等都具有原创性。虽然这种原创性只是应用方面的原创，但是它是理论创新的基础。"丛书"旨在增强研究生和年轻学者对核心话题的理解和应用能力，进一步扩大知识分子的学术视野。"丛书"的出版是连续性的，不指望一次性出齐，随着时间的推移，数量会逐渐上升，最终在规模上和质量上都将成为核心话题研究的必读图书，从而打造出一套外国文学研究经典。

"丛书"的话题将凸显**文学性**：为保证"丛书"成为文学研究核心话题丛书，话题主要集中在文学研究领域。如果有社会学、经济学、政治学领域话题入选，那么它们必须在文学研究领域有相当大的应用价值；对于跨学科话题，必须从文学的视角进行阐释，其原创案例对象应是文学素材。

"丛书"的子系列设置具有一定的合理性：分类常常有一定的难度，常常有难以界定的情况、跨学科的情况、跨类别的情况，但考虑到项目定位和读者期望，对"丛书"进行分类具有相当大的必要性，且要求所分类别具有一定体系，分类依据也有合理解释。

在西方，著名的劳特利奇（Routledge）出版社从二十世纪七八十年代开始陆续出版了一套名为"新声音"（New Accents）的西方文论丛书，产生过很大的影响。这个系列一直延续了三十多年，出版了大量书籍。我们这套"丛书"也希望能够以不断积累、不断摸索和创新的方式，为中国学者提供一个发展平台，让优秀的思想能够在这个平台上呈现和发展，发出中国的声音。"丛书"希望为打造中国的学术思想和学术派别、展示中国的视角和观点贡献自己的力量。

张剑

北京外国语大学

2018年10月

参考文献

Bodkin, Maud. *Archetypal Patterns in Poetry: Psychological Studies of Imagination.* London: Oxford University Press, 1934.

Foucault, Michel. *The Order of Things: An Archaeology of the Human Sciences.* New York: Vintage Books, 1970.

Leask, Nigel. *British Romantic Writers and the East: Anxieties of Empire.* Cambridge: Cambridge University Press, 1992.

Simpson, David. *Wordsworth's Historical Imagination: The Poetry of Displacement.* New York: Metheun, 1987.

前言

　　古希腊哲学家柏拉图、毕达哥拉斯（Pythagoras），基督教圣徒保罗（Saint Paul），十九世纪德国哲学家尼采（Friedrich Nietzsche）、马克思，奥地利心理分析学家弗洛伊德，二十世纪现象主义哲学家莫里斯·梅洛–庞蒂（Maurice Merleau-Ponty）、安东尼·吉登斯（Anthony Giddens）、让·鲍德里亚（Jean Baudrillard），人类学家布赖恩·特纳（Bryan Turner）、约翰·奥尼尔（John O'Neill），思想家福柯、苏珊·桑塔格（Susan Sontag），女性主义研究者朱迪斯·巴特勒（Judith Butler），诺贝尔文学奖得主托妮·莫里森（Toni Morrison），二十一世纪文学研究者安娜·科鲁格沃伊·西尔弗（Anna Krugovoy Silver）。初看到这一大串名字，我们也许会纳闷，为什么要把他们相提并论？他们之间到底有什么共同之处？答案其实只有两个字："身体"。具体说，他们中的每个人，或者发表过有关身体的见解，或者对身体问题进行过深入的研究并提出了令人瞩目的理论。

　　尼采曾提出"以身体为准绳"，梅洛–庞蒂曾断言，"世界的问题，可以从身体的问题开始"（转引自汪民安，2004：192）。身体在当代已经成为一个热门词汇。对我们每个人而言，身体都不是一个陌生的概念。从最根本的层面来看，身体指代人类或动物各生理组织构成的整体。生而为人，我们首先有一个身体，每一个人都与身体朝夕共处，正因为其熟悉度与日常性，我们反而对自己的身体熟视无睹。无论东方还是西方，都曾有过漫长的忽视身体、重视精神的历史。古希腊哲学家柏拉图明确告诫人们：“我们要接近知识只有一个办法，我们除非万不得已，得尽量不和肉体交往，不沾染肉体的情欲，保持自身的纯洁”（柏拉图：11）。而基督教的《圣经》则认为人的身体仅仅是灵魂的短暂寄居所，而且还具有原罪，需要加以抑制和克服，这样人们才能抵达灵魂的天国。而在东方传统文化中，也存在轻视身体的观念，比如“舍生取义”等说法。在之后漫长的历史中，身体愈发蜷缩在“道”“义”“德”等精神特质的背后，而身体文化，则局限于饮食文化或者不能登大雅之堂的色情文学之中。

与过去历史中身体的地位相比，在对待身体的态度方面，今天的消费社会则呈现另一番情景。按照迈克·费瑟斯通（Mike Featherstone）的观点，在消费文化中，身体被宣扬为快乐的载体。大众对于身体完美形象的追求变成了消费目标，身体几乎代表了通向生命中一切美好事物的通道。确实，人们已经把身体当作自我的重要部分加以改造和培育，而当代消费社会的文化工业几乎已经形成一个围绕身体的产业群。与此同时，在文学创作中，身体也得到了最大程度的张扬；而在社会学、哲学、人类学、文学批评等多个人文学科领域，与身体有关的理论也如雨后春笋般层出不穷。身体已不再仅仅是物质性的身体，学者们对其所承载的文化与社会性进行了热情而深入的探讨，身体的复杂性和重要性也异乎寻常地显露出来，因此，非常有必要对身体理论进行梳理和研究。

本书就在这样的背景下诞生了。最初的想法源于2016年春。当时，与我同一年从解放军外国语学院转业的同事、现于北京外国语大学英语学院任教的陈丽老师向我提及，张剑教授正在筹划“外国文学研究核心话题系列丛书”，准备组织一些专家学者分别撰写相关话题，并问我有无兴趣。我作出了肯定的回答。我觉得这是一个十分及时的出版计划。当下的外国文学研究，早已经不再是传统意义上的文学研究，其研究方法也不再拘泥于社会背景、历史要素、作家生平、主题分析、手法探讨等传统方法，文学理论的使用也再难以马克思主义理论、女权主义理论、读者接受论、新批评、叙事学等进行直截而清晰的界定，而是融入了文化研究、社会学、政治学、地理学、经济学，甚至认知学、脑科学的综合跨学科研究，外国文学研究中也出现了一些之前并未得到充分重视的话题或概念。与张剑教授取得联系之后，他告诉我正在征集核心话题，希望我能提供几个，我便提出了"身体"这一话题，张剑教授欣然认可。于是，在接下来的一段时间里，我开始研读众多理论家有关身体的论述，并充分利用2016—2017学年在英国剑桥大学当访问学者的时机，边查阅资料，边细致梳理，边总结提炼，并于2017年年底完成书稿。

按照丛书的参考体例，本书共分为五章：第一章为概说，简略论及话题缘起，界定身体概念并揭示此话题的当代意义。第二章为渊源与流变，追溯人类身体观的历史发展，分学科梳理身体理论，并考察文学与身体之间的关系。第三章为经典案例分析，从"身体热"现象之后纷纭出现的文学身体学研究中遴选两部著作，对其观点、思路与论证过程进行较为全面深入的介绍与分析。第四章为原创研究示例，为笔者从身体视角出发考察英国文学作品的两篇文章，以展示运用身体理论解读文学作品的可行方法。第五章是研究选题与趋势，总结当今文学身体学研究的热点问题，并展望未来可供进一步探索的领域，比如正在崭露头角的"白色研究"（whiteness studies）便是身体与后殖民主义理论相结合催生的成果，而身体与性别研究、身体与消费主义、身体与科技等话题都大有文章可做。这一章的主要目的有二，一是帮助读者深刻把握当下的研究趋势，二是为文学领域的研究生和年轻教师选择未来的研究方向或学术课题提供一定的借鉴。在本书的最后，专门设有推荐阅读书目，列出了与本研究密切相关的经典或前沿的中英文著作，其中大部分英文著作尚未译介到国内。希望此举能够帮助读者熟悉主题、打开思路、开阔视野。

如今书稿即将付梓，两年的心血即将面世，在倍感欣慰的同时，更衷心感谢张剑教授将撰写此书的宝贵机会给予我，让我能够以"身体"为主线，比较系统而集中地阅读、研究有关著作，并且以写作的形式为自己的读书所得进行了一个全面而深刻的记录。感谢在英国撰写书稿期间帮助我的国内外学者们，与他们的友好相处慰藉了我在异国的思乡之情，与他们的思想交锋也为我带来了创作的灵感。

本书的谬误之处，还请学界同仁批评指正！

张金凤

浙江工商大学

2019年3月

第一章 | **概说**

1.1 话题缘起

　　无论自觉与否，我们每个人都与身体朝夕相处、形影不离。"我们有身体，但在特定意义上说，我们也是身体"(特纳：61)。生而为人，每个人都囿于自己的身体。尽管人类曾一度贬损身体、压抑身体、忽视身体，但却从未能放弃身体。身体是我们寄生的皮囊，没有人能够将自我从身体中剥离开来。我们的灵魂也许可以瞬间跨越五湖四海、上天入地，我们的心智也许可以明察秋毫、运筹帷幄，我们的精神也许可以跨越千万年而不朽，但我们的身体不仅不能自由翱翔，还要受制于自然的病痛衰老并随着死亡灰飞烟灭，我们的祖先早已经深刻地领悟到了这种矛盾与无奈，否则不可能出现如"心为形役""心有余而力不足"等习语。沮丧过后，每个人总会回归我们的自身，我们的身体。没有身体，灵魂何处安放？没有身体，人类何以能诗意地栖居？我们的身体是自我与现实之间的临界点和缓冲地带，也是指向人类社会存在方式的不可或缺的路标。

　　诸多理论家都指出身体对各自研究领域的重要性：哲学家梅洛-庞蒂指出"世界的问题，可以从身体的问题开始"(转引自汪民安，2004：192)；社会学家吉登斯认为"社会生活与我们的身体之间存在着内在的、深刻的、本质性的关系"（吉登斯：182）；特纳也表明"一个社会的主要政治与个人问题都集中在身体上并通过身体得以表现"（特纳：1）；文化研究者丹尼·卡瓦拉罗（Dani Cavallaro）则明言，"尽管具有不稳定性，身体在我们对世界的解释、我们对社会身份的假设和我们对知识的获得中，扮演了一个关键性角色"（卡瓦拉罗：96–97）。此类表述不胜枚举。

而在实践范畴中，在日常生活中，身体的位置和影响则更为突出。身体被套上五彩斑斓的光环，并被纳入卫生保健学、营养学、医疗学、美容学等范畴。甚至可以说，在当今这个消费时代，身体构成了世界图景的基本单元，这是因为消费的实质其实就是身体的消费。身体的意象随时随地冲击着人们的视觉：电影电视和互联网等各种媒介中充满了选美比赛、健美比赛、体育赛事等活动的消息和图像，时装模特、演艺明星、体育偶像、社会名流等各色人物的照片比比皆是，引发着人们对其或健壮或秀美或肥胖或苗条的体型的品评和效仿——尤其是演艺界明星，一个失常的妆容，一次走眼的装扮，居然可以左右青少年粉丝们对其追捧抑或摒弃。可以说，当代人对身体，尤其对身体外观的关注和重视，超越了以往任何时代。

在这样的理论与实践背景之下，有关身体的研究也日益丰富和深刻。自然科学如医学、生理学等方面的研究自然无需赘言；而在哲学、社会学、人类学、美学、传播学、地理学、教育学、运动学、文化研究的各个领域中（如殖民主义研究、性别研究、新历史主义研究、消费主义理论等），身体也都成为一个重要命题。"人类身体已成为许多社会科学与人文学科研究的焦点"（特纳：8）。随着身体概念对社会科学和人文学科的逐步延伸与渗入，与文化史、文化研究、社会学、人类学早已经相互纠缠、相互渗透的文学研究也不可避免地受到了身体概念的冲击和影响。不过，身体堂而皇之地在社会科学和人文学科领域占据一席之地，还仅仅是最近的事，这需要归功于尼采、马克思、马克斯·韦伯（Max Weber）、梅洛–庞蒂、福柯等一大批学者的不懈努力与持续挖掘。进入二十一世纪，作为交叉学科的身体研究更是在世界范围内蓬勃兴起，如日中天，已经发展成为显学中的显学。身体学发端的欧美国家的学者自不必说，汪民安等国内学者也对身体这个话题进行了深入的研究，译介了一大批颇有影响的理论著作，这无疑推动了国内身体研究的开展。

当代身体研究的百花齐放，首先起源于身体在社会学中的兴起。学界一般认为，身体研究在社会学中的大规模发展时间是二十世纪八十年代。这表现在一大批以身体为研究对象的社会学著作在短时期之内集中问世：大卫·阿姆斯特朗（David Armstrong）的《身体的政治解剖学》（*Political Anatomy of the Body*）[1]，唐·约翰逊（Don Johnson）的《身体》（*Body*），布莱恩·特纳的《身体与社会》，奥尼尔的《身体形态：现代社会的五种身体》和《交流的身体》（*The Communicative Body*）等等。这些作品的面世标志着身体社会学（sociology of the body）研究的兴起，掀起了西方社会对身体的研究热潮。1995年，由特纳主编的刊物《身体与社会》（*Body and Society*）面世，更标志着身体社会学走向成熟。身体社会学的蓬勃发展直接促进了与身体相关的多个交叉学科的兴起，诸如身体人类学（anthropology of the body）、身体现象学（phenomenology of the body）、身体女性主义（corporeal feminism）、身体学（somatics）、身体地理学（geography of the body）、身体修辞学（rhetorics of the body）、身体叙事学（corporeal narratology）、文学身体学（literary somatics）、身体美学（somaesthetics），等等。身体研究涉足的领域可谓包罗万象，从上述令人眼花缭乱的名称中便可见一斑。2003年，克里斯·希林（Chris Shilling）在《身体与社会理论》（*The Body and Social Theory*）第二版的序言中，干脆以身体研究（body studies）来概括二十世纪八十年代以来西方哲学、社会学、人类学、文化研究、运动保健学等领域中有关身体研究的内容。这些人文学科的起源与发展，都与身体的特殊属性有关，即身体

1　该作品尚未出版中译本，中文书名为本书作者个人翻译，故括号内补充原作品名。本书此类情况参照此做法，不再特别说明。

的形式不仅仅是一个自然的、生理意义上和物质意义上的实体，它也是一个社会文化意义上的概念，"是人的灵魂的最好的图画"（维特根斯坦：279）；"尽管人的身体是由一种不容置疑的自然基质组成的，其外观、状态和活动却都是一种文化意义上的组成"（鲍德温等：268）。无论是哪个领域的身体研究，无论是以身体为主要研究对象，还是从身体这个角度重新梳理和审视某个具体领域（如文学创作和批评），都必须首先明确身体的内涵。若想探寻人类身体观的发展与变化，还需追本溯源，从头说起。

1.2　身体所指

身体研究已经成为社会科学和人文学科研究的一门显学，"身体写作"也已经成为一个颇为流行的词汇，那么，我们需要了解的是，身体到底是什么。

《汉语大词典》对身体的定义有二：首先它是人或动物的全身；其次，身体也可指代体格或体魄。《牛津英语词典》的定义是：人或者其他动物的物质材料框架或结构，该组织通常被视为一个有机的实体。由中英两种词典对身体的界定可见，物质性是身体的基本定义。不过，尽管身体是物质有机体，它同时还拥有更加丰富的社会和文化内涵。正如特纳所言，"身体是物质有机体，但也是一个隐喻：它是去掉了头和四肢的躯干，也是人（如anybody、somebody中所表现的那样）"（特纳：62）。而奥尼尔在《身体形态：现代社会的五种身体》中更是详细区分了五种类型的身体：世界身体、社会身体、政治身体、消费身体和医学身体。这些都表明，身体具有非同一般的内涵与外延。因此，我们有必要将身体与其他几个近义词进行比较，以厘清身体研究中身体的所指。

身体的一个近义词是肉体（flesh）。肉体是身体最重要的基本面，是人生存的基础。身体首先是肉体。弗洛伊德在《自我与本我》中指出，"自我首先是一个肉体的自我，它不仅在外表是一个实在物，而且它还是自身外表的设计者"（转引自列文：97）。梅洛–庞蒂也明言，"我们的经验（需要得到反映）……靠我们的肉体存在于这个世界上，靠我们的整个自我存在于真理之中"（梅洛–庞蒂，2001：148）。在通常意义上，肉体侧重的是人的生理性，尤其是性和欲望等需求，侧重人身上动物性的感官和本能，是弗洛伊德性学理论中力比多（libido）施展力量的场域。在现代社会，肉体这个词被赋予了更多色情的意味。中国二十世纪九十年代出现了一批高呼"身体写作""下半身写作"的诗人和小说家。他们追求的是一种肉体的在场感，发出诸如"诗歌从肉体开始，到肉体为止"（杨克：547），或者"不再为'经典'写作，而是一种充满快感的写作，一种从肉身出发，贴肉、切肤的写作，一种人性的、充满野蛮力量的写作"等宣言（565）。谢有顺在《文学身体学》中对这种现象进行了精辟的分析，认为这一潮流具有强烈的反抗意义，包含许多有价值的文学主张，是对长期处于统治地位的反身体、轻身体的文学传统的反拨。但是，这种矫正似乎走向了极端，它把身体简单地肉体化，忽视了身体本身的丰富性。"蔑视身体固然是对身体的遗忘，但把身体简化成肉体，同样是对身体的践踏"（谢有顺：208）。为此，谢有顺提出了文学身体学的概念："它不是灵魂的虚化，也不是肉体的崇拜，而是肉体紧紧拉住灵魂的衣角，在文字中自由地安居"（212）。国内这股将身体降格为肉体的"身体写作"潮流发端于西方后现代思想。肉体、快感与作为欲望对象的身体，正是西方后现代思想张扬的物质性身体。正如特里·伊格尔顿（Terry Eagleton）所言，在"肉体中存在反抗权力的事物"（伊格尔顿，1997：7）。后现代主义将物质性的身体当作解构现代性宏大叙事和启蒙理性、反抗权力和专制的一把利剑，伊格尔顿认为"对肉体重要性的重新发现已经成为新近的激进思想所取得的最可宝贵的成就之一"（7）。不过，正如谢有顺所担忧的那样，在理论宽容之下的肉体乌托邦，任由性和欲望在身体的名义下泛滥，实际上是新一轮的身体专制，这和政治与革命的专制一样可怕。将复杂的身体简化和窄化为肉体，是对身体话语的误读。肉体仅仅是身体的一个维度，过于强调身体的肉体性，容易造成身体概念的断裂和失衡。

身体的另一个近义词是躯体。《汉语大辞典》中躯体的第一个义项便是身体，躯体和身体的英文都可以是body，但躯体的英文还有一词soma（源于拉丁文，原义为体细胞，强调由细胞组成的身体的有机属性。此单词作为前缀构成了英文里诸多与"躯体"有关的词汇），可见躯体也更侧重生物性。在翻译过程中，这两个表述偶有互换使用的现象，尤其是当人们强调身体的生物学性质的时候，比如南帆在《躯体的牢笼》一文中对"躯体"一词的使用，就是侧重表达身体作为物质体的一面，与意志相对出现。和身体相比，躯体主要侧重生物学的概念，指代的是生理的身体，是血肉之躯，是医学解剖的对象，是自然科学和医学里的有机体，是所有动物共有的物质存在，是身体的自然存在。而身体除了生物学的一面，还有伦理、灵魂、精神和创造性的一面。在近现代众多理论家的研究和发展之后，身体更多地变成了一个社会存在，身体的概念具有了更多的社会和文化内涵。

另一个英文词corpus，也有身体和躯体的含义，但它更加侧重人或动物的尸体，在这个意义上和corpse（死去的身体）同义，这个词来源于法语单词corps（对应英语的body），而corp本身作为词缀也构成了英语中一些与身体有关的单词：如corporeality（肉体存在，形体存在）和corporeity（有形体性）等，同样都强调人的物质形体。有意思的是，在近现代身体研究逐渐走热的过程中，corpse一词也焕发新生，获得了新的隐喻含义——"没有灵魂的身体"。伊格尔顿曾说，"身体一词带给思想的首批意象之一就是一具尸体，这是笛卡尔主义传统所造成的破坏的一部分"（伊格尔顿，2000：84）。他批判笛卡尔主义的二元对立法，批判将身体与心灵、感性与理性、身体与意识截然分开的传统，在此传统之下，身体成为灵魂的监狱，被降格为没有灵魂的尸体。伊格尔顿意在将断裂的双方加以弥合，重建身体话语。

由上述比较可见，身体绝不仅仅是一种生物性的存在，它的内涵远比肉体和躯体更为丰富。生物性的身体承载着诸多思想文化建构的信息和符码，真可谓"人是文化与生物学之间永远解不开的纠结"(爱德蒙森：21)。曾有论者指出，在后现代理论中，身体这个概念变得复杂起来，意义繁多，在本质上抵制定义(特拉桑：256)。随着身体研究的深入，人们越来越意识到身体并不像传统观念所构想的那么简单，而是具有多样化的复杂面貌。希林曾如此说："实际上，我们越能控制和改变身体的界限，我们就越不确定什么构成了个体的身体以及身体自然特性是什么样的。"(Shilling：3)。

身体兼具生物性和社会文化性这一点已经成为理论家们的共识。尽管各自的表述不尽相同，国内外学者在论述身体概念时都普遍论及了身体多元复杂的文化属性，仅举几例说明。葛红兵在《身体政治》中论及"身"在汉语原始思想中有三个层面的含义：第一层面的"身"是肉体，即无规定的肉体、身躯；第二层面的"身"是躯体，它是受到内驱力(情感、潜意识)作用的躯体；第三层面的"身"是身份，它是受到外驱力(社会道德、文明意识)作用的身体。杨儒宾在其《儒学身体观》中指出传统儒家理想的身体观具备意识的身体、形躯的身体、自然气化的身体与社会的身体四义；四种身体不可分割，是同一机体的不同指称。皮埃尔·布迪厄(Pierre Bourdieu)的身体人类学认为人体表现为场所或空间，不同社会阶层的文化实践都刻写在身体之上。特纳在《身体与社会》中总结了三种身体观念：第一种把身体看作一套社会实践，按照传统人类学的观点，人类的身体需要在日常生活中经常地、系统地得以生产、维护和呈现，因此身体最好被看作拥有通过各种受社会制约的活动或实践得以实现的潜能；第二种把身体概念化为一个符号系统，把它当作社会意义或社会象征符号的载体和承担者，社会学及文化人类学者多持此观点；第三种是将人类身体阐释成代表和表现权力关系的符号系统，这在女性主义、医学和历史学中尤为突出。朱丽娅·克莉丝蒂娃(Julia Kristeva)和吕斯·伊里加雷

（Luce Irigaray）等同样反对身体只有生物学意义和自然属性的观点，认为身体是社会和文化的符号。伊丽莎白·格罗斯（Elizabeth Gross）说："身体肯定不能仅仅被认为是一个生物学的实体，而应该被视为社会的烙印、历史的记号，是心理和人际关系的重要产物"（Gross: 140）。学者们还提出了其他身体理论，如唐·伊德（Don Ihde）区分了物质身体、文化身体和技术身体，希林提出了"技术化的身体"，吉尔·路易·勒内·德勒兹（Gilles Louis René Deleuze）则提出了"无器官身体"等等。种种学说和理论都在告诉我们，身体已经成为当代文化理论的关键词，这是因为身体的形式不仅是一个自然的实体，也是一种文化概念。身体在当今社会充满了各种各样的隐喻。

但是，人类对朝夕相处的身体的认识经历了蜿蜒曲折的发展历程。总体而言，人类对身体的认识是一个不断文化化的过程。远古时期求偶、舞蹈时的身体已经具有一丝文化性；到了古希腊时代，西方则开始了对身体的贬低和压抑。毕达哥拉斯曾说，身体是灵魂的坟墓。柏拉图反复谈到灵魂问题或灵肉分离问题，并以洞穴比喻明确指出，通过被束缚在洞穴中的身体所得到的知识只能是偏见，只有摆脱身体的束缚，认识并净化灵魂，才能走出洞穴（身体），重见真理的光明。哲学家不应关心他的身体，而应尽可能地把注意力从身体引开，指向他的灵魂。他还谈到，灵魂的本质是理性，"认识你自己"就是要认识自己的灵魂，这只有通过灵魂，且只有通过灵魂理性的部分才能实现（柏拉图: 17）。古希腊时代对身体的漠视由此可见一斑。到了近代哲学那里，身体几乎被遗忘。勒内·笛卡尔（René Descartes）创立的现代理性哲学深深影响了西方思想传统。笛卡尔的"我思故我在"，将人的存在完全归结为理性的存在，将人与其身体割裂。以其著名的"视看"为例，"现在，我将双眼紧闭，充耳不闻，丧失一切感觉，甚至把一切与身体有关的事物图像从我的思想里剔除出去，或者，因为这很难完全做到，至少，我将视之为无用且谬误并不予采纳"（转引自Merleau-Ponty, 1963: 192）。这里，他的视看并非身体或者眼睛的视看，而是灵魂的视看，这使得灵魂摆脱身体成为可能，并从根本上否认了身体的合法性。身体因此便堕入了卑微的境地，沦为被轻视、贬斥的附属品。在笛卡尔看来，身体完全是一个客体，不会思考，不处于控制地位，不会选择、计划或进行简单或复杂的思考；身体好似一台机器，各个部分组合配置到一起就产生了各种感知的特性和能力。在十七世纪的约翰·洛克（John Locke）眼里，身体依然是一个客体，被明确无误地阐释为私人物品，对身体的侵犯就是对私人自然而不可剥夺的财产的侵犯。福柯在《规训与惩罚》中对身体进行了深入而广泛的讨论。他认为，在十八世纪后期，随着近代自然科学的发展，笛卡尔关于身体是由相互联结的零件组成的机器的观点逐渐从身体谱系中隐退，新的身体观逐渐形成：身体是自然的有机体，是一系列不断变化的过程。自然的身体观代替了机械的身体观，这一转变意义重大，这为人类不断拓展对自己身体的认识铺平了道路，也为十九世纪尼采、马克思等对身体的研究奠定了基础，并最终推进了身体研究的深度和广度。

身体和文化的交织意味着身体研究可以拓宽和延伸文学研究的领域，因为任何文化总需要通过文本等媒介形式得以体现。于是，社会科学研究中的身体转向也启发了文学研究中身体视角的运用，并逐步催生了文学身体理论的建构。这里我们需要明确文学研究领域的身体概念。

我们先来看看文本身体（textual body）。这个概念最早是由洛里·霍普·莱夫科维茨（Lori Hope Lefkovitz）提出来的，是人类身体以一种基本意象的存在方式呈现在特定的文本媒介或语境之中的形式。只要文本中存在着人类身体的意象，都可以看作一种身体叙述。文本身体的概念与自然身体不同，各类文本中的人体，是具有文化信息的身体。无论是视觉艺术家、文学家、批评家还是读者观众，他们在创作和解读作品时，都将特定的历史和社会语境中的文化符号以个人化的方式刻写到身体上，使之成为文本身体。文本身体是被书写和被阅读的身体。美国女性主义批评家巴特勒是一位主张文本身体的重要人物。她在《身体之重：论性别的话语界限》(*Bodies That Matter: On the Discursive Limits of Sex*)中主张外因的作用，"外因"指身体之外的话语，也指话语之外的身体（Butler，1993：8）。作为外因的话语，在身体上刻写了文化和社会的符号。

文本身体中可以区分出文学身体，后者的外延明显小于前者，仅限于文学文本中的身体。让-吕克·南茜（Jean-Luc Nancy）认为文学身体大致包括以下三种：作为虚构的身体（隐含的作者身体）、作为符号掩盖的身体（文本中的身体）、作为书写本身的身体（身体文本），这些方面都是文学研究者应该关注的领域。从当前文学研究中对身体问题的研究实践来看，学者们不约而同地主要关注以下三个视角：身体是如何在文化、文学现象或作家的创作中被体现和生成意义的，作者如何对待身体、表达身体，身体又如何叙述自己。可以说，身体几乎出现在文学作品的各个层面：人物、情节、主题、语言、修辞、动机，等等。文学中存在的有血有肉、会哭会笑、有痛苦有欢乐、有欲望有思想的身体现象，其实就是生命现象。人的身体与人同在，我们就是这身体，身体就是这生命。所以，我们这身体，在一定意义上可以指代生命、自身等等。文学就是人学，文学研究最终回归的就是人。

1.3　当代意义

身体研究在当下的意义几乎是不言自明的。如前所述，随着人类对自身身体的日益关注和重视，学界的身体热逐步升温，身体研究已经渗透进诸多社会科学和人文学科，形成五花八门的交叉学科，成为任何学者都不得不面对、不得不思考的命题之一。

自十九世纪尼采提出"以身体为准绳"以来（转引自汪民安，2004：192），哲学家和思想家便开始将身体正式纳入研究范畴。从传统来看，国外的身体研究大致可以按照学科门类分为以下几个路线：尼采创立、福柯继承并发扬了身体谱系学研究，马克思和韦伯从阶级和生产方式的切入点探讨身体，弗洛伊德的性欲说开辟了人类认识自身的新角度，梅洛－庞蒂等的身体现象学研究揭示了身体主体性，等等。

进入当代，众多理论家更是纷纷从各自的学科视野出发，从不同的视角对身体进行研究、阐释和分析。国内外的身体研究大致分为以下几个方面：一是身体人类学，以马赛尔·莫斯（Marcel Mauss）、玛丽·道格拉斯（Mary Douglas）等为代表，是他们的研究启发了特纳等学者将身体置于社会学领域进行研究；二是分析身体与社会现象的身体社会学，以特纳、吉登斯为代表；三是将身体批评置于消费时代中的消费场域，研究作为消费符号的身体，研究"身体工业"，以鲍德里亚、费瑟斯通等为代表；四是以巴特勒、苏珊·波尔多（Susan Bordo）等为代表的身体女性主义研究。除此之外，米歇尔·亨利（Michel Henry）延续了梅洛－庞蒂的现象学角度，伊格尔顿则继承了马克思的社会历史批评方法，以身体的名义建立意识形态批评话语，希林则考察了技术力量对身体和环境的影响。

与上述研究方向相比，文学与身体的关系尚属比较年轻的学科，不过近期颇有影响的研究成果频出。比如，丹尼尔·庞德（Daniel Punday）在《叙事身体：走向身体叙事学》（*Narrative Bodies: Toward a Corporeal Narratology*）中提出身体叙事学和叙事阐释学（narrative hermeneutics），试图考察身体是如何用作故事成分的；彼得·布鲁克斯（Peter Brooks）在《解读情节：叙事中的设计与意图》（*Reading for the Plot: Design and Intention in Narrative*）和《身体活：现代叙述中的欲望对象》（*Body Work: Objects of Desire in Modern Narrative*）中提出并深化了欲望的叙事动力学（narrative dynamics of desire）概念，认为作为欲望的身体推动了故事情节或叙事进程的发展；另外，谢有顺提出了文学身体学，主张好的作品应当具有鲜明的身体性，作家需忠诚于自己的身体感觉，并对身体经验进行创造性的语言处理，为此他发展了身体修辞学等概念。身体本身的意义多面性及文学身体研究也逐渐引起了众多文学研究者的重视，自从身体进入文学研究领域至今，已经产生了一些从文本内部（修辞学、叙事学领域）和外部（文学与哲学、社会文化、政治经济等跨学科领域）对文学文本进行审视的研究成果，这预示着从身体视角入手进行文学研究具有无限的可能性和巨大的潜力。

本书从当下理论界的"身体热"展开话题讨论，以身体研究的不同历史阶段为分期，以重要思想家的身体观为节点，对人类身体观的演变与发展进行追根溯源，并在此过程中打破不同学科之间的断层和分割，将哲学、人类学、文化研究、文学文艺等领域的身体观念融会贯通，进行全面总结。此外，本书还会摘选从身体视角入手的文学研究经典论著，对其进行点评分析；同时采用笔者的原创示例进行佐证，以展示身体研究的理论运用和方法。此外，本书还将提出选题建议和趋势展望，提供可能展开的研究选题，对未来的身体研究趋势进行展望。本书最后将列举进一步研究所需要的参考书目。

第二章　渊源与流变：身体观的发展阶段

　　由于身体在当代人类学、社会学以及文化研究等领域愈发重要，为了理解身体在当代社会中的定位，我们需要更准确地把握身体概念和身体认知在社会中的历史发展。人类对自身身体和身体—心灵关系的认识经历了一个曲折的过程，大致可以分为身体的失落、身体的回归、身体的狂欢三个趋势较为明显的发展进程。本章分为四节，前三节分别概述人类身体观的上述三个发展阶段，第四节"身体与文学"则专门梳理文学文本中的身体意象与呈现以及身体理论在文学研究中的应用情况。

2.1　身体的失落

　　我们每个人都拥有一个身体，在一定程度上说，我们本身也是一个身体。身体是我们与世界联系的桥梁，是我们感知外在世界的门户，是我们的心灵得以安放和寄托的物质基础。不过，在漫长的历史中，人类对自身身体的认识并非是一成不变、一帆风顺的，而是走过了一段曲折的路程。这是因为人类的身体形象、身体经验和身体知识都受限于具体的生活环境和文化形态，而且，由于身体是多维度、多层次的现象，其意义随民族与性别的不同而有所不同，也随历史和境遇的变化而变化。在这个意义上，身体是一种随社会的变革而变化的客观实体。米歇尔·费尔（Michel Feher）主编的三卷本《身体史话杂谈》（*Fragments for a History of the Human Body*）便从多角度追溯了多姿多彩的人类身体历史。他认为，身体是构成世界的原型，人类从远古时代起便以自己的身体为原型去构想宇宙的形态、社会的形态以及精神的形态，而世界各民族的创世神话都说明了这一点。

人类早期常常以自己的身体来构想神秘的宇宙和有待探索的周围世界，这就是世界上各民族的创世神话有诸多相通之处的重要原因之一。社会学家奥尼尔提出，"拟人说"是人类认识世界之初的基本反映。他认为，很久之前，人们是以自己的身体构想宇宙，并以宇宙来反映其身体的，宇宙和人体之间存在和谐性和整体性，这就是所谓的整体论身体观。他指出"拟人论对于人类而言不可或缺"，因为拟人论"在人类及其世俗制度和神圣制度的公共塑造过程中，充当着创造性的力量"，"往昔的先辈们可以通过自己的身体来思考宇宙，并通过宇宙来思考自己的身体，彼此构成一种浑然一体、比例得当的宇宙模型"（奥尼尔：15–16）。因此，他提出了"身体是一种拟人化制度"（16）。奥尼尔的这种观点其实是在乔瓦尼·巴蒂斯塔·维柯（Giovanni Battista Vico）和埃米尔·涂尔干（Émile Durkheim）等思想家的理论上总结出来的。维柯和涂尔干都认为，原始人构想世界的基础必定是其各具性别的身体和家庭。维柯曾说，"人类本性，就其和动物本性相似来说，具有这样一种特征：各种感官是他认识事物的唯一渠道"（维柯：181）。他认为原始人虽然缺乏推理能力，但是他们有敏锐的感觉力和生动的想象力，并且他们所拥有的是一种完全肉体方面的想象力，与现代文明人的心智不受各种感官的限制不同，"原始人心里还丝毫没有抽象、洗炼或精神化的痕迹，因为他们的心智还完全沉浸在感觉里，受情欲折磨着，埋葬在躯体里"（201），于是，"人在无知中就把他自己当作权衡世间一切事物的标准，在上述事例中人把自己变成整个世界了"（201）。基于前人的研究成果，奥尼尔总结说，如果人类的祖先不把周围的世界拟人化或者驯良化，他们可能早就死于对周围世界的恐惧。奥尼尔以西非道冈人为例考察了进入文明之前的人类是如何认知世界的。

无独有偶，哲学人类学家麦克尔·兰德曼（Michael Landmann）提出了类似的整体论的拟人思维学说，他指出，"在较广泛的意义上，拟人说是一种通过与人类比较而形成的对世界的理解"（兰德曼：65）。人类学家克洛德·列维–斯特劳斯（Claude Levi-Strauss）在田野考察中列举了大量原始人的行为后，总结出针对原始人思维的观点："我们称作原始的那种思维，就是以这种对秩序的要求为基础的，不过，这种对秩序的要求也是一切思维活动的基础"（列维–斯特劳斯：143）。也就是说，原始思维将看似并不相干的东西联系在一起。原始人类相信自然是有序的，一切神圣物在大自然系统中都各自占有一定的地位。因此，原始人类中普遍存在一种维护宇宙秩序的思维方式。

原始人类依靠感性高度发达的身体来感受世界，他们感受到的世间万物及现象都是身体感觉的生命投影。无论以上哪一种观点，均认为文明起源之初，人类持有的是一种以身体为工具进行度量和模拟世界的原始思维，即"身体"的思维。人类自身的身体成为人与自然环境之间的中介，身体既是人类活动的载体，也是人类活动的目的。对于原始人类而言，身体是存在的目的与存在的手段的统一。简言之，身体对于原始人类来说就是一切。基于此，身体成为原始人类的思维之源，身体的行为就是人类初始的思维呈现。通过"身体"思维，人与动物的界限开始清晰了。动物以自己为中心，而人不仅根据自己（或身体）为世界定向，而且也通过世界重新给自己（或身体）定向：人类在用身体想象和度量世界的同时，自己反过来也被客观化。在动物只有由自然提供的主观世界时，人类却有客观世界。人类逐步把客观世界凝聚为由自己构筑的主观世界。于是，在文明起步伊始，人类凭借自身身体作为确定无疑的"一"而成为万物之灵。

随着人类走出童年期，对周围世界和自身认识逐渐深入和复杂化，其主观世界开始建构，在身心关系的问题上，人类身体的失落过程也逐渐开始了。原始人类朴素的身体逐渐让位于作为客体对象存在的身体，身体成为肉体，并逐渐成为心灵审视的对象，身体不再被视为人的全部存在，人被分裂为灵魂与肉体，并且取代身体的肉体成为易朽易腐的物质存在，而灵魂成为永不逝去的根本存在；身体不再被视为与世界同源同构的自然之物，灵魂则被认为是"万物的尺度"，是主宰世界的理性主体。

以西方为例，从古希腊哲学时期到近代笛卡尔时期，身体一直被迫与主体分离并沦为仅仅具有工具意义的物性存在，从而确立了扬心抑身的理性传统，这种情况直至近代才有所改变。简言之，自古希腊至十九世纪中叶，在西方的理性传统下，人们的身心观基本是分裂的，是二元对立的：灵魂／心灵长期占据主体地位，而身体则是被忽视、被贬损和被压抑的，它存在于心灵／上帝／灵魂／理性的阴影之下，甚至经常是缺失的。

早在西方哲学诞生以前，称道肉体与灵魂的和谐曾是古希腊人的社会风尚。他们以众神为理想目标，颂扬自然迸发的美感，追求形体的迷人魅力，展示身体的完美与丰盈，赋予肉体以尊严、美与活力。"对于古雅典人来说，展示自己的身体就是肯定自己身为市民的尊严"（胡塞尔：459）。不过，随着早期希腊哲学的兴起，精神掌控身体的思想即已萌芽。几乎从人类有史以来的第一个哲学流派米利都学派（Milesian School）开始，古希腊思想家们就将灵魂当作充盈于宇宙万物中的主导性力量，视身体为其辅佐者（Aristotle：132）。比如，最早期的哲学家泰勒斯（Thales）认为世界拥有统治性的灵魂，而万物都可能拥有灵魂，空间"涵括所有事物"（Barnes：15）。

毕达哥拉斯更是明确表示，身体是灵魂的坟墓，灵魂"进入"身体，被身体"囚禁"，最终将从身体中获得"解放"（James：54）。在他这里，灵魂因运动而不朽的观念已经出现，身体开始被视为灵魂的容器（Barnes：37）。之后的赫拉克利特（Heraclitus）也接受了这种重视灵魂的身心观："如果人们拥有的不是善解的灵魂，眼睛和耳朵就是无力的证明"（转引自Barnes：69）。德谟克利特（Democritus）也重申：灵魂与心智同一。因此，"人最好听从他们的灵魂而不是身体；完善的灵魂会修正身体之恶，但离开了理性的身体力量却对灵魂无益"（Barnes：230）。

柏拉图更是反复谈及灵魂问题或者灵肉分离问题。他断言："倾向于身体的事物没有倾向于心灵的事物真实"（Plato：41）。他通过著名的洞穴比喻明确指出，物质就像火光映在墙上的影子，是无常而充满幻觉的。我们栖息在洞穴之中，我们的肉体同样也是物质的，充满幻觉的，真实的事物是在洞穴之外。物质的观念在物质之前就已经存在且更为完美。因此，物质本身是理念的一种贬低了的、不完美的版本。身体对灵魂来说就是背叛和监牢，灵魂不仅独立于身体之外，而且在等级上优先于肉体。在柏拉图看来，通过被束缚在洞穴中的身体所得到的知识只能是偏见；身体是不具有理解力的事物，只有摆脱身体的束缚，认识并净化灵魂，才能走出洞穴（身体），重见真理的光明。因此，哲学家不应该关心他的身体，而应尽可能地把注意力从身体上引开，指向他的灵魂。柏拉图思想中最重要的核心概念"理念"的本质，就在于与具体事物的分离，而这个分离最初是从灵魂和肉体的分离中有逻辑地推论出来的。只有远离模糊的感觉，远离肉体的干扰，进行纯粹的思考，才能重现真理，得到真正的知识。柏拉图在其对话录《斐多》中指出："身体给了我们爱、欲望、恐惧等各种不真实的东西，其结果是我们几乎从来没有机会对各种事物进行思考……事实似乎是，只要我们活着，就要尽可能地避免同身体的接触与联系，除非绝对的必要。这样我们才能不断地、最大程度地接近知识"（转引自Hamilton & Cairns：49）。在柏拉图的理念世界里，灵魂面对身体享有巨大的优越感。身体的需求和激情，妨碍了作为善和灵魂的理念的和谐。对他而言，"带着肉体去探索任何事物，灵魂显然是要上当的"（柏拉图：15），纯净和精炼的思想才是真正知识的起源。之后的斯多葛学派更是反对肉体的欢愉，以求实现更崇高的精神理想。

由此可见，古希腊哲学家们的观点和表述尽管有所不同，但在他们眼中，身体往往都是通往智慧、真理、正义和美德的障碍，"充满欲望、本能、烦恼、疾病、恐惧、冲动和不安情绪的身体总是不停地在打扰或破坏灵魂的思考和宁静"（张之沧：448–449）。灵肉之分在这里已经开始了。从此，灵魂和身体的这一对立关系在哲学传统中以各种各样的改写形式继续流传。正如论者所言，"关于肉体和灵论的二元论的学说，关于灵魂渴望脱离尘世牢狱进入它的来世家园的学说，关于来世中理性占据支配地位而灵魂也应依靠理性去克服肉体带来的欲望的学说，这一切都不可磨灭地镌刻在继之而来的人类的自我理解中"（兰德曼：35）。唯灵论铸造了西方思维的根基，而身体在哲学史中开始逐渐陷入漫漫长夜。

至基督教产生，灵魂仍被当作"世间所有生命的第一原理"，肉体则依旧被置于从属地位（Aquinas：683）。基督教将身体视为灵魂的短暂寄居所，虽然并非完全不重要，但最终是要被否定之物。可以说，在逐渐确立起来的基督教传统认识中，一切物质运动都源于物质之外。灵魂是物质运动的起因，上帝创造了灵魂，运动的物体首先由上帝来推动。在此背景下，上帝给予的灵魂和必死的、贪婪的、有罪的肉欲之间的区分重新得到描绘。比如，圣·保罗（Saint Paul）关于灵与肉的区分，以及圣·奥勒留·奥古斯丁（Saint Aurelius Augustinus）有关上帝之城（由按照灵性生活的上帝选民组成）和世俗之城（由按照肉体生活的人组成）之对立的论证，便是对柏拉图主义的灵魂与身体区分的隐秘转换。在奥古斯丁背后，可见柏拉图等希腊哲学家们开启的灵肉二分、扬心抑身的主张越来越深入基督教之中，借着圣灵的启导，净化灵魂以挣脱污浊、罪恶的肉体的拯救论，成为了基督教思想的主流。其后果就是，到了漫长的教会控制思想的中世纪，古希腊传统中锻炼身体的习惯和对裸体的爱好逐渐消失了，身体被隐蔽在复杂的衣着和华丽的装饰之下。漫长的教会历史也是一部漫长的身体沉默史：教会倡导克己、祈祷、独身、斋戒、甘于贫困等，以控制身体，扑灭身体的能量；有些极端的教派更是大力提倡苦行、苦修，以戕害身体来健全心灵。比如，苦行者身穿粗麻或者马毛衬衣，有的甚至在大腿上绑上带有尖刺的苦修带，每当活动的时候，倒刺便扎在皮肉里，带来剧痛。灭绝人欲，这样才能更接近上帝——这一身体受苦的主题来自耶稣基督被钉十字架的启示。苦行派认为，物质生活的完全精简，肉体感受的尽量麋钝，能为苦行者的精神活动开辟新的视野。再比如，欧洲黑死病流行期间，宗教中的鞭挞派（鞭身教派）应运而生。教徒们身披荆棘，鞭挞自己的身体，即是以对身体的惩罚，以先行的自我惩罚来替代疾病对身体的惩罚，同时也可以理解为是以身体的受虐来为灵魂赎罪。可以说，在漫长的中世纪，随着基督教作为一种文化力量在政治上变得越来越重要，对身体所持的禁欲态度也越来越明确。身体被界定为邪恶的东西，实际上，这时候的身体已经完全被等同于肉体，人的身体与动物性愈发紧密地联系起来。于是，灵魂愈发成为主宰。难以驾驭的、充满激情的肉体需要以饮食控制、静坐冥思和宗教苦修来训诫，身体被冷落、压制、贬抑和漠视，陷入沉默状态，只能作为一种工具性机器而存在。正如艺术史家伊波利特·阿道尔夫·丹纳（Hippolyte Adolphe Taine）所言，"禁欲主义开始传布，跟着来的是颓废的幻想，空洞的争论，……关于人体的知识与研究逐渐被禁止。人体看不见了"（丹纳：15）。

十四世纪末，文艺复兴的曙光来临。随着古典语言、文学、艺术、历史、科学文本的重新发现，肯定现世生活和个体尊严的人文主义重新兴起，哲学与科学联手取代了上帝的权威，人性取代了神性，身体获得了短暂而热情的赞美。作为肯定现世生活的社会思潮和实践，文艺复兴必然或多或少地肯定感性的肉身。然而，哲学和科学此刻的主要目标是要摧毁神学，而非完全解放身体，灵魂依然是第一主体。因此，从一定意义上说，虽然身体走出了神学的禁锢，但文艺复兴只是身体获得重新评估的序曲，并没有使身体获得哲学实质而长久的关照，更不可能使其获得激情洋溢的解放。

文艺复兴后期新兴的物理学使人们对自然逐渐采取了机械论的观点，这使得十七世纪之前人们普遍将灵魂视为"生物体中无所不在的生命因素"的传统看法受到挑战，加之由于人类在追求知识的过程中，主要依赖的是意识、心灵和理性的推算，而非"盲目的"身体，哲学"在身体和灵魂之上又编造出一个以理性思维和辩证法为主要特征的主体，使身体继续陷入人类历史的无尽黑暗之中"（张之沧：450）。这个理性传统的奠基人就是被誉为"现代哲学之父"的笛卡尔。根据吉纳维芙·劳埃德（Genevieve Lloyd）的看法，笛卡尔从柏拉图那里获得了一些灵感。比如，柏拉图理想化地认为，纯正和精炼的思想是真正知识的起源，主张在追求知识和真理的过程中，对身体避而远之，不受身体之惑（Lloyd：47）。笛卡尔同样关注知识的起源问题，关注身体与精神的关系问题，他在多部著作中对身体问题进行了探讨：如《论世界》的第二部分"论人"、《谈谈方法》的第五部分、《哲学原理》的第四部分"人类身体描述"以及《论灵魂的激情》等等，这些文本都是对身体作生理学或心理学上的科学研究，足见其对身体问题的关注与重视。在《第一哲学沉思集》中，他更为集中地从认识论和本体论结合的高度讨论身体问题，这种讨论在《沉思集》的普遍怀疑中占有很重要的位置。他对身体的讨论以身体的存在问题为主线，开始于我们最熟悉的身体，围绕着身体的确定性问题展开而达至整个世界。通过层层递进的思考，笛卡尔发现了身体及其感觉的不可靠性。于是，他努力建立起一种不依赖身体感官的新思维方式。笛卡尔提出："我要认为天、空气、地、颜色、形状、声音以及我们所看到的一切外界事物都不过是它用来骗取我轻信的一些假象和骗局。我要把我自己看成是本来就没有手，没有眼睛，没有肉，没有血，什么感官都没有，而却错误地相信我有这些东西"（笛卡尔：20）。笛卡尔试图告诉我们的正是确定性不能来自于我们的身体。可以说，笛卡尔展开了一场普遍怀疑，他怀疑一切，甚至否认自己存在的确定性，"我可以想象我没有身体，不在世界之中，也不占据任何空间，但我丝毫也不能想象我不存在"（转引自汪民安、陈永国，2003：175）。可见，他将自我的存在局限为纯粹的思维之物，而身体只是理性思维认识、规范和利用的对象，是纯粹的物理性的存在。

笛卡尔对整个形体世界持一种机械论的态度，对人的身体同样如此：

"我把人的肉体看成是由骨骼、神经、筋肉、血管、血液和皮肤组成的一架机器一样，即使里边没有精神，也并不妨碍它(用)跟现在完全一样的方式来动作"(笛卡尔：88—89)。在笛卡尔看来，构成世界的是两种实体：物质实体和心灵实体。物质的属性是"广延"，心灵的属性是"思"。这两种实体具有绝对的区别，无论在哪一个层面，对立的双方都不能还原为另一方。"人的精神或灵魂与肉体是完全不同的"(90)，"在肉体的概念里面不包括任何属于精神的东西；反过来，在精神的概念里面不包括任何属于肉体的东西"(228)。身体是感性、偶然性、不确定性、错觉和幻想的代表，而心灵则是理性、稳定性、确切性和真理的代表。身体的感知能力是无足轻重的，只有心灵的能力才能揭开知识与真理的秘密。笛卡尔指出，只有物质实体可以被看作自然的一部分，由自然法则所管理：身体作为"由骨骼、神经、筋肉、血管、血液和皮肤组成的一架机器"(88)，根据因果法则和自然法则起作用；而精神、灵魂或意识在自然世界中没有任何位置。当笛卡尔将灵魂从自然中排除、将意识从世界中撤离时，他已经成功地将心灵置于自然(包括身体的自然)之上，将主体范畴限定在心灵或意识之中。

笛卡尔创立的现代理性哲学深深影响了西方思想传统。以其著名的视看为例，"现在，我将双眼紧闭，充耳不闻，丧失一切感觉，甚至把一切与身体有关的事物图像从我的思想里剔除出去，或者，因为这很难完全做到，至少，我将视之为无用且谬误并不予采纳"(转引自 Merleau-Ponty, 1963：192)。这里，笛卡尔的视看并非身体或者眼睛的视看，而是灵魂的视看，这使得灵魂摆脱身体成为可能。这段话可谓机械认识论的宣言，将人和其身体的区别合理化。他强调身体和心灵的彼此独立性，这进一步巩固了西方传统中身心二分的观点，从"身心对立"的认识论立场将自我确认为纯粹的思想之所在，从根本上否认了身体的合法性。当身体和灵魂被彻底分开，"严格来说，我只是一个在思维的东西，也就是说是一个精神，一个理智，或者说一个理性"(笛卡尔：26)。就是通过这样的论证，笛卡尔推导出了他著名的论断"我思故我在",意思是"思考的我(I as the thinking being)是我(the subject)的第一真实所在"(笛卡尔:27)。身体属于"我","我"是超越于身体之上的东西,是一个思想的主体,身体不过是这个主体的附属物。那么这个作为主体的"我"到底是什么呢?笛卡尔认为,我首先是一个思维。他说:"我究竟是什么呢?是一个在思维的东西。而什么是一个在思维的东西呢?那就是说,一个在怀疑,在领会,在肯定,在否定,在愿意,也在想象,在感觉的东西"(27)。简单来说,"我思"就是一个意识的活动,而笛卡尔肯定的是这种意识活动自身。思想是"我"的一种本质属性,"我"思想多久,就存在多久,"我"只要一停止思想,自身也就不复存在了。笛卡尔把思维的"我"确立为哲学的绝对起点,表现了近代哲学中自我意识的觉醒。"我思故我在"是笛卡尔哲学的第一原理,他正是以此为根基建构起整个形而上学体系的。

当代法国学者大卫·勒布雷东(David Le Breton)这样批评道:"笛卡尔……将人及其身体割裂,使身体成为独立的实体,沦为被轻视、贬斥的附属品"(勒布雷东:79)。确实,笛卡尔认为人是心灵,人的身体是机器,身体是一部自动机,其本身的运行与灵魂无关。人之为人在于其心灵或纯粹意识,而心灵拥有一个身体并驾驭身体。心灵与身体的关系就如同舵手与船的关系,这意味着"我拥有一个身体"。也就是说,作为主体的我或心灵与身体的关系,就如同拥有某种物品、支配某种物品一样。在理性和"我思"至上的笛卡尔那里,身体,因其非理性和偶然性,被置于一个无关紧要的位置。人和动物的身体都是机器,是受物理定律支配的,是缺乏情感和意识的自动机,但人之为人的根本就在于有一个心灵,一个以思维为其属性的实体。

笛卡尔及其后继者坚持身心之二分,断定心灵或良心是人之为人的根本,这种倾向是对古希腊以降的西方哲学传统的继承,身体在这种区分中被纳入对象或客体的领域,心灵作为"自然之光"对导致"自然倾向"的身体拥有毫无争议的优先地位。自此,二元论更加牢固地占据了人类的思维模式。这个二元划分的传统将人类的存在划分为两个基本的、对立的领域：身体的(或物质的)存在和精神的(或心灵的)存在。其中人类思维被赋予了一个超越并掌管包括人类身体在内的自然世界的地位。

既然笛卡尔暗示了精神与肉体的绝对差异与彻底分离，他又如何解释思想与身体之间的合并？因为谁都无法否认，实际上，人们的身体与思想/心灵是不可能如此截然分开的，他自己也无法摆脱身体无时不在的存在和影响。他非常清楚，我们都有一个肉体，当我们感觉痛苦的时候它就不舒服，当我们感觉饿或渴的时候它就需要吃和喝，这些都应该是真实存在的感觉。这些痛、饿、渴的感觉告诉我们，我们不仅住在自己的肉体里，像一个舵手住在他的船上一样，除此之外，我们还和自己的肉体非常紧密地连接在一起，融合、掺混得像一个整体一样地同它结合在一起。因为，假如不是这样，那么当我们的肉体受了伤的时候，我们这个仅仅是一个在思维的自我，就不会因此感觉到疼痛，而只会用理智去觉知这个伤。于是，为了说明精神与肉体相结合并相互作用，笛卡尔提出了他的"松果腺"理论。他以某种方式在我们的头部找到了灵魂/精神的定位点，并认为灵魂和身体互相作用之处就是大脑中的这个松果腺：虽然灵魂与整个身体相结合，然而在身体之中的某一部分，灵魂在那里比在任何部分更显著地发挥它的功能，这就是大脑最里面的那一部分，一个以某种方式悬于脑管之上的腺体。可见，"这个松果腺被设想为某个既是物质又是精神的结合点。笛卡尔似乎认定松果腺可以统一身心，这其实是一种自欺欺人，或者，是一种逃避，他并没有去真正考虑身心统一"(杨大春，2007：131)。在如今看来，笛卡尔的这个关于大脑功能的见解，当然经不住丝毫生理学和医学的检验，不过，这个理论恰巧揭示了他身心二元论中的内在悖论。而之后的哲学家，就以这个悖论，或曰二元论的困境为突破口，将人类的身体观推向新的发展阶段。正如杨大春所言，笛卡尔的身心理论包含着自我矛盾性，但依然坚持二分："始终包含着理性与感性、心灵与身体的张力；包含着许多暧昧含混的看法，而这些都被法国现象学利用了"(131)。

　　尽管存在疑惑，也有困境和漏洞，笛卡尔关于存在的二元划分，依然是其理论中最突出也是最重要的部分。它不仅标志着自柏拉图以来将精神从身体中分离出来这一任务的完成，而且标志着人类主体与身体分离、身体被纳入客体范畴的开端。笛卡尔以其对身体和灵魂的严格二分，为生物医学的理论和实践奠定了基础：在清除了身体中灵魂的残余之后，也放开了科学家的手脚，使他们把身体完全当成一种物质性的事物来考察，从而促进了人类科学史上实验生物学的发展。比如，十七世纪医学，尤其是解剖学的逐步发展，便可以说是基于身体与灵魂二分这个根深蒂固的观念。在解剖中，身体被置于游离状态，与人分离开来，作为独立的实体成为研究的对象。而这种做法的基础无非是将身体视为机器一般的存在。尽管十六世纪初的列奥纳多·达·芬奇（Leonardo da Vinci）就曾表达过身体如机器的看法，但这个看法真正深入人心却是在一个世纪之后，即在笛卡尔"我思"哲学的影响日深之后。达·芬奇曾说，"哦！我们的身体好像一台机器，埋头研究摆弄它的你，通过别人的死才能了解它，但不要因此而伤心难过。我们的造物主以无上的智慧创造出这样卓越的用具，你应该为此感到欣喜"（转引自勒布雷东：56）。身体，或者说人作为整体，成了一台机器。"我思"学派便是这一观点的终极代言人，他们将人视为一个心灵驱动下的机器人。笛卡尔曾坦承，"我把身体看作一个由轮子和摆构成的钟表"，"任何物体都是机器，由上帝工匠所制造的机器设计最为优秀，但并不因此就不是机器了。单就身体而言，人制造的机器和上帝制造的生命体之间没有任何原则上的区别。唯一的区别仅在于其完善与复杂程度上"（89—90）。一个世纪后，朱利安·奥夫鲁瓦·德·拉梅特里（Julien Offray de La Mettrie）以著名的《人是机器》一书，最终明确地将身体转入机械模式："人只是一种动物，或拼合在一起的弹簧，他们彼此环环相扣，让人们找不出自然和人类圈的接点"（90），而心灵就是这一套体系中的一个齿轮。诚然，笛卡尔"我思"的观点在他生活的时代具有非常积极的意义：它切断了思维同身体的联系，减少了认识过程对身体的依赖，这对于弘扬人类理性，抵消宗教神性的影响大有裨益。不过，虽然他将身体与精神隔离的观点对人类医学和生理学的发展起到了毋庸置疑的推动作用，笛卡尔的二分法，尤其是其将精神置于肉体之上的观点，却在一定程度上维护了一种实际上以上帝为中心的、精神凌驾于事物之上的等级制度。正如杨大春所言，笛卡尔的思想无疑具有两面性和自相矛盾性，而"这种两面性，自相矛盾性，也正是后来哲学家有关身体理论得以发展的出发点"，成为了"后来的谈论身体的法国哲学家，尤其是马塞尔和梅洛-庞蒂的极好的资源"（杨大春，2007：131）。

笛卡尔生活在欧洲思想大变革的时代，新的科学成果和新的解释方法对笛卡尔的思想及其研究兴趣产生了巨大的影响，他的身心二元论思想又反作用于当时的科学研究，并进一步影响了此后几个世纪里人们对于身心关系的认识。他第一次将人的理性抬升到至高无上的地位：理性既是获得真理和知识的出发点，也是检验知识真理性的标准。他的理性主义认识论，扎根于身心隔离的二元对立：重心灵轻身体，重精神轻物质，重理性轻感性。自此，身体成为包括医学在内的自然科学的主题，而心灵成为人文学科或者文化科学的主题。扬心抑身的传统在接下来的两个多世纪里发展成为占据主宰地位的人类认识论，在这样的氛围之下，身体更加隐晦地藏匿在灵魂、上帝、理性等的阴影里，退缩至屈从的地位，堕入卑微的境地。其后果就是，人的身体，虽然有某些重要的例外，但无论是在社会研究还是社会理论中都不受重视，身体在社会思想中遗失和缺席了。

到十八世纪，笛卡尔开创的理性主义的影响达到了前所未有的广度和深度，理性思维更加深入人心，人类社会进入了理性化时代。理性主义精神带来了轰轰烈烈的启蒙运动，开拓了新的知识领域，扩大了人类生活的境界，极大地改变了人类的物质生活世界。不过，从另一方面来讲，它也将理性和人类理性精神推到了极致，甚至达到了"理性崇拜"的地步。在这种思潮的引导下，人类对于身体的态度不可能发生什么根本的变化，身体依然是被忽视、被贬损的对象，无法与高高在上的心智相提并论；而身体及其功能，自然也更是难以登上严肃文学作品和体面社交话题的大雅之堂。身心本就是一个相依相偎的统一体，这种忽略乃至遮蔽身体的话语谱系，无疑具有内在的矛盾性，而这种矛盾性为十九世纪中期身体的逐步回归埋下了伏笔。

在哲学层面上，生活于十八世纪末、十九世纪初的德国哲学家黑格尔通常被视为唯心主义运动顶峰时期的代表人物。一般认为，在他那里，人的意识向绝对精神发展，人被抽象为意识和精神，人的历史也被抽象为意识和精神的历史。在他那里，理性已经成为超脱于肉体之外，能够自主运动、自主发展和自我实现的绝对精神。在他的绝对精神体系内，是没有身体的地位的。实际上，黑格尔并没有许多专门针对身心关系的论述，不过，在其第一部系统阐述其哲学观点的纲领性巨著《精神现象学》中，他提出了以意识、精神为核心的哲学术语，奠定了其关于精神的哲学基础。此书的主题就是描述人类意识自身从最初的感性知识向科学发展的历程，即哲学知识的形成过程。尽管黑格尔并没有直接论述身体，但其充满辩证法的观点中却隐隐透露出其身体观的一丝倾向。比如说，他指出，认识始于感官知觉，感官知觉中只有对客体的意识。然后，通过对感觉的怀疑批判，认识成为纯主体的。最后，它达到自认识阶段，在此阶段主体和客体便不再有区别。这里主体与客体之间的统一，在某种程度上便是黑格尔对对立的二分法的怀疑和纠正。在他看来，现代世界的标志，是建立在主客二分基础上的一系列二元分裂：人与自然、人文与自然、精神与物质，等等。不仅世界是分裂的，人本身也是分裂的：作为主体（意识）的人和作为客体（肉体）的人、作为认识者的人和作为行动者的人存在着分裂；人的能力同样是分裂的：感性与理性、信仰与知识、想象力和判断力、审美与认识、实践和理论等；人的生活同样是分裂的：私人生活与公共生活是两个泾渭分明的领域。总之，古代世界观和生活的那种统一的整体性消失了。这就是黑格尔对现代性问题的基本诊断，虽然他依然坚持绝对精神的道路，但这种对分裂的批判却为人类认识论的发展开辟了另一条道路。黑格尔的时代，是现代性原则最终确立成型的时代。启蒙运动与法国大革命标志着一个前所未有的历史时代，现代性开始全面改写人类的历史。黑格尔对此历史巨变有着无比清晰的认知："我们这个时代是一个新时期的降生和过渡的时代。人的精神已经跟他旧日的生活与观念世界决裂，正使旧日的一切葬入于过去而着手进行他的自我改造"（黑格尔：7）。同理，在对身心关系的认识上，人类也将迎来一个新的发展阶段。接下来，从十九世纪中叶的尼采等哲学家那里开始，身体将进行全面的回归和反攻。

2.2　身体的回归

实际上，从古希腊哲学家眼中的身心逐渐分离开始，直到十九世纪身体回归并大举反攻之间的漫长岁月里，在民间的传统实践中，身体也并没有完全被意识所遮蔽。比如，即使在身心分离、扬心抑身倾向颇为严重的中世纪末期，在民间传统和实践中，在狂欢化的民间节日中，身体依然是一个重要的元素，有时甚至成为焦点。许多论者都曾论及中世纪狂欢节上身体的突出地位，其中最具影响力的无疑是俄国文艺理论家米哈伊尔·巴赫金（Mikhail Bakhtin）。巴赫金最重要的理论之一就是其有关狂欢以及狂欢节上的笑文化的观点，其简述如下：民间狂欢节是没有边界的，不受限制，全民都可参加，统治者也在其中，所有的人都参与其中。人这时回到自身，解去了种种束缚，异化消失，乌托邦的理想与现实暂时融为一体，这就是人与人的不分彼此，相互平等，不拘形迹，自由来往。这形成了一种人的存在形态，一种"狂欢节的世界感受"。狂欢节的笑是全民的笑，普天同庆的笑，是狂欢化式的"世界感受"。在某种程度上，巴赫金向往着这种自由的感受、交往与对话。这时的人具有了自己独立自主的思维，享受到一种自由的感觉。巴赫金说："一切有文化之人莫不有一种向往：接近人群，打入群众，与之结合，融合于其间。不单是同人们，是同民众人群、同广场上的人群进入特别的亲昵交往之中，不要有任何距离、等级和规范，这是进入巨大的躯体"（巴赫金，1988：354）。在这样的民间狂欢节上，人们的身体无疑成为主角，这些身体摩肩接踵，同时处于一种高度兴奋的癫狂状态。借助狂欢，自我的躯体得到欢愉，并与他人实现了远古群居时生而平等的最原始的和谐状态。在《拉伯雷的创作和中世纪与文艺复兴时期的民间文化》一书中，巴赫金以十六世纪法国小说家弗朗索瓦·拉伯雷（François Rabelais）的作品《巨人传》为案例，详尽而令人信服地分析了其中民间化和狂欢化的身体形象。法国哲学家勒布雷东在《人类身体史与现代性》中重申了狂欢节笑声的意义，他认为大众的笑集中反映了嘲笑声中躁动不安的身体那狂欢荒诞的本质，这个身体不同于人本身，它毫无节制，超出了大自然、群众和世界的局限。狂欢节期间的身体成为了人和人之间的桥梁。"狂欢节规定了逾越法则的尺度，使人们在通常状态下受压抑的冲动得以释放"（勒布雷东：39）。

狂欢节期间的身体既是怪诞的身体、尚未与人的主体相互分离的身体，也是人与人之间的桥梁和连接。这样的身体生机勃勃，"与周遭世界之间没有明显的界限，既不属于封闭的已完成状态，也不是现成品，而是一种自我超越，不断突破自己的局限。焦点被放在身体的各个部位，身体借由他们或向周遭世界开放，或在世界中向其自身开放"（巴赫金，1998：35）。由于下文"身体与文学"一节还将对巴赫金这部影响深远的文本与身体之间关系的批评之作进行分析，此处便不再赘述；但无论如何，通过他的分析，我们得以知晓：在理性压抑感性、灵魂重于身体的中世纪，至少在民间文化和大众文化中间，或者说至少在狂欢节期间，身体并没有被压制、被漠视、被贬抑，而是得到了充分的抒发和张扬。

身体是承担生命活动的主体，换言之，身体就是自我，是创造性活动的作者。这是人类认识身体过程的一个必然和最终的结论。于是，从十九世纪中叶开始，身体开始了其不可逆转的回归历程。正是由于意识到了这样的逻辑，路德维希·安德列斯·费尔巴哈（Ludwig Andreas Feuerbach）、马克思、尼采等人开始"从身体自己的观点出发"（Eagleton：196），对建构现代身体—主体（body-subject）理论作出了各自不可或缺的贡献。

　　实际上，在上述三位思想家之前，德国哲学家叔本华（Arthur Schopenhauer）就已经触及了身体—主体的概念。尽管他有关身体的论述篇幅并不多，但其理论的开创性意义却不容忽视，正如论者所言："叔本华和尼采在不同程度上强调了身体的地位"（杨大春，2007：138）。比如，在论著《作为意志和表象的世界》中，叔本华首次触及了意志与身体的关系问题。他指出，"我对于自己的意志的认识，虽然是直接的，却是和我对于自己身体的认识分不开的。我不是整个地认识我的意志，我不是把它作为统一的，在本质上完整地认识它，而只是在它个别的活动中认识它，也就是在时间中认识它，而时间又是我的身体这个现象的形式，也是任何客体的形式；因此身体乃是我认识自己意志的条件。准此，没有我的身体，我便不能想象这个意志"（叔本华：18）。紧接着，他提出了在身体上"客体和主体落到一处而合一"这一"最高意义上的奇迹"（18）。紧随叔本华之后，对于身体复兴作出巨大贡献的十九世纪思想家分别是费尔巴哈、马克思与尼采。下文分别介绍他们各自的主要身体理论。

　　费尔巴哈对黑格尔的唯心主义哲学进行了分析和批判，其理论代表了当时的朴素唯物主义观点。其唯物主义表现在，他认为物质先于意识，物质为第一性，意识为第二性，物质决定意识。具体来说，其观点可以总结如下：人是以自然界为基础的，人与自然界是不可分割的物质统一体。人是自然界的产物，也是自然界的一部分，人的思维又是以自然界为内容，凭借身体和思维同自然界发生联系；我们自己所属的物质的、可以感知的世界，是唯一现实的；而我们的意识和思维，不论它看起来是多么超感觉的，总是物质的、肉体的器官（即人脑）的产物。物质不是精神的产物，而精神却只是物质的最高产物。

在有关人的身心问题上，持唯物主义观的费尔巴哈认为，人的精神、思想都是人脑的属性，是附属于肉体的，而黑格尔的错误在于把精神和思维看作一种脱离人脑而独立存在的东西。在费尔巴哈眼里，没有感觉、没有人的、在人之外的思维是十分荒谬的。人是以身体（肉体）为基础，是灵魂与肉体、思维与存在的统一体。大脑是肉体，灵魂与大脑不可分开，没有大脑活动便不可能有思维，二者虽有差别，但又统一于人本身。所以，以人为基础的灵魂与肉体的统一实体，是正确理解思维与存在统一的前提。此外，人是以感性为基础的感性和理性的统一体。人首先有感性，然后才有理性。因此，只有存在与本质结合，直观与思维结合，才有生活和真理。由于感性感觉是对客体特性的反映，因此，只有在以人的感性为基础的感性和理性的统一体中，主体和思想才能找到通向客体和存在的道路。

在费尔巴哈的认识论中，认识对象为客观事物及其本质，认识的起点与基础为感觉，实践是检验真理的唯一标准。他还批判宗教，认为人们要相信自己，以追求现实生活为目标。费尔巴哈以上的唯物主义思想为人类的哲学思想作出了重要贡献，其最大的影响之一无疑将通过马克思的理论得以体现。费尔巴哈将肉体作为精神/灵魂基础的理论，也首次打破了自古希腊以降的重心轻身的传统，这意味着人类对于身体以及身心关系的认识将进入一个崭新的历史阶段。

马克思对费尔巴哈思想的批判性继承，主要见诸于《关于费尔巴哈的提纲》中。比如，在人的本质问题上，是费尔巴哈的人本论启发了马克思。他们都关注人，认为人是自然和社会的交接点和统一点。费尔巴哈哲学的出发点和基本对象是人，是真正的、现实的、肉体的人。马克思同样认为："男人对妇女的关系是人对人最自然的关系。因此，这种关系表明人的自然的行为在何种程度上成为人的行为…… 他作为个人的存在在何种程度上同时又是社会存在物"（马克思，2003：271–311）。可见，费尔巴哈的自然人概念奠定了马克思思考的基础。马克思通过其研究和思考，发现了身体问题，揭示了身体的内涵，彰显了身体的价值。

有关身体问题，马克思在早期论著，如《1844年经济学哲学手稿》《关于费尔巴哈的提纲》《德意志意识形态》等文本中都有所论述。马克思实际上非常关注身体、性别问题，他"提示了社会性别制度领域的存在及其重要性：身体、性别制度是与经济政治制度密切相关的、有自身运作机制的一种人类社会制度"（张立波：15）。在马克思早期的身体观念中，感性、实践活动、异化、解放等基本范畴都可以从身体的角度得到重新解读。对马克思身体观的理解必须结合他的历史唯物主义方法论，也必须考虑现实的、具体的、社会的和历史的人。他有关身体的理论可以总结出以下四个特征：

第一个特征是：马克思强调了身体的重要性。作为唯物主义者，这一点是毫无顾问的。身体是与人的物质生产活动紧密相关的"肉体组织"，是人的自然的"类感性"，作为人的"肉体组织"，是人类历史的"自然基础"和"第一个需要确认的事实"（马克思、恩格斯，1995：44）。但是马克思又强调，人的"吃、喝、生殖等等"身体机能，如果脱离物质生产"活动领域并成为最后的和唯一的终极目的，那它们就是动物的机能"（44）。在马克思看来，一个真正的生命，就在于他有需要，他能生产或劳动，而且他还具有审美能力。而人的身体，恰恰是这个三方面的直接承载者和体现者。于是，马克思从需要的身体、生产的身体和审美的身体三个方面研究了人类的身体。

首先，人的身体是需要的身体：人的身体的需要是人的需要中最基本的，而需要的身体，则是认识人的第一个出发点。人的需要是人的肉体生存的显现，是对有血有肉的现实的人的肯定；同时，人的需要也是人的本性的体现。马克思指出，以往的哲学在理解人时，"习惯于用他们的思维而不是用他们的需要来解释他们的行为"（马克思、恩格斯，1995：381），而实际上，"任何人如果不同时为了自己的某种需要和为了这种需要的器官而做事，他就什么也不能做……"（马克思、恩格斯，1960：286）。如此，对人的需要的满足，便成为人的本质力量的一种展示，一种确证。现实的人，"一方面具有自然力、生命力，是能动的自然存在物；这些力量作为天赋和才能、作为欲望存在于人身上；另一方面，人作为自然的、肉体的、感性的、对象性的存在物，和动植物一样，是受动的、受制约的和受限制的存在物，也就是说，他的欲望的对象是作为不依赖于他的对象而存在于他之外的；但是，这些对象是他的需要的对象；是表现和确证他的本质力量所不可缺少的、重要的对象"（马克思，2000：105）。这也就是说，人不仅仅是自然存在物，而且是作为人的有需要的自然存在物。

其次，人的身体是生产的身体：身体的需要，通过生产活动得以满足。这里的生产活动可以分为两种：物质生产与自身生产。我们先看看物质生产。在《德意志意识形态》中，马克思指出，"我们首先应当确定一切人类生存的第一个前提，也就是一切历史的第一个前提，这个前提是：人们为了能够'创造历史'，必须能够生活。但是为了生活，首先就需要吃喝住穿及其他一些东西。因此第一个历史活动就是生产满足这些需要的资料，即生产物质生活本身"（马克思，2003：22–23）。这就是说，人类为了能够创造历史，首先必须能够生存，能够满足衣、食、住这些基本需要，而这只能靠生产来满足。因此物质生产是人类一切历史的第一个基本前提。自身生产即繁殖自身的生产，就是所谓"种的繁衍"，这是人类自身再生产的基本含义。借助于此，人类自身才得以世代延续，生生不息，从而为社会历史过程提供主体的自然生理基础。生育繁衍后代是人和动物所共有的自然生理机能，而劳动生产则为人类所独有。因此，生产的身体，就是人的主动生命力量的展现。

最后，人的身体也是审美的身体。伊格尔顿在《美学意识形态》（*The Ideology of the Aesthetic*）中，将马克思、尼采和弗洛伊德并称为"现代化时期三个最伟大的'美学家'"："如果说把美学可以从窒息它的唯心主义的沉重负担下拯救出来，那么只能通过一种发生于身体本身的革命才能实现"，"在身体的基础上重建一切——伦理、历史、政治、理性等"（伊格尔顿，1997：192），上述三位理论家"所大胆开创的正是这样一项工程。

马克思通过劳动的身体，尼采通过作为权力的身体，弗洛伊德通过欲望的身体来从事这项工程”（伊格尔顿，1997：192）。马克思所谓的审美的身体，必须扬弃生产的身体的异化。由于异化劳动和私有制，现实社会中劳动的身体遭到了严重扭曲，这使得人的身体被撕裂为两半，难以统一。在人类身上，灵与肉严重错位、失调，人的感觉严重匮乏和畸变，人与他人、与自然、与社会、与自我日益敌对，身体问题逐渐成为人们关注的焦点。马克思的目标就是恢复身体应有的尊严、力量和感觉，使人的身体和谐、完满、自由地伸展，因此必须从根本上扬弃异化劳动，废弃私有制。总之，身体是有需要、能生产、会审美的主客合一的生命体。

马克思身体理论的第二个特征是：身体具有社会性和阶级性。费尔巴哈认为，人的身体是自然的：“我是一个实在的感觉本质，肉体总体就是我的‘自我’，我的实体本身”（费尔巴哈：116）。如上文所述，马克思当然也承认人身体的自然性，但是他认为，身体的社会性更为明显，也更为重要：身体虽然是自然存在物，但它“是受动的、受制约的和受限制的存在物”，“他的欲望的对象是作为不依赖于他的对象而存在于他之外的”（马克思，2000：105）。因此，人的身体只能在社会中发展自己：“既然人天生就是社会的生物，那他就只有在社会中才能发展自己的真正天性，而对于他的天性的力量的判断，也不应当以单个个人的力量为准绳，而应当以整个社会的力量为准绳”（马克思、恩格斯，1995：167）。此外，马克思还认为：一切社会身体都是有阶级性的，而且阶级性的身体处于相互斗争的状态：“在过去的各个历史时代，我们几乎到处都可以看到社会完全划分为各个不同的等级，看到由各种社会地位构成的多级的阶梯”（681）。不同的阶级身体有不同的身体属性。在资本主义社会，“劳动力所有者就必须始终把劳动力只出卖一定时间，因为他要是把劳动力一下子全部卖光，他就出卖了自己，就从自由人变成奴隶，从商品所有者变成商品”（191）。由此，“整个社会日益分裂为两大敌对的阵营，分裂为两大相互直接对立的阶级：资产阶级和无产阶级”（251）。社会身体也分裂为两大对立的身体：资产阶级的身体和无产阶级的身体。而"只有完全失去了整个自主活动的现代无产者，才能够实现自己的充分的、不再受限制的自主活动，这种自主活动就是对生产力总和的占有以及由此而来的才能总和的发挥"（马克思、恩格斯，1995：286）。也就是说，无产阶级要使自己的身体自主自由地发展，必须砸碎资产阶级的国家机器。这里，身体的阶级性问题继而引出了马克思身体观的另外一个方面：身体的异化现象。

马克思身体理论的第三个特征是：资本主义制度之下的身体是被异化的身体。马克思认为，在资本主义制度之下，人的身体的发展受到了扭曲和异化，这集中表现在"资本主义生产方式使劳动条件和劳动产品具有……与工人相独立、相异化的形态"（马克思、恩格斯，1972：473）。

在我们这个时代，每一种事物好象都包含有自己的反面。我们看到，机器具有减少人类劳动和使劳动更有成效的神奇力量，然而却引起了饥饿和过度的疲劳。新发现的财富的源泉，由于某种奇怪的、不可思议的魔力而变成贫困的根源。技术的胜利，似乎是以道德的败坏为代价换来的。随着人类愈益控制自然，个人却似乎愈益成为别人的奴隶或自身的卑劣行为的奴隶。甚至科学的纯洁光辉仿佛也只能在愚昧无知的黑暗背景上闪耀。我们的一切发现和进步，似乎结果是使物质力量具有理智生命，而人的生命则化为愚钝的物质力量。（马克思、恩格斯，1962：4）

"工人把自己的生命投入对象；但现在这个生命已不再属于他而属于对象了。因此，这种活动越多，工人就越丧失对象。凡是成为他的劳动的产品的东西，就不再是他自身的东西"（马克思，2000：155）。因此，马克思深刻地总结道，"正像人在宗教中受他自己头脑的产物的支配一样，人在资本主义生产中受他自己双手的产物的支配"（马克思、恩格斯，1972：681），在这一阶段，"人的社会关系转化为物的社会关系，人的能力转化为物的能力"(马克思、恩格斯，1979：104)。身体始终处于物役状态，这其实就是身体的异化。

马克思对身体的异化是极其关注的，人的异化、解放和自我实现都与身体问题密切相关。有关身体异化的观点也许是马克思在身体理论方面最重要也最具革命性的贡献。在《1844年经济学哲学手稿》中，马克思重点分析了异化劳动和私有财产的关系，他指出，资本家的私有财产既是工人异化劳动的结果，又是工人异化劳动的原因和根据。在私有制条件下，工人的劳动是一种违背自己意愿的受迫劳动。通过劳动，工人同自己的劳动对象、劳动产品、劳动本身以及自己的类生命相对立；通过劳动，工人将自己的类本质(物质生产活动甚至生命活动)交给资本家所有。在私有制条件下，作为人的类本质的"劳动"只是作为满足"动物机能"的手段，而不是人的自我确证。"他只有作为工人才能维持自己作为肉体的主体，并且只有作为肉体的主体才能是工人"(马克思、恩格斯，1995：42)。在私有制条件下，工人就是动物性的存在和"肉体的主体"，对工人来说，"动物的东西成为人的东西，而人的东西成为动物的东西"(44)。身体作为"人的东西"变成了"动物的东西"，这是"异化劳动"导致的人自身的异化。工人"在运用人的机能时，觉得自己只不过是动物"(44)。这样，人的身体就变成了动物的肉体；人的劳动被"异化"为动物性的、无意识的、维持自身"肉体机能"和生命的本能活动；人被异化为动物。马克思认为，作为"肉体的主体"的工人还不是自由自觉的类主体，工人劳动还不是人类的活动和"人的机能"，而只是动物活动和"动物的机能"。因此，需要推翻资本主义私有制，将身体重新变成"人的东西"，恢复身体"属人"的类本性。马克思极其关注身体的存在困境，有论者梳理了马克思笔下身体被异化的四种状况，分别是：身体被异化为机器，被物化为肉体，被异化为商品，被异化为与自然对立的东西而沦为自然界的奴隶。"可以说，这种身体是一种完全资本化、手段化、无价值取向的身体"(燕连福，2012：36)。马克思面对的是被资本所统治、所异化的身体，是现实中工人的身体，同时也是被哲学家们异化的身体，被现代性异化的身体。他最后的结论是：身体异化的真正罪魁祸首和真正的始作俑者，是大行其道的资本逻辑。

马克思身体理论的第四个特征是：在其历史辩证法思想体系中，身体具有历史性，随着物质生产的历史而不断改变。他指出，"时间实际上是人的积极存在，它不仅是人的生命的尺度，而且是人的发展空间"（马克思、恩格斯，1979：532）。身体在时间内发展，因此，"任何历史记载都应当从这些自然基础以及它们在历史进程中由于人们的活动而发生的变更出发"（马克思、恩格斯，1995：67）。马克思对身体的理解是辩证的、历史的。他既给予了身体作为人类历史"自然基础"的重要地位，又强调身体由于人的活动是可以发生变更的。由此，马克思划分了三种社会发展形态。他在《1857—1858年经济学手稿》中把人类历史划分为三大发展阶段：人的依赖关系的发展阶段、物的依赖关系的发展阶段和自由个人联合的发展阶段。他说："人的依赖关系（起初完全是自然发生的），是最初的社会形态，在这种形态下，人的生产能力只是在狭窄的范围内和孤立的地点上发展着。以物的依赖性为基础的人的独立性，是第二大形态，在这种形态下，才形成普遍的社会物质变换，全面的关系，多方面的需求以及全面的能力的体系。建立在个人全面发展和他们共同的社会生产能力成为他们的社会财富这一基础上的自由个性，是第三个阶段"（马克思、恩格斯，1979：104）。在这三种社会形态中，人的身体扮演着不同的角色，发挥着不同的功用，也占据了不同的地位。在第一种社会形态中，人类依靠自然的产品维系身体的存在和延续，正如马克思所说，"人们还处于创造自己社会生活条件的过程中，而不是从这种条件出发去开始他们的社会生活。这是各个人在一定的狭隘的生产关系内的自发的联系"（108）。而在第二种社会形态中，"人的依赖纽带、血统差别、教育差别等等事实上都被打破了，被粉碎了（一切人身纽带至少都表现为人的关系）"（110）。对人的身体而言，人的物质生产活动却表现为异己的东西，表现为一种物，人类主体例行的经济力量颠倒地成为奴役和统治人主导性的非主体客观外部力量："个人现在受抽象统治，而他们以前是互相依赖的。但是，抽象或观念，无非是那些统治个人的物质关系的理论表现"（马克思、恩格斯，1979：111）。"在现代世界中，人的关系则表现为生产关系和交换关系的纯粹产物"（111）。在第三种社会形态中，人的身体得到全面发展："社会化的人，联合起来的生产者，将合理地调节他们和自然之间的物质变换，把它置于他们的共同控制之下，而不让它作为盲目的力量来统治自己"（马克思，1974：926–927）。由上可见，马克思主义社会形态的划分基本是以身体的发展进程为基础的，其身体观是贯穿了其历史唯物主义社会发展观的一条主线，这就是为什么让–保罗·萨特（Jean-Paul Sartre）指出："马克思主义的基础作为历史的和结构的人类学，就是研究人本身，因为人类的存在和对人类的理解是不可分离的"（萨特：129）。

综上所述，马克思对人的身体的看法有一个总的原则，即：身体作为人类历史的基础，既是自然的，又是历史的，是历史的自然性和自然的历史性的统一。没有脱离物质生产活动的历史的"纯粹自然性"的身体，也没有脱离自然的"身体基础"的历史。前者会导致费尔巴哈式形而上学的、抽象感性的身体观，后者会导致没有感性基础的、"无人身的理性"的抽象的历史观念，导致黑格尔式的唯心史观。可见，马克思的身体观是历史唯物主义的身体观：身体是历史的自然感性基础，历史由此具有了唯物主义的"肉身"。物质、自然界、人类社会、思维由此闪现着"感性"的光辉。同时，身体又是物质生产活动所开辟的商业社会、市民社会和工业社会历史中不断变化生成的历史性的感性体和物性体，是充满历史的感性"身体"。

既然在资本主义制度下，身体是被异化的身体，那应该如何解决身体的困境呢？马克思解决身体生存困境的方式，着眼于现实的身体，着眼于从资本逻辑回归到真正的身体逻辑，回归生命本身。在马克思看来，一个真正的生命，就在于他有需要，能从事生产或劳动，并且具有审美能力，因此，身体的回归意味着"回归生命，而不是回归机器；回归需要，而不是回归无度的欲望；回归生产，而不是回归商品；回归自然之美，而不是回归反自然的虚拟"（燕连福，2012：41）。此外，马克思意识到身体与实践之间的关系："说人是肉体的、有生命的、现实的、感性的、充满自然活力的对象性存在，等于说，他拥有现实的感性的客体为自己存在或生命的对象，或者说，人只有在现实的感性的客体中才能表现自己的生命"（Marx：156）。实践是一种实在的对象化活动。它依赖身体并敞开了身体的主体性，证明人是肉身——主体。这里肉身——主体概念的提出是马克思对身体理论的一大重要贡献。

在费尔巴哈对感性和身体的挖掘之后，马克思的理论对身体的重视进一步提升了身体在身心关系中的地位，使得身体在一千多年来被压抑、排斥和贬损之后，一改往日感性、肤浅、多变、远离真理的象征形象，终于等来了翻身而登大雅之堂的时机，成为理论家需要且不得不严肃对待、认真研究的话题。

继马克思之后，十九世纪另一位对身体理论作出重要贡献的哲学家无疑是尼采，一位极具革命性的思想家。他以更为大胆的言论及其谱系学的身体哲学而闻名于世。他杀死了上帝，将哲学的目光由形而上转移到了真实的生命，把身体作为一切价值的开端和归宿："尼采回归身体，试图从身体的角度重新审视一切，将历史、艺术和理性都当作身体需要和驱动的动态产物"（Eagleton：234）。在回顾身心之争时，尼采曾明确表示："要以身体为出发点和向导。它是更丰富的现象，可以仔细观察"（Nietzsche，1967：289）。在他看来，"对身体的信仰比对灵魂的信仰更根本"，"因为后者是对身体痛苦进行非科学反思的结果"（271），信仰灵魂无异于信仰梦境。尼采的身体观可以综述为以下三方面：

第一，尼采以其重身体轻精神的理论开创了身体研究的先河。尼采振聋发聩地提出了"一切以身体为准绳"的原则。在他看来，精神活动的承担者不是难觅踪迹的灵魂，而是可见、可触、可信的身体："创造性的身体为自己创造了精神，作为自己的意志之手"（Nietzsche，1997：30）。精神不过是身体自我超越的工具，从属于身体而又为身体服务。尼采对身体的挖掘以对传统的哲学理性的质疑为开端。他尖锐地指出，哲学理性否定生命欲望和本能，想要摆脱肉体，将生命制成木乃伊。他说："哲学家的特性是，他们仇恨生成观念，几千年凡经哲学家处理的一切都变成概念、木乃伊，没有一件真实的东西活着逃避他们的手掌"（30）。哲学家要求人们的认知必须抛开肉体感观，将肉体拒之门外，带着鄙视肉体的倾向。所有的哲学家都寻求亘古不变的永恒真理，并且无不将这个理想寄托于理性之上，这是因为他们相信只有理性才能帮助自己抵达真理，而变化的身体不具备这种能力和条件。尼采却认为，身体本身并不说谎，说谎和制造假象的是我们的理性。身体本身是精确而真实的，它贴近这个世界，贴近事实。"我们的感官是精致的观察工具，例如鼻子、眼睛，它暂时甚至是我们所支配的最巧妙的仪器，能够辨别连分光镜也辨别不了的最微小的移动"（32）。可见，身体的感观具有接近事实的能力，而且它们天然契合事物的特征。身体显示着生成、流动和变化，这些正是世界的本来面目，因此，根据尼采的观点，身体才是贴近真理的所在。

> "我是身体，又是灵魂"——稚童如是说。为什么人不像他们一样说话呢？但是，觉醒者和自知者却讲："我整个地是身体，绝非更多"；灵魂是肉体某一部分的名称。身体是一个大理智，一个单一意义的复体，同时是战争与和平，羊群与牧者！我的兄弟，你的小理智——被你称为精神的，只是你的肉体的工具，你的大理智的小工具与小玩物！（尼采，1990：31）

因此，身体理应具有重大的价值。"你常说着'我'而以这个字自豪，但是更伟大的——而你不愿相信——是你的肉体和它的大理智：它不言'我'，而实行'我'"（31）。"我的兄弟，在你思想与感情之后，立着一个强大的主宰，未被认识的哲人——那就是'自己'，它住在你的肉体里，它即是你的肉体。你肉体的理智多于你的最高智慧中的理智"（尼采，1990：32）。他认为，以往的哲学家"整天喋喋不休地谈论意识和精神，但居然不知道身体能作什么，或说从对身体的性质的深思冥想中可以推导出什么，它具备何种力量以及为何要积蓄这些力"（转引自德勒兹：58）。身体是一个自我管理的体系，既是统治者，又是自己的臣民。它能感觉、有意志、会思想，又承担生命活动，乃名副其实的主体。因而，主体性并非隐匿于内部，依附于不变的灵魂，而是从属于身体。

尼采尖锐批判以往轻肉体重灵魂的传统："从前灵魂轻蔑肉体，这种轻蔑在当时被认为是最高尚的事：——灵魂要肉体丑瘦而饥饿。它以为这样便可以逃避肉体，同时也逃避了大地"（尼采，1990：7）。尼采热情颂扬人的身体、人的肉体：

> 这就是人的肉体，一切有机生命发展的最遥远和最切近的过去靠了它又恢复了生机，变得有血有肉。一条没有边际、悄无声息的水流，似乎流经它、超越它、奔突而去。因为，肉体乃是比陈旧的灵魂更令人惊异的思想。当每一个个体生命都能从自己的生命强力本身建立善与恶时，人类就将进入一个生命价值得以充分实现的"理想阶段"。无论在什么时代，相信肉体都胜似相信我们无比实在的产业。简言之，相信我们的自我胜似相信精神！（转引自海德格尔：176）

在尼采看来，传统哲学"根本的错误在于，我们把意识设定为标准，设为生命的最高价值状态，而不是把它设为总生命的个别，也就是与总体相关的一部分"（尼采，1996：45）。世界只有一个，那就是我们的身体栖居的感性世界；人不是别的，是对世界怀有权力意志的身体。基于对身体的尊崇，尼采提出"把偶像（尼采称呼'理想'的用语）打翻在地"，他指出："迄今为止，理想这一谎言统统是降在现实性头上的灾祸，人类本身为理想所蒙蔽，使自己的本能降至最低限度，并且变得虚伪——以致朝着同现实相反的价值顶礼膜拜，只因受了它的欺骗，人类才看不到繁盛、未来和对未来的崇高权利"（尼采，1996：5）。由此，尼采热烈地赞美表现代表身体本能的酒神狄俄尼索斯（Dionysus）："在狄俄尼索斯的狂热诗歌中，人被激发而尽量运用他的象征能力了；某种从来没有听过的东西，现在喧闹得使人听见了；撕开魔耶障幕的欲望，回到自然之原始合一的欲望；象征地表达自然之本质的欲望。这样整套的象征就产生了。首先是属于身体各方面的象征：口、脸、说话，以及那调和四肢而使其合乎节奏的舞蹈动作。然后，所有其余的象征势力——音乐和节奏、律动、和谐——都充分表示出来了"（尼采，1986：21）。因为"在这些神祇身上，没有任何东西可以使我们想到制欲主义、高度理智或者义务。我们所遇到的是旺盛而意气昂扬的生命，而这个生命把一切好的和坏的都神圣化了"（22）。

正因为身体如此重要，生命的本能如此强大，人类才"要以肉体为准绳。假如'灵魂'是一种吸引人的和神秘的思想，那么哲学家们当然有理由同它难解难分——而今，哲学家们学着把它放到恰如其分的位置上，因而它变得愈发诱人了，更加神秘莫测了。这就是人的肉体，一切有机生命发展的最遥远和最切近的过去靠了它又恢复了生机，变得有血有肉"（尼采，1996：152）。尼采选择了身体，放弃了传统理性与形而上学。他断言上帝死了，理性、形而上学都是不值得信仰的。既然选择了身体，那么就要承认身体是具有超越性的。身体就是一切，是唯一的存在，人们应该信仰身体胜过精神和理性："根本的问题是要以肉体为出发点，并且以肉体为线索。肉体是更为丰富的现象，肉体可以仔细观察。肯定对肉体的信仰，胜于肯定对精神的信仰"（转引自林华敏：207）。据此，所谓的哲学美学都要以身体为主体。

第二，尼采不仅以身体为尊，而且还建构了身体谱系学，这是其身体哲学的重要组成部分。所谓谱系，是指一个有历史渊源的事物形成的系统，而谱系学则把对历史的追溯和现实结合起来。尼采对身体的研究就采用了谱系学的方法，他把身体引入对历史的认知过程中，用身体的部位系统来对应整个历史，把历史下放到身体上，瓦解一种宏大的历史视角，用身体的各个部分——神经系统、运动系统、消化系统等来认识和解释历史。他摒弃那神圣而高贵的理性以及宏大的历史视角，把人们的目光拉到了多元而纷繁的身体之上。他的身体谱系学从历史中恢复生命肉体的物质性和真实性，把身体置于历史空间中，重新找寻历史中身体的痕迹，以及它在历史演变中所扮演的角色，从身体上开始考察现存现象和事物的历史源头。在《论道德的谱系》一书中，尼采考察了基督教心理、道德善恶和禁欲主义的起源和演变。比如，他认为，禁欲主义的根源是人的肉体本能，是一种权力意志，源于人对空虚的恐惧；禁欲主义理想不是上帝对人的命令，而只是生命内在的本能力量之一。"禁欲主义者的生命就是一种自相矛盾；支配这里的是一种非同寻常的怨恨，是一种贪婪无度的本能和强权意志，它企图统治的不是生命中的某种东西，而是生命本身，生命中最深刻、最强健、最基本的条件"（转引自林华敏：208）。除此之外，尼采还将美学和艺术的产生根源赋予了身体，认为它们产生的前提及其丰富性的根源都积聚在活跃、跳动、充溢的身体本能中，赋予了生命最根本的自然属性。海德格尔在评论尼采的美学观时，称这是一种"颠倒的柏拉图主义"，彻底颠覆了柏拉图的理性主义美学。

第三，尼采的身体是蕴含着权力意志的身体。尼采将身体作为重估一切价值的新起点，这种身体被赋予了新的内容，即权力意志。他指出，"我们的物理学家用以创造了上帝和世界的那个无往而不胜的'力'的概念，仍必须加以充实。因为，必须把一种内在的意义赋予这个概念，我称之为'权力意志'，即贪得无厌地要求显示权力，或者，作为创造性的本能来运用、行使权力，等等。……动物具有的一切欲望，也可以说成是'权力意志'派生出来的；有机生命的一切动能来自同一源泉"（208）。权力意志对尼采来说，就是身体。他说，"权力意志专门化为谋生图存，谋求财产、工具、奴仆（俯首听命者），谋求当统治者：人体就是例证。——强大的意志指挥软弱的意志"（尼采，1996：148）。生命就是身体，生命即是权力意志。这是尼采所张扬的身体的实质内容。在尼采这里，身体洋溢着力量，这种力就是生命力，是一种不断向外扩张和寻求控制他者的力量，即权力意志。权力意志是生物的本质或生命的秘密，它劝说和命令生物听从与行动。所有生物都追求对他者和自己发号施令，即对他人和自己的支配、控制和主宰。权力意志是生命的一种本能，它趋使生命行动，并支配着生命，它总是在身体的缺乏中扩张、充溢、健壮。这种权力意志不仅从内在促使生命积极行动、生成和扩张，而且还促使一切事物永恒地回复："怀有权力意志的身体，使世界'人化'，即这个世界日益使人感到自己是地球的主人"（12）。尼采的身体就是这个充满权力意志的身体。

综上所述，尼采对统治人类数千年的理性和文化进行猛烈抨击，并明确将权力意志和身体联系在一起，高呼"一切从身体出发"。他认为，作为权力意志的身体是生命的唯一居所，是一切行动的凭据和基础，万事万物都要接受它的检测。"我纯粹是个肉体，而并非其他任何东西。灵魂只不过是肉体内某物的名称罢了"（尼采，2003：296）。身体的这种中心性和支配性使得整个世界充溢着"忽而为一、忽而为众的力和力浪的嬉戏"（尼采，1991：700-701），在力的竞技和嬉戏过程中，永不停息的变易和生成必然伴随着陶醉和狂喜。由此，尼采反对灵魂的总体性和理性的齐一性，试图砸掉身体的一切锁链，用充满激情的肉体和无限的生命意志去替换"我思"的核心地位。在尼采这里，身体是世界的起源性解释，取代了笛卡尔的主体性位置。可以说，尼采将身体从笛卡尔主义中翻掘出来，从历史的屈辱阴影中拯救出来，并置于哲学思考的中心。

尼采是第一个将身体置于哲学显著位置的哲学家，他从身体的角度重新审视一切，世界不再与身体无关，而是身体和权力意志的产品。也就是说，在尼采这里，以往形而上学的观点被彻底颠覆，意识、精神和灵魂成为身体的产物。如果说尼采的思想影响了整个西方乃至全世界的思想界，也丝毫不为过。"一个幽灵，一个尼采的幽灵不仅在欧洲游荡，而且跨越大洋在亚洲和古老的中国游荡，至今魂兮不归，在世纪长河里游荡"（德勒兹：1）。德勒兹本人就是因为研究尼采而开启了法国的后现代主义之路。福柯也承认，他研读尼采的《论道德的谱系》，就是"为了揭示通体打满历史印记的身体，并揭示历史摧毁这个身体的过程"（福柯，2001：114）。伊格尔顿如此评价尼采："如果对尼采而言，人体本身并不仅仅是权力意志的暂时表现的话，那么，或许可以这样说，人体对尼采意味着所有文化的根基"（汪民安、陈永国，2001：392）。

有了上述几位思想家的铺垫和贡献，身体话语自此走上了不可遏制、不可逆转的复苏之路。马克思的身体是实践的身体，是审美的和有阶级性的身体；而尼采的身体充斥着积极的、活跃的、自我生成的力量，他正是要将这种肯定性的力量激活；十九世纪末的弗洛伊德则以其欲望的身体进一步彰显身体，促使人们充分认识身体，感受身体。

弗洛伊德是精神病医生、心理学家，独创了精神分析理论。他主要关心的无疑是人类的精神活动领域，并没有许多直接针对身体的论述。不过，他的研究对象包括人类的感性能力，例如感觉、情绪、本能、欲望等等，这些都会引发人类身体的种种行为，也会受到身体各种行为的深刻影响。因此，他的诸多有关人类心理的观点直指人类的身体，并为人类理解自我的身体以及理解身心关系提供了一个独特的角度。他的理论体系中最重要的部分包括无意识理论、人格理论和本能理论等，通过这些理论，他将反理性主义推向一个新的高度，也将身体置于推动自身行为乃至社会历史文明发展的新高度。下文将从三个方面解读弗洛伊德对身体理论的独到贡献。

第一，弗洛伊德的无意识理论揭示了身体行为的动机。无意识理论是弗洛伊德理论大厦的基石，也是其精神分析理论的中心概念。弗洛伊德将人的精神意识分为意识、前意识、无意识三层。意识处于表层，是人所直接感知到的内容，是有目的、自觉的心理活动，可以用语言表达，接受伦理道德的约束，直接通向外部世界，因而服从现实原则。前意识处于中层，是指那些此刻并不一定在人的意识中，但通过集中精力或在无干扰的情况下可以回忆起来的经验，包含良心、理想、信仰等。前意识在意识和无意识之间起到缓冲的作用。无意识则是人的心理结构中最深层的部分，那里储存着人的诸多本能欲望。无意识中毫无理性的本能冲动按照快乐原则运行，随时寻找发泄的渠道，不受道德的约束。无意识是人所意识不到的，但却深深地影响个人的某些行为，可以解释人类身体的许多行为动机。

心理结构中的这三个部分互相关联、互相作用。弗洛伊德认为，在这三者中，最重要的是无意识，如果不承认无意识的存在，则许多心理现象无法解释。无意识的内容主要有两项——其中一项是各种本能冲动，比如性本能、自我保存本能等等。各种本能是人的心理的一种初始活动，只知满足，无否定性，也无时间性，没有什么时间观念，不承认时间的推移，且以心理实在代替外部实在。如果说在人的内心存在着遗传而来的心理构成，与动物本能相似的东西，这些便是无意识系统的核心。另一项是各种被压抑的心理活动，这些心理内容往往是与社会伦理、道德等相背离的。在大多数时间里，人的行为受意识的控制，人也能够觉察到自身行为的原因。但是，在更深的层次上，人的行为其实更经常地受到自身无意识的影响和控制，弗洛伊德称无意识状态的我为"本我"。

无意识的内容（强烈的本能欲望和冲动）要到达意识，必须经过无意识与前意识之间、前意识与意识之间的两道审查，这种审查是由"自我"和"超我"完成的。自我是在心理与现实结合的过程中从本我中分化出来的，它遵循着现实的原则。超我产生于幼年时期，是父母的榜样、社会化的教育等共同促使形成的结果。由于无意识内的欲望和冲动代表着一种本能的力量，所以能量巨大，虽然遭到压抑，却在时时伺机而动。人在睡眠时，超我的功能减弱，本能欲望就借由梦境曲折地表现了出来，因此人的梦中可能常有许多不符合道德的内容。弗洛伊德就是在考察人的梦境时发展出了无意识理论，他认为梦的来源其实是无意识，是身体的各种欲望或隐或显的迂回表现，身体的各种欲望需求在无意识的推动下导致了梦的形成，梦也因而使身体的欲望得到暂时满足，因此梦其实是人类欲望的隐晦达成或实现。"梦是愿望的达成"，这是弗洛伊德在《梦的解析》一书中对梦的本质作出的经典概括。除此之外，弗洛伊德还用无意识理论解释了人类在日常生活中的种种过失行为的心理机制，比如遗忘、玩笑、口误、笔误等现象都是无意识对身体行为影响的结果。

无意识理论把人类对身体的解读从生物性的肉体推向更深的心理层次，也把对身体的解读推向了社会化的层面，从而使个人的身体具有了社会性。由无意识理论发展而来的人格理论就是社会文明规范在个体中的内化。人格中的本我由各种非理性的本能与欲望构成，追求享乐，遵循快乐原则；而自我代表了理性和判断，追求的是现实原则；超我则涵盖是非观和道德观等社会约束机制。如果三者处于平衡状态，那么人就拥有健全的心理机制；不过实际上，这三者经常处于冲突状态。人类的理性文明就是通过不断地限制身体欲望或性本能而逐渐建立起来的。

第二，弗洛伊德的本能理论有助于解读身体的欲望与需求。他是这样定义本能的："本能是一种源自体内而表现在精神上的内在刺激"，是一种"内在需要"（弗洛伊德，《爱情心理学》: 44）。弗洛伊德认为，人性是由一些基本的本能所构成，这些本能在所有人身上都是相同的，都旨在满足身体的某些需要，因而本能并无好坏之分。本能是先天遗传的，是与生俱来的，不是后天学来的或形成的。另外，本能是一种力的冲动，是推动个体行为的内在动力，它具有倾向性和目标性，直接指向人的身体，是人的身体的基本需求，源自身体内部，又对身体形成刺激。可见，身体是人的本能产生的根源。

按照弗洛伊德的观点，人的本能可分为两种：一种是生的本能，生的本能包括性本能与个体生存本能，其目的是保持种族的繁衍与个体的生存。这是一种爱和建设的力量，是一种进取性和创造性的活力，指向生命的生长和增进；另一种本能则与生的本能相对立，是死的本能，弗洛伊德称之为"桑那托斯"（Thanatos），它代表恨和破坏的力量，是促使人类返回生命前非生命状态的力量，表现为求死的欲望。死的本能又有内向与外向之分。当冲动指向内部的时候，人们就会限制自己的力量，惩罚、折磨自己，做出自残、自虐的行为，甚至变成受虐狂，或者在极端的时候毁灭自己；当冲动指向外部的时候，人们就会表现出破坏、损害、征服和侵犯他人的行为，以暴力或者战争的形式释放出来。

这里有必要单独将性本能加以介绍。性本能是弗洛伊德本能理论中的一个核心概念，也是最能体现他的身体理论的部分。这是他从早期发展而来的理论，后来，他将性本能纳入了生的本能。他认为，性本能是人类的一切本能中最基本的一项，它包含但不局限于生殖本能，涵盖了唇舌、乳房、肌肉等身体部位的活动。性本能也可称为爱欲的本能，弗洛伊德将其称之为"力比多"，含义是"性力"或"欲力"，凡是能引起感官满足和自己需要的活动均属于"性力/欲力"。可见，弗洛伊德理论中所论述的"性"已不是凡俗意义上"性"的概念，而是指人们追求快乐的一切欲望。性本能冲动是人一切心理活动的内在动力，当这种力比多的能量积聚到一定程度就会造成机体的紧张，机体就要寻求途径释放能量。弗洛伊德将人出生后的性力发展分为五个阶段：口欲期、肛门期、性蕾期、潜伏期和成熟期。性力的顺序发展是人格发展的动力，如果性力在前三个时期没有得到充分满足，人格发展就会受阻，可能停滞在某个相应的阶段，而性力倒退或者固定在某一性欲水平则可能会导致神经官能症和精神疾病。可见，在弗洛伊德的眼里，性本能的冲动不仅仅是精神病的成因，也是人类身体一切活动和行为的基本动因。

在弗洛伊德看来，性本能发展的每个阶段都与身体器官有着密切的联系，一切都以满足身体器官的需要为出发点和目的。性本能的主要根源是身体的需要或者冲动，本能的目的是消除身体的需要状态，使人在生理和心理上恢复静止和平衡状态。在这个意义上，身体成为弗洛伊德理论的根基，一切从身体出发，又回归身体。本能是身体的欲望和需求，身体则是本能背后的终极目的。本能理论，是对身体的承认和肯定，身体在这里成为最高原则。

更重要的是，尽管弗洛伊德并未明言，从社会文化层面来看，社会文明发展进步的根本动力，正是来自于身体需要与欲望的转移与升华。性本能是人类的先天本能，其欲求就是不间断地寻求身体的满足和快乐，"人的性本能是生命的原动力，在人类生活中异常活跃，像地下奔腾的岩浆，无时无刻不在蒸腾、冲动、寻求着爆发"（弗洛伊德，《弗洛伊德后期著作选》：132）。不过，在现实生活中，身体的本能并不总是符合社会道德或民族习俗的，所以，欲望和冲动需要被适当地控制和压抑。人类社会文明进步的一个先决条件，就是需要适时地压抑和限制人类的本能。为此，弗洛伊德提出了"升华"一说，即对人类的原始本能的控制。他认为，艺术就是性欲的转移或升华。人类可以把本能驱动下的肉体的爱与力量转移到对人类文明发展具有重要意义的方面来："我们相信人类在生存竞争的压力下，曾经竭力放弃身体原始冲动的满足，将文化创造出来，而文化之所以不断地创造，也由于历代加入社会生活的个人，继续为公共利益而牺牲其本能的享乐。而其所利用的本能冲动，尤以性的本能为最重要。因此，性的精力被升华了，就是说，他舍却性的目标，而转向其他较更高尚的社会目标"（弗洛伊德，2004：9）。这样的身体已经不再是纯粹生理层面上的肉体，而是有社会需求的、能推动社会进步的活生生的身体，是人类一切活动的根基，身体成为弗洛伊德理论中隐秘不宣的本体。

在弗洛伊德这里，人类身体彻底摆脱了完全被决定的地位。尽管他本人是理性主义的拥护者，但是通过把大量的意识思维转化为欲望的合理化，弗洛伊德摧毁了理性主义的根基，在哲学上和大众观念中削弱了西方理性主义传统的基础，其理论的直接后果是理性信仰进一步削弱和衰退。虽然弗洛伊德并未直接言明身体，但其理论植根于身体之上，并间接有助于挖掘人类身体行为背后的动机与意义。如此，弗洛伊德为二十世纪身体话语的全面回归进一步铺平了道路。

瑞士心理学家荣格是继弗洛伊德之后另一位以心理学领域的研究成果为身体话语的回归与复兴立功的思想家。他曾和弗洛伊德合作多年，后来二者因理念不同而分道扬镳。荣格后来独自创立了人格分析心理学理论。

人格整体论是荣格分析心理学的核心理论。他把心灵视为心理学的研究对象。在荣格看来，心灵（他称之为人格结构）是由意识（自我）、个体潜意识（情结）和集体潜意识（原型）三个层面所构成。意识是人格结构的最顶层，是心灵中能够被人觉知的部分，如知觉、记忆、思维和情绪等，其功能是使个人能够适应周围环境。自我是意识的中心，是自觉意识和个体化的目的所在。自我的形成首先是从身体的需要和环境之间的冲突开始的。荣格认为意识占据心灵中很少的一部分，具有选择性和淘汰性。正是自我保证了一个人人格的统一性、连续性和完整性。

个体潜意识是人格结构的第二层，包括一切被遗忘的记忆、知觉和被压抑的经验，以及属于个体性质的梦等，是"不处于自我控制之下的"精神世界的活动，类似于弗洛伊德的前意识，可以进入意识自我领域。荣格认为个体潜意识的内容主要是情结，即一组组压抑的心理内容聚集在一起的情绪性观念群，如恋父情结、性爱情结等。它决定着我们的人格取向和发展动力。荣格认为情结的作用是可以转化的：它既可以成为人的调节机制中的障碍，也可以成为灵感和创造力的源泉。情结来自先在的超个体的共同心理基础。

集体潜意识是人格或心灵结构最底层的潜意识部分，包括世世代代的活动方式和经验库存在人脑结构中的遗传痕迹。不同于个体潜意识，它不是个体后天习得，而是先天遗传的；它不是被意识遗忘的部分，而是个体始终意识不到的东西。荣格认为有一个为全人类所共有的、集体的基本的潜意识，其主要内容是本能和原型。集体潜意识的内容是由全部本能和与其相联系的原型所组成，本能与原型相互依存：荣格把本能视为受潜意识决定的生理内驱力，是来自遗传的普遍一致的和反复发生的潜意识过程；

把原型视为受潜意识决定的心理内驱力。原型本身不能直接表现出来，它主要在人的梦境、幻想、幻觉或神经症中含蓄地表现出来。可以说，本能是原型的基础，原型则是本能的潜意识意象。由于人类有遗传下来的原型，不需要借助经验的帮助即可使个人在类似的情境下出现与其祖先相似的行动。

荣格认为人格动力推动人格的发展，心灵的能量来自外界或者身体，但一旦外界能量转化为心灵的能量，就由心灵来决定其使用。心理能量是一种普遍的生命力。荣格人格理论与弗洛伊德理论的最大分歧在于，双方对力比多概念的理解不同：弗洛伊德认为力比多是性能量，早年力比多冲动受到的伤害会引起终生的后果；而荣格则认为力比多是一种广泛的生命能量，在生命的不同阶段有不同的表现形式。另外，荣格反对弗洛伊德关于人格为童年早期经验所决定的看法，他认为人格在后半生能由未来的希望引导而塑造和改变。

上文综述了荣格心理学理论的主要观点，那么，其理论对我们正在探讨的身体理论的发展起到何种作用呢？实际上，梅洛–庞蒂曾经如此评价弗洛伊德："不管哲学上如何表达，弗洛伊德毫无疑问已经最好地洞察到了身体的精神功能与精神的肉身化"（转引自杨大春，2007：139）。这句话同样适用于承继了弗洛伊德研究方法与主要理论的荣格，因为和弗洛伊德一样，荣格的心理理论同样直接指向人类的身体。

另一位虽未明确讨论身体这个议题，但同样对身体研究产生难以忽视的影响的是法国哲学家亨利·柏格森（Henri Bergson）。为他赢得1927年诺贝尔文学奖的《创造进化论》是其最重要的代表作。他以"创化论"之说，强调创造与进化并不相斥，因为宇宙有一个"生命冲力"在运作，一切都是有活力的。柏格森倡导的生命哲学是对现代科学主义文化思潮的反拨。他提倡直觉，贬低理性，认为科学和理性只能把握相对的运动和实在的表皮，不能把握绝对的运动和实在本身，只有通过直觉才能体验和把握到生命存在的"绵延"，那是唯一真正本体性的存在。他提出和论证了生命冲动：生命冲动既是主观的、非理性的心理体验，又是创造万物的宇宙意志。它本能地向上喷发，产生精神性的事物，如人的自由意志、灵魂等；而它若向下坠落，则产生无机、惰性的、物理的事物。柏格森的"绵延""形象""生命冲动""知觉"等概念都不言自明地指向了身体。梅洛–庞蒂评价说，"柏格森要求首先注意的这一绵延包含着与我们身体的一种关系，透过这一身体与世界的某种完全肉体性的关系"（转引自杨大春，2007：141）。事实上，柏格森自己也承认，其《物质与记忆》一书的主题就是"精神与身体的关系"（141）。可见，柏格森对身体回归的贡献在于，他非常重视身体，将身体看作直觉的工具。他有关身心关系的思考，对直觉概念的把握，对绵延和生命冲动的理解，无不淡化了纯粹意识的概念，开始把融合了物性和灵性双重属性的身体提升到核心位置。不过，他并没有提出身体主体的理论，他关于生命哲学的思考无疑具有突出的意义，但并没有成为完全的身体哲学，其发展亦需要等待后来以梅洛–庞蒂为首的身体现象学哲学家们去推动。

二十世纪，对弗洛伊德所开创、又为荣格所继承发展的心理学理论作出最重要的修正与发展的学者是法国精神分析学家拉康。拉康从语言学角度出发，重新阐释弗洛依德的学说，提出了诸如镜像阶段论（mirror phase）等对当代理论具有重大影响的学说，常被称为自笛卡尔以来法国最重要的哲人，也被称为自尼采和弗洛伊德以来欧洲最有创意和影响的思想家。

传统哲学一般认为，存在一个稳定的、可以称之为自我的东西，具有诸如自由意志和自我决定之类的所有美好品质。而弗洛伊德关于无意识的理论则开始怀疑、动摇人文传统关于自我的空想。不过，弗洛伊德所希望的是，将无意识的内容带入意识之中，从而尽可能地消除压抑和神经症。就无意识与意识之间的关系，他曾有过一个著名的表述，即它我所在之处，自我亦当到场，也就是说，"它"或者"它我"（无意识）将代之以"我"（意识）和自我同一性。弗洛伊德的目的在于加强自我，即"我"、自我、意识或者理性的同一性，从而使之比无意识更加强大。拉康则认为，这一目的根本不可能实现。自我根本不可能取代无意识，不可能完全揭露它、控制它。这是因为，对于拉康而言，自我或者"我"自己只是一个幻象，只是无意识本身的一个产物。在拉康的精神分析学说中，无意识是一切存在的大本营。弗洛伊德致力于研究一个具有多种变态可能的儿童是怎样形成无意识和超我的，是怎样成为一个正常的、异性恋的人，同时也是一个文明的、建设性的成年人；而拉康却着眼于研究幼儿如何获得我们称之为"自我"的那个幻象。他最著名的镜像阶段论就分析了幼儿如何形成一个关于自我、关于一个由词语"我"来确认的统一的意识的自我。

拉康认为，意识的确立发生在婴儿前语言期的一个神秘瞬间，此即为"镜像阶段"，之后才进入弗洛伊德所说的俄狄浦斯阶段。儿童的自我和完整的自我意识由此开始出现。拉康对镜像阶段的思考基本上是建立在生理(身体)事实上的。大致过程如此：当一个6至18个月的婴儿在镜中认出自己的影像时，婴儿尚不能控制自己的身体动作，还需要旁人的关照与扶持。然而，他却能够认出自己在镜中的影像，意识到自己身体的完整性。不过，刚开始，婴儿认为镜子里的是他人，后来才逐渐认识到镜子里的其实就是自己。在这个阶段，婴儿首次充分认识到"自我"，而在此之前，婴儿还没有确立一个"自我"意识。从镜像阶段开始，婴儿开始确立"自我"与"他人"之间的对立；换句话说，婴儿只有通过镜子认识到了"他人是谁"，才能够意识到"自己是谁"。"他人"的目光也是婴儿认识"自我"的一面镜子，"他人"不断地向"自我"发出约束信号。在他人的目光中，婴儿将镜像内化成为"自我"。

弗洛伊德将幼儿的多种变态可能分为不同的阶段，口腔的、肛门的和性器的等，拉康则提出新的分类概念来解释从幼儿到"成年人"的发展轨迹。他提出了三个概念：需求、请求和欲求，大致对应人类发展的三个阶段，或者说三个领域：实在界、想象界和象征界。象征界的特征是欲求这一概念，等同于成年期。用拉康的话来说，象征界是语言结构本身，我们必须进入这一结构才能成为言说的主体，才能说"我"，并让"我"指称某种看似稳定的东西。第一个阶段是需求阶段。和弗洛伊德一样，拉康认为，在生命之初，孩子是与母亲不可分离的。从婴儿的角度看，在自我与他人之间、孩子与母亲之间完全没有区分，其对于"自我"，也就是对于个体化的同一性毫无觉知，对于其作为一个协调统一的整体的身体毫无知觉。婴儿为需求所驱动，他有食物的需求，有得到换洗的需求，有舒适和安全的需求，诸如此类。这些需求是可以得到满足的：比如，当婴儿有食物的需求时，他得到了奶汁（来自乳房或者奶瓶）；当他有安全的需求时，他得到了搂抱。处在此种需求状态中的婴儿不能识别自己和能够满足自己需求的客体之间存在什么区分，认识不到某个客体（比如乳房）是另一个作为一个整体的人的一部分，在他和另外的人或者物之间完全不存在区分。对他而言，唯一存在的，只有需求以及满足需求的客体。这是一种自然的状态，必须打破这种状态，文化才能形成。

　　和弗洛伊德一样，拉康也认为，幼儿必须与母亲分离，必须形成一个单独存在的同一性，才能进入文化。当幼儿知道自己与母亲之间的区别，并开始成为一个个体化的存在时，他便丧失了原本拥有的原始的统一感、安全感。分离造成了某种丧失，这就是精神分析理论中的悲剧性成分：要成为一个文明化的成年人，必然导致原初的统一体、未分化的存在、与他人（特别是母亲）之间融合的丧失。拉康认为，尚未完成这一分离的婴儿，存在于实在界。实在界是一个原初统一体存在的地方，不存在任何的缺席、丧失或者缺乏，任何需求都能够得到满足，因此这里也不存在语言。语言总是涉及丧失和缺席，只有当想要的客体不在场时才需要言词。假如所在的世界真的一应俱全，无一缺席，那么就不会需要语言。拉康这里举了乔纳森·斯威夫特（Jonathan Swift）在《格列佛游记》中的一段内容作为例子：在一个没有语言的文化中，人们背负着他们需要指称的所有物品。因而，拉康指出，在实在界中不存在丧失、缺乏和缺席，唯一存在的是需求及其满足之间的圆满，因而不存在语言。可见，实在界永远是超越语言的，不能够以语言加以表征。实在界以及需求阶段从出生一直持续到6到18个月之间的某个时候，当婴儿开始能够在他自己的身体与环境中的每一样东西之间作出区分的时候，需求阶段便宣告结束。

第二个阶段是请求阶段，对应的是想象界和镜像阶段。拉康认为，婴儿大约18个月的时候，正式进入象征界，也就是进入语言本身的结构的时间。这时候，婴儿从需求转移到请求，而请求并不总是为客体所满足。具体过程为：婴儿开始感觉到他和母亲的分离，感到存在着一些并不是自己的一部分的东西，于是形成了"他者"的概念。这种分离的意识，他者存在的事实，产生了一种焦虑和丧失的感觉。于是，婴儿请求重新团聚，请求被他者所填充，请求返回原初的统一感，婴儿希望他者的概念消失。当然，这是不可能的，因为有了上述的缺乏、缺席，即他者存在的感觉，婴儿才能成长为一个自我／主体，一个能够发挥作用的文化存在。这一过渡时期就是拉康的镜像阶段。在此年龄段上，幼儿尚未熟悉自己的身体，尚未控制自己的运动，尚不具有关于他的身体作为一个整体的感觉。他体验到的身体是支离破碎的：落入其视野的身体部分，只有在他能够看见的时候才存在，看不到的时候就不存在了。幼儿在镜子中看见自己，但他不知道这是自己，而只是看作一个图像，一个他者。也就是说，幼儿在这一时期开始认识他者，但却没有开始认识真正的自我。这个阶段就是想象界，它是前语言的，且极大地依赖于视知觉，依赖于拉康所谓的镜子想象。此时，幼儿对自我的认同是通过镜像来认同的，通过对镜子里形象的认同而认识自我，这种认同是一种意象上的认同；而意象是一种想象，而非真实的自我，所以拉康称之为想象界。当他终于明白镜中的图像就是自己的时候，对于镜中图像的想象性认同便催生了关于自我的概念，于是进入了下一个阶段。

第三个阶段是欲求阶段，即象征界。拉康认为，当幼儿获得语言能力，能够区分你、我、他等不同人称时，这种语言的使用本身就是缺失的表现，比如，"母亲"这个词汇是母亲实体的替代物，其实意味着母亲的缺失或不在场。如果母亲在场，我们是无需通过语言指代的。此时，幼儿与母亲开始真正意义上的分开，这种分开使得幼儿产生巨大的缺失感，这种缺失感造成永远无法得到满足的欲望，这种欲望在人们的成长过程中会不断找到替代品，比如，金钱、权力、美色等等，拉康将这些替代品叫作"小他"。此外，还有一个"大他"的存在。"大他"是一个场所，人人都试图达到、与之融合，以摆脱自我与他者之间的分离。但是，"大他"作为中心是不能够被融合的，任何东西都不能够与"大他"并列于中心，这样"大他"产生并维持了一个永不消失的缺口，拉康称之为欲求。欲求就是要成为"大他"的欲求，欲求永远不能被满足：它不是对于某个客体的欲求（那是需求），也不是对于爱的欲求，即得到另一个人对自己的承认的欲求（那是请求），它是成为系统中心、象征界的中心、语言自身的中心的欲求。"大他"的概念是在想象阶段出现的，先于自我感而产生。当儿童一旦构建起关于"大他"存在和关于自身的镜像的自我的概念，就进入了象征界。与弗洛伊德的人格发展阶段理论所不同的是，拉康的象征界与想象界是有所重叠的，二者之间并无明确的边界或者区分，而且在某些方面二者总是共存的。象征界的秩序是语言自身的结构，我们必须进入象征界才能成为言说的主体，才能用"我"指称我们自己。拥有一个自我的前提在于，将自己想象地投射到镜像，即投射到镜子中的他者，并让自己通过说"我"而得到表达，这一表达只可能发生在象征界，这就是为什么想象界与象征界会共存。

　　从上述对拉康基本理论的综述中，我们似乎并没有看到许多有关身体的论述。表面上，他讨论的是心理、人格、精神，但实际上，上述所有理论的一个基本前提是身体：镜像理论的根基是幼儿的身体，自我概念的形成也起始于幼儿对于自我身体的认识。如果说在拉康的前期研究中，身体还只是一个隐而不显的议题，那么，在拉康后期的著述中，对身体的提及和研究则明显地增多了。比如，在分析弗洛伊德的《禁忌、症状与焦虑》(*Inhibitions, Symptoms and Anxiety*)时，拉康指出，在弗洛伊德的这个文本中，最早的禁忌总是关于身体或者身体功能的，比如断奶、不许触摸自己的生殖器等等。焦虑则是身体内部的冲突的结果，焦虑导致抑郁。症状属于实在界，禁忌属于象征界，焦虑则属于想象。如果最初的禁忌、焦虑和症状都是与身体相关的话，我们则可以说症状属于一个现实的身体，禁忌属于一个象征的身体，而焦虑属于一个想象的身体；也就是说，身体可以同时存在于象征界、想象界和实在界，是身体把象征、想象和实在连接了起来。拉康更多地是从临床精神分析的角度来重新讨论身体的结构，这是因为身体的形象大量地在癔症患者、儿童以及精神病患者那里出现。他在《象征、想象与实在》("Le Symbolique, l'Imaginaire et le Réel")这篇报告中还专门勾画出了身体结构图，一个连接象征、想象和实在的波罗米结(Borromean knot)。

拉康丝毫没有回避身体的生物性和物质性。他说，物质表现为稳固的身体或者稳固的集合，身体和其他物体一样，是一个身体的实在性，是一个集合，也是想象的延续。当拉康说无意识就是像语言那样构成的时候，无意识也是语言和我们身体的交合，如果不参照身体，就不可能有无意识。身体对于拉康理论的重要性不言自明，而他在后期讨论性关系时就愈发重视身体问题了。应该说，拉康关于身体的讨论早已经突破了西方传统对身体的二元论认识，即物质性身体与人类精神的分离，精神是身体拯救者的观念。在他的观点中，构成我们关于外部世界的一切象征、想象和实在最初都是建立在对身体的象征、想象和实在之中，身体不仅仅是科学的对象，而更多是科学认识开始的基础。

二十世纪后期，两位精神分析学家弗朗索瓦兹·多尔多(Françoise Dolto)和吉塞拉·班蔻夫(Gisela Pankow)也结合自己的临床实践，对身体进行了颇有建树的研究。多尔多在她的《身体的无意识形象》(*L'image Inconsciente du Corps*)一书中把身体的无意识形象分成三个部分：基本形象、功能形象与爱欲形象；班蔻夫在其《人及其精神病》(*L'homme et sa*

Psychose）一书中进一步分析了身体形象的基本功能：身体作为形式的和作为格式塔的空间结构，以及身体作为内容与意义的结构。可见，弗洛伊德开创的精神分析学直到今天也不乏承继者与发展者。和弗洛伊德一样，他们主要将其理论研究成果应用于临床诊断与治疗。所有这些心理学家和精神分析学家的研究与身体理论的关系并非直截了当的，这是因为他们并没有直接将身体作为分析和研究的对象，不过，身体是他们进行心理学分析的前提和物质基础；因而，在促进身体回归并最终发展出身体—主体理论的道路上，他们各自发挥了先行者、探索者、实验者或实践者的作用。

德国哲学家和马克思主义文学评论家瓦尔特·本雅明（Walter Benjamin）以其《发达资本主义时代的抒情诗人》《单向街》等作品而为世人所认识和重视。他短暂的一生著述颇丰，但大多都是文学批评和文化批判之作，其中他有关时间、空间、现代技术、文化工业等话题的观点均对当代西方的文化批评理论产生了不可忽视的影响。因此，伊格尔顿曾一针见血地指出："过去二十年的一个明显标志是逐渐发现了本雅明"（转引自本雅明，1999：1）。本雅明似乎并非一个我们向其寻求身体理论的理想人选，但实际上，他曾就身体表达过非常精辟的观点，尤其是有关概念和身体的重新结合问题。概念和身体的这种重新结合是一种传统的审美偏见。在本雅明看来，语言根植于行动，缺乏人与自然之间的神秘的和谐，因而它根源于感性形象的材料，只能跟随在理念之后。他在我们更内在的身体性的交流言语中，发现了模仿性表达话语的踪迹。比如，他在分析巴洛克戏剧时说，只有善良的身体才会死亡，死亡是意义与物质的彻底分裂，耗尽了身体中的生命，只留给它一个寓言性的能指，"在悲剧之中，尸体成为相当简单的象征性财富"（本雅明，2001：46）。巴洛克戏剧表现被损害的身体，它为暴力所割裂的部分因为丧失了有机性而生发的痛苦，仍然能够被模糊地感觉到。因为活的身体把自己表现为一种表达性的整体，只有在它被残酷地毁坏、分裂为众多的碎片和具体的片断时，戏剧才能够从这些碎片中提取意义。意义并不存在于和谐的形象上，而是在身体的废墟以及被剥离的肉体中成熟的；在这里，我们可以看到，本雅明的个别观点与弗洛伊德著作的某些论述类似，至少在身体的分离、整体与器官分离以至于真理被锁闭起来这一点上说，它们是相类似的。即使是本雅明这样的文化批评者和文艺理论家，在其著述中也不可避免地触及到身体论题，这从侧面进一步验证了二十世纪中身体议题的多向度渗透，甚至可以说是无所不在。

除了精神分析学派的贡献，二十世纪后期将身体研究推向显学地位的学派中，贡献最大的无疑就是起源于法国、以梅洛-庞蒂等为代表的身体现象学派了。

也许我们可以说，叔本华和尼采的意志哲学在"身体行为乃是意志的直接体现"之名下，为身体向心灵的造反提供了无意识的支撑。埃德蒙德·古斯塔夫·阿尔布雷希特·胡塞尔（Edmund Gustav Albrecht Husserl）的意识现象学所面临的困境则直接把身体推到了前台，不过，他的身体多半还是笛卡尔意义上的广延物体，或者说是纯粹的认识客体，因而并没有导向真正的身体哲学。但是，"通过对其手稿进行创造性的'误读'，胡塞尔的弟子们或隐或显地发展出了所谓的身体现象学"（杨大春，2010：26）。"在大多数法国现象学家那里，对身体问题的关注表现得更为明确。在他们眼中，现象学就是身体现象学"（26）。

作为对身体感兴趣的现象学家，梅洛-庞蒂可谓身体哲学的代表。他认为，西方哲学史一直在排斥、贬低和忽视身体，是畸形的哲学，人们应该重新理解和发现身体的文化内涵与意义，改变灵与肉的对立与分离，恢复身体的完整性。身体不只是物质器官、欲望，而且是意义的发生场。真实的主体并非意识本身，而是存在，或通过一具肉体存在于这个世界。他的哲学常被称为"含混的哲学"，这种含混性的根本缘由就在于其身体性这一维度。这里的"身体性"本身是一个含混的概念，它不单单指向支撑着我们行动的、可见可触的身体，也包括我们的心灵和意识，甚至包括我们身体置身其中的环境，因此身体性是一个整体概念。在他前期的两本代表性著作《行为的结构》(*The Structure of Behavior*)和《知觉现象学》(*Phenomenology of Perception*)中，梅洛-庞蒂分别围绕着行为和知觉，从外部和内部探讨了身体的意向性结构或者整体性图式，确认了身体作为主体的地位。而在其后期著作中，他主要是在未完成的遗稿《可见的与不可见的》中，通过使用"肉"这一概念，进而把身体提升到了存在论的高度，把身体主体之特性赋予了世界之整体。他提出的概念，诸如"世界之肉""身体之肉""语言之肉"等，均表明他表述的乃是人与万物的"共身"和"共生"。下面从三个方面概述梅洛-庞蒂的身体理论。

首先，梅洛-庞蒂确立了身体的主体性，真正地"把人的存在确定为身体的存在"，这是他的"独特贡献"(杨大春，2007: 145)。就梅洛-庞蒂而言，身体不再是客体，而是作为主体的"本己的身体"。他一生致力于消除身心二元论，消除传统哲学中身心的分裂。无疑，身体首先具有物质性、生物性，因而具有客体性，梅洛-庞蒂的身体客体性指的是身体会受外在事物的刺激。世界的万千现象随时随地都在作用于身体，包括皮肤、肉体、器官系统、神经网络等等。这种身体的被动性，是身体的重要功能，没有这种被动性，世界便与人无关，人的生活就会堕落成无生物式的存在。不过，与重视身体的客体性相比，梅洛-庞蒂更强调身体作为主体的存在。在1945年出版的《知觉现象学》一书中，他详尽地展示了身体在感知—运动层面的主体性：首先，"它看见自己的看；它在触摸时自我触摸；它对自身来说可见可感"(Smith: 124)；其次，"我依靠我的身体移动外部物体，……但我直接移动我的身体，……我不需要寻找身体，身体与我同在……我的决定和我的身体在运动中的关系是不可思议的关系"(梅洛-庞蒂，2001: 116–242)。至少在感知—运动层面上，我们可以放心地使用身体—主体概念。我们知道，在古希腊，身体是否定性的体现，身体拘役着灵魂，污染败坏着灵魂。到了笛卡尔那里，灵魂开始否定身体，灵魂把身体规定为了物体，把自己定义为主体。这就出现了所谓的意识主体。而在自笛卡尔以来的早期现代哲学中，身体以及隶属于其中的自然完全被祛魅。这种哲学认为，人之为人就在于其心灵或者纯粹意识，而心灵拥有一个身体并驾驭身体。人是因其意识到自己而成为自己的，意识就是自己的主人，是主体；而身体没有意识，它就是物体，是被意识所意识的客体。对身体的遗忘，其实也是对人自身的遗忘的一种表现。

梅洛-庞蒂最重要的贡献，就是从意识主体回到身体主体，把身体提升为主体，强调其自发性而非机械性。他的研究从观念的身体返回到实际体验的身体，返回到行动的身体。他指出：

> 身体的灵化并不是由于它的诸部分一个挨一个地配接，另外，也不是由于有一个来自别处的精神降临到了自动木偶身上：这仍然假定身体本身没有内在，没有"自我"。当一种交织在看与可见之间、在触摸和被触摸之间、在一只眼睛和另一只眼睛之间、在手与手之间形成时，当感觉者—可感者的火花擦亮时，当这一不会停止燃烧的火着起来，直至身体的这种偶然瓦解了任何偶然都不足以瓦解的东西时，人的身体就出现在那里了。（梅洛-庞蒂，2007：38）

可以说，身体的灵化也就是身体作为主体的呈现。身体的灵化、身体作为主体，也就是身体以其全部存在，包括感官、皮肤、神经、肌肉、运动习惯及其内含的全部历史积淀和心理积淀所构成的"我能"，去深入到世界的感性存在之中，去发现，去建构。"我能"是主体身心全部存在的参与，它意味着身体的各功能之间具备高度的协同性，它的各个功能经由相互协同实现各自的和整体的最大优化。"拥有一个身体，就相当于拥有了一个世界……所谓肉身化，就是处身于世界之中，甚而拥有这个世界"（Langer：65）。"我完完全全是身体，此外无有"，所谓心灵，只不过是身体的一种机能或"工具"（65）。这里的"我"，不仅仅是一个思维的东西，更是一个生存的东西，一个有生命的东西。可见，梅洛-庞蒂的身体主体就是完全从身体性出发进行感知的主体，是在世界中存在、只拥有有限自由的主体，是处在变动的自然和历史情境中，并"经历着持续不断的诞生"的主体，是一个介入的主体，"根据在我们的身体与世界之间，在我们自己与我们的身体之间与生俱来的契约而发生作用"（Merleau-Ponty，1964：6）。这个主体是一种在世的存在，身体就是这个主体在世的表征。

为了进一步阐释身体主体概念，梅洛-庞蒂提出了"沉默的我思"的概念，从意识与身体的关联层面阐释身体。他认为，沉默的我思是一种更为原始的功能，是一种"主体还不知道其秘密的能力"（梅洛-庞蒂，2001：507）。它不是意识的功能，与我们的知觉相关，与身体功能相关，与一种在我们的身体中积淀下来的文化意义相关。不是我思故我在，而是我在故我思。另一个有关身体主体的重要概念是"身体意向性"，这就是我们的在世存在，也就是生存本身，它体现在人类生活的各个方面，比如运动、表达、性欲、对时间和空间的感知等。

其次，梅洛-庞蒂的身体主体具有多个维度：时间性、空间性、性意向、语言与表达，等等。每个维度都显示了主体的某一属性、某一侧面。每个侧面对于主体都同等重要、不可或缺，它们相互交织、相互作用，共同构成了一个不可分割的整体。正如梅洛-庞蒂所言，"之所以我们能理解主体，是因为我们不是在其纯粹的形式中，而是在其各个维度的相互作用中研究主体"（514）。首先看主体的时间性和空间性。这里的时间或空间，指的是对"我"而言什么是时间或空间，即主观的时间或空间如何产生。梅洛-庞蒂将时间从意识层面转移到了身体层面。他认为，时间来源于我的身体存在，"我没有选择出生，但一旦我出生了，则不管我做什么，时间总是通过我涌现出来"（534）。每一个身体都有它自己的时间、节奏和周期，通过运动和行动，它又把这种时间性扩散到周围。因此，身体是时间性的身体。至于空间，他认为，空间要么是基于对我的身体空间的体验，要么是基于对实际生存空间的体验而产生，反映了身体主体在某个具体环境中的扎根。身体就是一个原初的空间，只有在身体空间的基础上，我们才能开创外部空间。

人是身体性的存在，可是，在西方长达千年对身体贬抑的历史中，从身体出发，对性进行阐述的哲学家少而又少。直到十九世纪后期，叔本华在讨论意志的时候，将身体视为意志的客观化，将性欲作为意志的体现，但他也并没有将性欲视为内在于身体本身的、本质性的东西。不是性欲基于身体，而是身体基于性欲。梅洛-庞蒂则在《知觉现象学》中专门辟出一章，讨论"作为性存在的身体"。他认为，性意向是一种最基本的体验结构，是"知觉、运动和表象的生命根源"（梅洛-庞蒂，2001：208）。对性欲的体验是从整体的身体出发的，不能把性欲归为身体的某一特殊部位的功能。与弗洛伊德将性欲看作无意识不同，梅洛-庞蒂将性欲视为身体的一种机能或者能力，是生命力的象征。性并非独立自在的，不能脱离身体去谈论性，也不能在身体之外去寻找一种自在的性欲。由此，梅洛-庞蒂发展出了他的情感现象学：情感是一种身体性的交流现象，而非纯意识性或者观念性的，是心与身、灵与肉密不可分的活的显现。通过情感现象，我把我的意识扩展到了他人的身体之上，他人把他的意识扩展到我的身体之上，我们的身体彼此侵越，相互占有，最终连成了一体，他人成为我的另一面。

在《知觉现象学》中，梅洛-庞蒂触及了与身体—主体相关的言语表达问题，而在后期的作品如《可见者与不可见者》和《世界的散文》中，他越发重视语言本身的问题。他强调语言的肉身性，即人栖居于语言之中；他认为，知觉的产生显然先于语言，而知觉明显是出于肉的功能、存在的功能，而不是意识的功能。被知觉的世界最初是"沉默的世界""没有语言涵义的世界"，语言的最初诞生便是对这个最初沉默的被知觉的世界的言说（Merleau-Ponty，1973：171）。语言是从这种沉默中涌现出来的，是对被知觉的世界结构化的产物。

身体—主体的以上诸多属性、诸多维度之间是相互交缠、相互作用的，正如梅洛-庞蒂所说，"如果存在不是完整的存在，如果不再现和接受其属性，并把其属性当作其存在的各个维度，那么存在就不可能有空间的、时间的、性的特征。因此，只要稍加分析，每一种属性实际上都与主体本身有关，没有主要问题与次要问题之分，所有的问题都有同一个中心"（梅洛-庞蒂，2001：514）。这一个中心，便是身体—主体。

最后，梅洛-庞蒂创立的身体现象学超越了身心二元论的模式，提出了"肉身存在论"思想。他的身体观不仅仅是生理意义上的身体，不是纯粹的物质或者机械的东西，而是具有灵气和生机的东西。在他这里，心灵不再独立于身体，而是寄居于身体；不再是纯粹的我思主体，而是一个肉身化的主体。我们知道，直到十九世纪后期，西方哲学思想一直受到笛卡尔以来的二元论思维的影响，这种二元论最根本的体现就是把心灵和身体看作两种独立的实体，由此而区分出了主体和客体、主观和客观、内在和外在等等二元关系。尽管笛卡尔之后的思想家为解释这种二元关系做出了各种努力，但解决方法不外乎坚持二元论或将一元并入到另一元之中。受二元论影响，传统对于人的科学研究也倾向于机械论，将人的身体视为一个机器，人的感知只是对于事物的单纯感受，身体的运动被转化为客观的运动，"以这种方式被改变了的身体不再是我的身体，一个具体的自我的可见表达，而成了其他所有物体中的一个物体。…… 于是，当一个活生生的身体成为无内部世界的一个外部世界时，主体就成了无外部世界的内部世界，一个无偏向的旁观者"（85）。梅洛-庞蒂以其身体理论质疑、挑战并克服了这种传统的身心二元关系，主张身心统一；但是，身体不能统一在心灵之中，而是两者结合在身体之中。这一观点克服了纯粹意识的超然性，使意识立足于身体，将身体作为根基。因为在理性主义传统中，哲学家离开自己的身体，成为一个超然的"我思"的主体，身体则成为与"我"漠不相关的、等待被认知的客体。梅洛-庞蒂的观点超越了传统的身心二元论，也超越了心灵一元论。在他那里，身体和心灵不再是二分的，而是构成一个不可分割的统一体。这种统一不是由意识来实现的对象化建构，而是统一在身体中，这是肉身化主体的最基本的含义，它确保身体实现了物性和灵性的统一。身体主体，其实是具备身心双重特性的主体，是物性和灵性交融的身体。对于取代心灵主体地位的身体以及身心关系，梅洛–庞蒂这样说："不是一个心灵和一个身体，人是拥有身体的心灵，一个只有当身体嵌入这些事物时才能走向其真理的存在"（Merleau-Ponty, 2002: 43）。也就是说，身心之间是互动和交织的关系，因而身体才体现了在世存在的一丝含混性。在梅洛–庞蒂看来，身体具有了灵性，心灵则肉身化："作为对康德式或笛卡尔式的唯心主义类型的哲学之反应，生存哲学对于我们来说首先由于其中一个主题——肉身化主题——的优势而获得表达"（转引自杨大春，2010: 25）。这一肉身化存在的主题被他视为生存哲学的第一主题，并因此成为法国现象学的第一主题。

以上三个方面就是梅洛–庞蒂对身体理论的重要贡献：他确立了身体主体的地位，阐释了身体主体的各个维度，并最终解决了传统的身心二分的问题。对于其观点，我们可以总结如下：他从身体这个主体与世界的接触点和落脚点出发，来研究身心以及主客体统一的可能性与途径。他强调，在世存在是一种身体性的存在，一种切身化的存在。人并非理性的动物，心灵与身体之间并不存在清楚的区分。身体不仅仅是物质性的肉体，也是心灵与身体合一的身体，是与世界共存共生的"世界之肉"。我们就是我们的身体，不可能脱离身体仅靠心灵或者思想而存在，身体赋予我们经验的世界以意义。梅洛–庞蒂关心人与世界的融合问题，那么，什么样的主体状况才是人与世界的完全融合？在《眼与心》中，他给出了如下的答案：将身体借给世界。他说："正是通过把他的身体借给世界，画家才把世界变成了绘画"（梅洛–庞蒂，2007: 35）。所谓"将身体借给世界"，其字面意义就是：让身体成为世界的工具，让身体世界化，让世界经由身体的世界化而获得自身的表达。世界是"身体"体现的"现象"，没有身体的"体现"，世界就无法显现。世界是以"身"体之的世界。身体绝对在此，世界通过身体在此。所谓的身体现象学就是世界通过身体"体现"的"世界显现"学。身体作为生存论的身体，是具有意向性的、主动的、活生生的身体。身体具有经过长期自然进化形成的"生存智慧"，身体是具有"身体图式"和"行为结构"的、能行动的、具有"默会知识"习惯的、自动化的身体。就这样，梅洛-庞蒂以辩证的眼光看待身体，并以其创立的身体现象学将身体提升到主体的地位，身体不再仅仅是对象性的客体，而是革命性地实现了对传统意义上的主客体之分的超越。

另一位法国现象学家埃马纽埃尔·列维纳斯（Emmanuel Lévinas）同样非常强调身体问题的重要性。尽管他关注的不是个体的生存，而是他人的生存，但他对于身体问题的关注不亚于梅洛-庞蒂。在列维纳斯看来，"笛卡尔式的怀疑所排除的身体乃是身体客体"。也就是说，笛卡尔认为心灵或意识与身体完全无关，它不仅不依赖于身体而独自存在，而且身体只能是它的纯粹对象。但在列维纳斯那里，不存在着漂浮不定的意识，意识离不开身体，而身体本身又是具有灵性的。于是身体并非是外在物质或客体，而是被归属到了主体范畴。他甚至认为"我不仅有一个身体，而且我就是我的身体"（转引自杨大春，2010：26）。甚至这种表达都还具有实体化或客体化倾向，因此更应该把身体视为"事件"。他这样写道："身体的确总是被看作不只是一堆物质。它安置了一个它有能力去表达的心灵。身体或多或少有表达力，它拥有一些或多或少有表达力的部分。作为心灵之镜的面孔和眼睛是最突出的表达器官。但身体的精神性并不寓于去表达内在的这一能力中。通过它的设定，它实现了全部内在性的条件。它没有表达一个事件，它本身就是这一事件"（27）。列维纳斯认为，身体意味着主体的物质性，和梅洛-庞蒂一样，他也批判传统哲学没有从身体的角度，而是从我思的角度关注意志和情感。身体和心灵是交融的，意志和情感由此获得了解释。

亨利也是继梅洛-庞蒂之后法国另一位重要的身体现象学家，他也是第一个直接使用"身体哲学"和"身体现象学"这两个概念的哲学家。他有关身体理论的重要著作是《关于身体的哲学和现象学》（*Philosophie et Phénoménologie du Corps*）和《肉身化：一种肉身哲学》（*Incarnation:*

Une Philosophie de la Chair）。亨利否认自己受到了梅洛-庞蒂的影响，并曾明确表明对前者观点的不认同。比如，他认为："生命既不应该被看作是意向性，也不应该被看作是超越性，而是应该在它之外同时超出于两者。身体性是一种直接的情感，它在身体将自身指向世界之前完全地决定着身体"（转引自杨大春，2007：148）。确实，他们的观点存在不同，梅洛-庞蒂把身体与情感、意志联系在一起，突出身体的"灵性"，并且用身体主体取代了意识主体，摆脱了机械论的身体观。虽然亨利也承认情感、意志之类与纯粹意识有别，但他并没有像梅洛-庞蒂那样把身体引向与外在的直接关联，而是坚持维护身体的"内在性"。不过，他对于身体问题的关注度并不亚于梅洛-庞蒂，他认为"身体问题在生存哲学的偏好中占据了一个中心位置"（148）。他尤其关注"本己的身体"或"主观的身体"作为主体的地位。他把身体归于先验范畴，因而更为直接地承认了身体的主体地位。他认为，身体是主观的身体，它意味着生命。身体性本身就是主体性，而非主体性的化身。

亨利认为，意识与身体的关系不是偶然的，而是彼此之间存在着一种辩证的关系。因此，需要从身体的感受出发，从"意识与身体的辩证统一"出发；换言之，"人的肉身化存在而非意识或纯粹主观性似乎是我们作为出发点的原初事实"（173）。在《肉身化：一种肉身哲学》中，亨利更进一步强化了"本己的身体"作为主体的地位，并且用"肉身"取代了"身体"，以便避开"身体"一词与外部物质实体之间剪不断的历史牵连。亨利将传统的身体概念分为三种：作为生物学实体的身体、作为有生命的存在的身体和作为人体的身体；第一种是科学的对象，第二种是日常知觉的对象，第三种则是一种新形式的构成要素。亨利指出，这些身体都是客体性的身体，而"我们的身体原初地既不是一个生物学的身体，不是一个有生命之物的身体，也不是一个人体，它属于一种根本不同的存在论区域——绝对主体性的区域"（175）。可见，亨利将人的本己身体与通常所说的人体、有生命的存在物的身体区别开来。而在将身体与物体区分这一点，亨利与梅洛–庞蒂其实并无根本的区别，他们均否定了笛卡尔主义将身体客体化，将身体等同于物体的倾向，因为人便是"肉身化的存在"。

总之，亨利强调身体的主观性，强调生命，而非抽象思维。通常人们会说，"我有一个身体"，而亨利主张"我就是我的身体"。也就是说，我身体的原初存在是一种先验的内在体验，身体的生命是自我的绝对生命的一种样式。亨利对这两种表述的区分表明，他发展出的是一种新的"生命哲学"，它指出了生命的原初形态，关注的是生命的原初意义。他所谓的主体性也就是这种生命："主体性不是封闭在其特有的虚无中的、不能够进入到生命的规定中的这种纯粹精神，它乃是这一生命本身。"另外，这种生命与行动联系在一起，而"一个行动的身体既不是被表象的身体，也不是器官的身体，它乃是绝对的身体"（转引自杨大春，2006：36）。

在强调心灵的肉身化和身体的灵性化方面，法国身体现象学家的观点实际上是大同小异的。西方理性主义传统一向把人看作是对立的两极，即身体与精神的综合，并且扬心抑身，这是因为他们相信人的本性在其心灵，而身体却与处境性、有限性直接相关联。这种二元对立几乎成为西方文化的共识。和梅洛–庞蒂一样，亨利关注的也是"意识与身体的辩证统一"，他们都承认身体主体，或者说身体其实就是一种身心统一体（杨大春，2007：173）。这既是一种否定二元论和唯心主义一元论的倾向，同时也是对唯物主义一元论的抵制。但是，这种身体显然也包含着物性的维度。事实上，不管是所谓的身体还是肉身，都是某种处于物质和精神之中的东西，因此也是灵性和物性的结合。

有论者指出，身体的发现与个人主义的上升之间存在一种逻辑关系：在建立于整体论之上的集体社会里，人的存在意味着对社会、对世界的从属，原则上身体不以界限分明的形式存在。因而，身体作为人不可分割的一部分而存在这一点，只有在个体之间彼此隔离，具有相对独立的主观能动性和价值观的个人主义社会结构里才能够想象。身体犹如一块边境里程碑，区别着每个个体（勒布雷东：20–21）。另外，对于来自不同领域的学者的研究成果和理论发现，有论者总结说，"在本世纪中，'身体'和'精神'的界限变得模糊。人们把人的生命看成既是精神的，也是身体的，人的生命始终以身体为基础，在其最具体的方式中始终涉及到人与人之间的关系。在十九世纪末的许多思想家看来，身体是一块物质，一堆机械结构。在二十世纪，人们修正和深化了肉体即有生命的身体的概念"（欧阳灿灿：25–26）。无论原因为何，身体概念在二十世纪已经深入人心，成为诸多社会与人文研究领域的一个重要概念。

马克·约翰逊（Mark Johnson）在其《身体的意义》（*The Meaning of the Body*）一书中曾指出，"进入二十世纪以后，现象学、实用主义、第二代认知科学又深化了相关研究，推动西方哲学进一步回归身体—主体和生活世界"（Johnson：264）。确实，通过前面的综述和梳理，我们可以得出结论：尽管以弗洛伊德为代表的心理学和精神分析学家经常并不是直言身体，但其种种理论的根基却是身体、身体的本能、身体的欲望，其抑制意识、张扬无意识的倾向为后来者直接引出身体奠定了基础；而以梅洛–庞蒂为代表的法国身体现象学家，更是从哲学的层面上进一步消解了意识哲学，在不同程度上远离了心灵，也在不同程度上确立了身体主体的地位，实现了身体对心灵的反叛。意识主体的死，意味着身体主体的生。身体已经完成了其逐渐回归的路程，并即将进入身体理论的狂欢阶段。

2.3　身体的狂欢

前文已述，西方传统哲学对身体一贯轻视与压制，从古希腊柏拉图的哲学，到基督教的"天国"理想和身体苦行，再到笛卡尔的抽象"我思"，无不忽视身体、贬低身体。即使是文艺复兴与启蒙运动也并没有成功地解放身体，因其首要目的是摧毁神学、张扬科学。正如汪民安、陈永国在

《后身体：文化、权力和生命政治学》的前言中所总结的："直到十九世纪，身体一直在灵魂和意识为它编织的晦暗地带反复徘徊，这样对身体的压制和遗忘是一个漫长的哲学戏剧"（汪民安、陈永国，2003：7）。不过，随着科学的进步，理性力量逐渐势弱，到了十九世纪，在以马克思和尼采为代表的思想家的理论中，身体成为重要的话题，重心轻身的倾向也随之逐渐得以扭转。贡献最大的无疑是尼采，他敌视传统哲学中灵与肉的对立，也敌视与基督教相对立的启蒙哲学，这是因为基督教借上帝的名义对身体进行压制，启蒙运动则以理性的名义表达对身体的反感。尼采提出的身体是权力意志本身，是身体的本体论，世界是从身体的角度获得意义。正如论者所言："一切从尼采这里开始，身体从历史的屈辱阴影中走出来，它获得了自身的光亮，既醒目地驻扎在各式各样的眼光中，又照耀着各式各样的事件，成为光源、尺度、标准和出发点"（汪民安，2004：1）。

　　在尼采之后，从十九世纪末到二十世纪中期，多位心理学家和现象学家的研究在不同程度上将身体问题作为出发点和归属点。身体问题伴随着理性主体的退场而显形，并日益清晰可辨。一旦我们的身体成为哲学思考的核心，一旦身体在观点和思想的秩序中占据了地位，它就不可能轻易地被摆脱。勒布雷东曾指出，二十世纪六十年代以来，人类"发现了自己真正的身体"（勒布雷东，2010：21）。确实如此，自二十世纪六七十年代开始，不同领域的学者对身体的研究得以进一步发展和深化。比如，法国的身体现象学家们继续张扬感性或者身体体验，消解意识哲学的最后残余，致力于确立身体主体或欲望主体的核心地位；形形色色的后现代主义者们则以更为激进的观点促使意识主体彻底离心化，力图恢复生理的、欲望的，甚至是物质性的身体的本体地位。这些做法最终导致身体话语的狂欢。在身体理论快速发展的过程中，福柯、西蒙娜·德·波伏娃（Simone de Beauvoir）、伊格尔顿、特纳、奥尼尔、约翰逊、巴特勒等是最为响亮的名字。

　　作为尼采的信徒，福柯对于身体理论的贡献难以超越。传统的身体研究更多停留于社会建构和文化再造，福柯则进一步将身体研究推向政治层面，建立了身体政治学。他认为，必须放弃否认身体的现实性而更偏重于意识和灵魂的做法。他对身体进行了更为深刻的研究，其源于尼采的谱系学的分析方法，旨在从身体的视角来审视"现在的历史"和"真实的历史"。他关注身体的出发点是"自身关怀"，旨在解释身体经验在现代性进程中的命运，探讨经验（如疯癫、犯罪、疾病、性欲等）与知识（如精神病学、犯罪学、医学、心理学、性学等）和权力（精神病机构、刑法机构以及其他涉及个人控制的权力机构）之间的关系，从而为身体回归自身提供某种可替代性的选择。因而，他关注的历史更多的是身体遭受惩罚的历史，是权力将身体作为一个驯服的生产工具进行改造的历史。他既反对传统形而上学对身体的压制，也反对近代资本主义社会中以"理性"和"人道"的名义对身体进行宰制和规训。下面将主要从权力、规训与身体的关系方面综述福柯的身体理论。

福柯的著作颇丰，其中最具影响的几部，如《疯癫与文明》《性经验史》《规训与惩罚》《临床医学的诞生》等，都触及身体问题。可以说，权力是福柯现代性思想的焦点，他尤其关注权力谱系学中身体是如何被压制与被规训的，身体的经验是如何被遮蔽的。比如，在《疯癫与文明》和《临床医学的诞生》中，他主要揭示了身体经验如何受到求知意志和道德意愿的排斥和遮蔽；在《规训与惩罚》中，他以身体作为研究权力关系运作的支点，讨论权力如何依靠制约身体的规训程序贯穿于整个社会之中；在《性经验史》中，他则进一步以身体的性经验作为权力关系运作的支点，来关注身体与权力的关系。福柯曾在访谈中说：

> 我是要写一部有关性的话语的考古学。这些话语指明在性这个领域里，我们做什么，我们被迫做什么，人们允许我们做什么，不允许我们做什么；还有，对于性行为，我们被允许说什么，不允许说什么，不得不说什么。这才是关键所在。（福柯，1997：6）

首先，我们来看福柯有关权力与身体关系的观点。身体并不是去政治化的存在，相反，身体是权力斗争关注的焦点，任何政治力量都以各自的方式锻造着身体。身体就是历史，就是政治。福柯的身体概念主要来自于尼采。他曾说，"阅读海德格尔决定了我全部哲学的发展道路，但是我认为尼采要超过他。我是一个尼采主义者"（福柯，1997：117）。不过，福柯的身体观却与尼采有所不同：尼采是在一切有机生命之躯这一语境中来认识人的身体或机体，而福柯则将身体和身体以外的政治经济学连结起来。人的身体是最特殊的点，在这个点上，能够对权力的微观战略加以观察。那么，福柯的身体概念为何？简而言之，福柯的身体，是一种空间与场域，知识论述、权力运作和道德实践在这一场域中相互勾连，对身体进行控制与规训。他把身体视为一组物质因素和技术，它们作为武器、中继器、传达路径和支持手段，为权力和知识关系服务，而权力和知识关系则通过把人的身体变成认识对象来干预和征服人的身体。这种身体其实是一种政治身体，而福柯的身体理论也可谓之身体政治学。任何一个历史事件都是身体参与的结果，历史事件本身也铭写在身体上。福柯认为，在身体上人们能找到过去事件的烙印。因为"这个身体就是铭记事件的层面，是自我拆解的处所，是一个一直处于风化中的器物。谱系学，作为一种血统分析，因此，连接了身体与历史。它应该揭示一个完全为历史打满烙印的身体，和摧毁了身体的历史"（汪民安等，2001：122）。

福柯运用尼采的谱系研究方法，以身体为参照，重新梳理了有关人的历史，尤其在微观的历史层面上展现了身体的遭遇。在《规训与惩罚》中，他力图解释个体原初的身体经验如何在知识和规训技巧中消失。在专制时代，君主及其代理人物利用种种惨绝人寰的酷刑公开施展惩罚身体的暴烈力量；在十八世纪，温情的改革者们试图以劳动改造等温和方式对待犯人的身体；现代监禁制度则以更为温和也更为多样化的技术对待身体。福柯将更多的篇幅用于分析现代惩罚制度。在这里，身体依然是权力实施的对象，但权力不再将其撕裂，而是将其变得驯顺。这是针对个体身体的权力技术，通过安排个体身体的空间分布，通过对身体的矫正训练，使其变成驯服的工具。福柯将这个过程称为规训。他对规训的定义是："这些使身体运作的微妙控制成为可能的，使身体的种种力量永久服从的，并施于这些力量一种温驯而有用关系的方法就是我们所谓的规训"（福柯，1999：161）。中世纪的权力对身体进行消极的消灭与压迫，而到近代资本主义社会，身体不再是因威胁君主权力而需要被消灭的东西，而是一种宝贵的资源，是经过开发和规训之后就可以转化生产的东西。"许多不同的驯服肉体和控制人口的技术一下子涌现了出来。由此，一个生命权力的时代开始了"（166）。这个生命权力的重点就是身体，其基本策略是对身体进行规训，使身体驯服，成为服从于资本主义生产和需要的有用的身体。

福柯还以现代监狱的诞生和惩罚方式的改变为例来分析规训的权力，权力作用的重点在于对身体的折磨、管制、规训和刑罚。在这一过程中，权力与知识形成勾连关系。资本主义理性化管理的目标就是生产、训练、培养和造就驯服的身体，只有控制被统治者的身体才能进一步对他们进行全面的统治和控制。因此，为了使他们的身体变得驯服和有用，权力的运作需要一套技术，这种技术以摧残被统治者的身体为主要目标，正如福柯在论述尼采的权力谱系学时所指出的，任何权力运作都离不开对身体的控制和宰制。不过，在不同的历史时代，统治者控制被统治者的身体的方式和策略并不一样。现代监狱不同于古代那种以身体酷刑为主的惩戒和规训身体的机构。在实行资本主义社会的法制和理性以后，社会中流行的人道主义使罪犯的身体不再遭受极端的酷刑，而是将其关押在一个相对固定与狭小的空间，在这一空间中，权力与知识论述合谋，为身体制定了精确化的作息时间，身体在时间和空间上都被规训了。

福柯认为整个现代社会可以称之为"规训社会"。按照他的分析，随着现代监狱的出现，资本主义社会中各种纪律化的组织机构也相继增加，如学校、军队、工厂、商业机构以及慈善机构等，它们都采用高度组织化和严格科学管理化的纪律对身体加以管制。"从一开始，监狱就和学校或兵营或医院一样，是完善的工具，准确地针对个体产生作用"（福柯，1999：742）。身体在一定的空间内遵守着权力为它制定的时间制度和社会规范，而对单个身体的规训也使整个社会的身体纳入这种规范化之中。现代监狱成为整个现代社会的缩影，整个社会就是监狱的扩大和延伸。现代人生活在这个社会大监狱之中，每个人都如同监狱中的犯人一样既受到权力的监视与规训，又要被知识、权力与道德所宰制。现代工厂、学校、军营、医院以及一切慈善机构(孤儿院、养老院、救济所等)都类似于现代监狱。生活在这座监狱中的人是有一定的身体自由的，但却时刻受到权力与规范的约束。现代社会的权力对身体的规训与监视无所不在、无孔不入。

权力无处不在，身体作为权力铭写的场所，既受到来自国家机器的规训和惩罚，又被日常生活、知识、性格等各种细分的微观权力所渗透。这样，身体"直接卷入某种政治领域；权力关系直接控制它，干预它，给它打上标记，训练它，折磨它，强迫它完成某些任务、表现某些仪式和发出某些信号"(27)。在福柯这里，身体是权力作用和塑造的对象，也是权力运作的场域；它不仅仅是话语的焦点，而且还是日常实践与权力的大规模组织之间的唯一关联，是实现微观权力运行的工具。

福柯发现了控制身体的征服机制，他分析压迫身体、使之成为"政治身体"的权力工具和载体的隐蔽性、物质性和现实性。他认为，权力的运行是物质的、身体的和物理的（Foucault，1980：57）。通过对身体政治的考察，福柯得出结论：身体政治是资本主义发展必不可少的要素。"如果不把身体有控制地纳入生产机器之中，如果不对经济过程中的人口现象进行调整，那么资本主义的发展就得不到保证"（福柯，2005：91）。另外，权力的目的不是杀戮和暴力，而是从头至尾地调整身体，控制生命。

除了揭示权力如何对个体身体进行规训，福柯还详尽分析了权力对身体所实施的各种具体规训策略，并将这套权力对身体的规训机制方法称为"身体的政治技术学"。福柯认为，规训针对的是个体的身体，规训是"权力的个体化技巧。规训在我看来就是如何监视某人，如何控制他的举止、他的行为、他的态度，如何强化他的成绩、增加他的能力，如何将他安置在他最有用之地"（福柯，1999：191）。福柯认为，权力/知识体系对身体的规训是以零碎的、局部的方式进行的，其"目标不是增强人体的技能，也不是强化对人体的征服，而是要建立一种关系，通过这种机制本身来使人体在变得更有用时也变得更顺从，或者因更顺从而变得更有用"（156）。

福柯主要总结分析了四种身体的政治管制技术，或曰规训策略。

第一是空间的分配。权力依据单元定位或者分割原则，使每一个身体都有自己固定的位置，也使每一个位置都有一个身体，用更灵活、更细致的方式来利用空间，便于"确定在场者和缺席者，了解在何处如何安置人员，建立有用的联系，打断其他的联系，以便每时每刻监督每个人的表现，给予评估和裁决，统计性质和功过"（162）。这样，把空间进行有计划的分割和组合，将空间里的乌合之众变成井然有序的多元体，就有利于对身体进行进一步监视与改造，使之更接近权力预设规划的结果。

第二是活动的控制。这是指权力对人们的生活方式、活动方式等加以规训。比如，对活动"时间性"的规训，包括制定严格的时间表，使身体按照制定的节奏适应生活作息，让"时间渗透到身体之中，各种细微的权力控制也随之渗入其中"（172）。再比如对身体姿势的规训：为了提高身体活动的效率与速度，身体的每一个部分都不能闲置和浪费，每一部分的姿势都必须精确，符合最优化原则，训练有素的身体才是最有效率的身体。而且，规训权力对身体活动的控制也趋于不断强化。由于身体被视为取之不尽、用之不竭的资源，让身体达到使用极限便是权力的最终目标。

第三是创生的筹划。这是指对身体活动进行整体的规训，将时间序列化，调节时间、肉体和精力的关系，保证时段的积累性，以加强身体对某一动作的熟练度和流畅度。其目的是保证个体的行动能创造持续积累的利润或者最大限度地利用稍纵即逝的时间。权力控制人们的身体，将任务不断强加于其上进行操练，并对身体进行永无止境的征服。

最后是力量的编排。规训技术的目标是使个体发挥出最大的生产力，但只有将若干身体联合和组织起来，才能实现真正的高效率。力量的编排可以组合统摄不同个体的力量，实现个体力量的组织化和纪律化。

通过上述的空间控制，如对个人的隔离，可以使身体孤立；通过活动控制，如活动的规律化以及全景俯瞰式建筑形成的全方面的监视，不仅可以使身体在空间中有规则、有效率地分布，而且保证了身体运作的有序性和规范性。这是因为在固定的空间中，每个人都被标明了自己的职责、任务、空间、时间，其工作必须准确到位，这就消除了一切模糊的可能性，再通过等级奖罚制度的确立，身体和个人就被牢牢地嵌入这张权力的网络之中。

福柯所分析的以上四种身体规训技术，都试图将身体刻度化、计量化、等级化、纪律化，将身体塑造成特定的个体，将其变成温顺有用的东西，变成符合控制者意愿的东西。为了达此目的，需要一种借助监视手段的强制机制。规训技术能够通过监视的手段将身体纳入监督关系，通过纵横交错、密密匝匝的权力之网，形成一种层级监视。最终，整个社会构成了"宏大的监狱连续统一体"。在这样的社会中，

> 听不到任何叛逆的声音，这里没有屠刀，没有血腥，甚至没有蛮横的镣铐，但却有冷冰冰的机器，有无形的制约，有无处不在的制度和规范。这里没有暴力而血腥的报复，但有持久、连续、自动的监禁；这里没有恐怖能量的巅峰迸发，但却有一种耐心、麻木、从不放松的无情控制。总之，这里既没有噪音，也没有审美，只有刻板和机器，只有无声的控制和驯服。在生产人性的厮杀中，权力的征服无声无息。（汪民安，2008：182）

　　可见，福柯使用"规训"一词，是用来揭露和批判现代性进程中权力针对个体身体的控制和宰制策略。所有的权力关系都作用于身体，"毛细血管状"的权力机制"更加依赖身体，更加依赖身体的行为，而不是大地及其物产"（福柯，1997：238）。在对身体的规训过程中，"权力的秘密、社会的秘密和历史的秘密昭然若揭"（汪民安、陈永国，2003：18）。按照他的观点，现代监狱、学校、兵营、工厂等等都以温和而有效的方式来规训个体，目标直指身体，"权力触及个体的细胞，通达他们的身体，并将寓于他们的姿势、他们的态度、他们的话语、他们的培训、他们的日常生活之中"（福柯，1999：176）。规训最终造成了这样一种效果：越有用，越顺从；越顺从，越有用。规训既增加了身体的力量，又控制了这些力量，于是，人的身体体现了经济和政治的完美结合。福柯要为我们揭示的就是，"施用于身体的权力的惩戒技术怎样使被奴役的身体中产生出某种心灵——主体、我、心灵，等等"（杨大春，2007：233）。

　　除了理论探讨，福柯更以自身实践探索了回归身体经验的审美生存——一种出于自身关怀的生存。在福柯看来，规训所制造的所谓温驯有用的身体，实际上就是丧失了个体经验的主体，是打上了普遍理性烙印的自我。针对这种规训策略，面对道德、知识和权力的挤压，必须以另外的方式重塑自身，这是对于某种伦理—审美生存的向往；于是，福柯积极地在个人的生活中研究着、践行着、寻求着将自身转变成主体的方式，这就导致了围绕身体经验的审美主体或伦理主体的诞生，随之而来的是欲望或生命力的极度张扬。这是一种生存关注，一种自身关怀。而他后期的著作《性经验史》其实就是这一出发点的成果。在书中，福柯透过对西方文明的反思与批判，试图重新找到回归个体生存之路。他把性经验看作探讨自身技术的一个最重要、最方便的领域，在性经验范围内探讨自身关怀问题，回归个体的身体经验。

　　在《性经验史》中，福柯所研究的性问题并不是性活动和性行为的发展史，"现在研究的目标就是指出权力机制是如何直接地与身体——

与各种身体、功能、生理过程、感觉、快感——联结在一起的"（福柯，2005：98）。他认为，资本主义为了自身发展要处理好一系列的政治经济问题，而性就处于人口这一政治、经济问题的中心，"各个政府发现他们对付的对象不是臣民，也不是人民，而是人口，以及它的特殊现象和各种变量：出生率、发病率、寿命、生育率、健康状况、发病频率、饮食形式和居住形式"（16）。因此，"国家对于公民的性生活及其使用方式了如指掌，而每位公民也能控制性生活的使用方式，在国家与个体之间，性成了一种目标，一种公共的目标。围绕着它形成了一整套各种话语、各种知识、各种分析和各种命令的网络"（17）。也就是说，性成为权力关系运作的一个基点，是权力展开和表现的重要场所，而福柯在这部著作里关注的正是性与权力的关系。他曾说，"我是要写一部有关性的话语的考古学。这些话语指明，在性这个领域里，我们做什么，我们被迫做什么，人们允许我们做什么，不允许我们做什么；还有，对于性行为，我们被允许说什么，不允许说什么，不得不说什么。这才是关键所在"（1）。

在这个大部头的著作里，福柯分析和研究了权力如何使性和性话语成为某种可以管理和治理的对象，继而获得对性和性话语的控制权。他认为，随着权力对性投入越来越多的关注，围绕着性建立起了一整套话语、专门知识、分析和禁令的网络，并形成了一整套有关性的观察结果。福柯分析了权力的四大主要战略，分别是女人肉体的歇斯底里化、儿童性教育的科学化、生育行为的社会化、反常快感的精神病学化。在这四种性的现象中，性以不同的方式和策略出现，而权力则利用这四种不同的策略创造出四种不同的性经验。在这四种策略中，权力都以自己的方式渗透并利用着不同的性经验，以构筑对妇女、儿童、夫妻关系以及成人的权力，抑或说，在这四个领域中权力分别以不同的策略在运作。而在权力的规训与调节的过程中，需要知识的科学性及道德的合理性，以保证权力能恰当地发挥作用。知识、权力与道德既在身体这个场域中展示着相互的勾连关系，又作用于身体，使身体变得驯服而有用，使性更加符合社会的需要。

另外，福柯还提出了"自我技术"的概念。他认为，塑造主体的方式主要有三种：权力对主体的塑造、知识对主体的塑造或者两者的共同塑造；不过，后来根据对古希腊和古罗马历史的考察，他发现了另一种方式，即自我技术。他发现，古希腊时期权力、法律等外部制约尚不成熟，对公民的性没有十分压制，可是古希腊人并没有就此放纵，这是因为他们通过对自己的认识与对一种美学风格的追求自己塑造了自己，这就是自我技术。遗憾的是，现代人的塑造通常通过以权力和知识的，自我技术则被忽略。福柯研究古希腊时期的自我技术，推崇古希腊人对性的看法，以期寻找现代人可以借鉴的东西。在古希腊人的修身实践中，他们不但关怀自身的灵魂，还关怀身体，对身体进行主动的训练，主动把握身体，节制身体的激情、欲望、冲动等。在古希腊，节制是一种美德，也是个体主动把握身体的方式。福柯认为古代人关心的是生存美学，以美好生活的名义进行节制，而现代人则以心理学、性学的名义探寻欲望的真相，并在有关性的话语增殖中寻求自我满足。他主张把生存建造成美好的生存，而不是在追求知识和真相的名义下损害个体的生存；主张弘扬个体的生命，恢复活生生的身体经验，以达到审美的生存状态，将身体从欲望、知识和道德的遮蔽之下解放出来。

以上是福柯身体研究的三个主要方面，即权力与身体、权力与性以及权力的主要规训策略。学界通常认为，他对思想史的洞见，深刻影响了后结构主义、后殖民主义、新历史主义、文化研究、医学人类学、身体理论、女性主义与酷儿理论、空间理论等二十世纪最为重要的人文社科流派。那么，福柯的研究究竟对我们有何启示，对二十世纪末身体研究的转向又有何意义？

首先，福柯的研究带来了对权力以及权力与知识关系的新理解：在权力关系上，福柯论述了知识与权力的共生模式，知识不是"清白"的知识，而是和权力狼狈为奸；权力也并不仅仅是那种有本质本源的宏大权力，而更多地表现为有多种来源的微观权力。权力的功能由压制、消灭身体转变成为保护、规训身体。权力虽然无单一的源头，但却在追求单一的本质，也就是规训出"驯服的身体"。

福柯的理论对边缘群体争取多元权益的运动产生了巨大的影响，尤其是女性主义、性少数运动、反种族主义、生态主义等群体。他同情在现代性进程中处于边缘处境的人们，在理论探讨中关心边缘群体的命运，这些都是他关注身体经验和非理性经验的具体体现，更不用说他个人所实践的极端身体体验了。此外，福柯的理论为我们理解消费社会的运作方式提供了不可小觑的帮助。人的身体总是在一定的社会关系网络之中存在，福柯的理论揭示了身体受微观权力控制和规训的状况；而在当今消费社会中，权力网络更加复杂化，权力同大众传媒、社会文化、道德法制相互结合，对身体的控制和支配采取更为隐蔽的方式，身体也益发成为权力和大众文化操控的对象，成为消费文化塑造的对象。福柯对于身体理论的贡献难以一言以蔽之，为此，许多学者都认同这一观点："可以说，正是从福柯开始，'身体'才得以深入研究"（侯杰等：6）。

另一位影响巨大的法国哲学家德勒兹是福柯的同代人，他也是二十世纪六十年代以来法国复兴尼采运动中的关键人物。作为后现代哲学家，他对哲学最主要的贡献是对欲望的研究，并由此出发对一切中心化和总体化进行攻击。和"欲望""时间"等概念相比，"身体"似乎并非他公开论述过的重要主题，但是，身体问题却是贯穿德勒兹哲学思考始终的问题，身体的概念几乎与他所有的基本概念都存在内在的关联。尼采将身体视为力的能量，充斥着积极的、活跃的、自我升腾的力量；德勒兹将尼采的这种永不停息的、自我充实的权力意志改造成欲望机器。不过，这里的欲望概念与弗洛伊德和拉康的欲望概念不同，后者的欲望指向一种缺失，是由于欲望对象的缺失而导致的心理状态。德勒兹则将欲望视为生产，是现实性的工业生产。这里的欲望实际上是一台机器，并非缺失性的；它不缺少对象，不缺少任何事物，它只是在不断地进行生产，生产现实——欲望机器的生产使任何现实都变得可能。现实是欲望的最终产品，是作为无意识自动生产的欲望的结果。德勒兹从欲望的角度对资本主义和现代性进行解读：资本主义是对欲望的再编码和领域化（territorialization），力图将欲望加以引导、控制和封锁。而欲望的流动性和生产性，使其力求对一切编码系统和领域封锁进行摧毁。德勒兹将这种摧毁性的欲望称之为"无器官的身体"（body without organs），这个身体抵制机器生产，对资本主义进行解域化（deterritorialization），致力于逃出各种机制、权威和专政。"无器官的身体"是一个生成性和可变性的身体、反结构性的身体，它拒斥欲望机器。

在德勒兹和皮埃尔－菲利克斯·加塔利（Pierre-Félix Guattari）合著的《反俄狄浦斯：资本主义与精神分裂》（*Anti-Oedipus: Capitalism and Schizophrenia*）一书中，他们考察了"欲望"在社会制度条件下是如何被控制和改造的。身体作为欲望机器，不断地分裂再生。就像人在生产中创造出产品和自身，欲望也在创造世界。生产性的欲望是革命的有生力量。他们提出了微观政治的观点，认为"微观政治关注日常生活实践，主张在生活风格、话语、躯体、性、交往等方面进行革命，以此为新社会提供先决条件，并将个人从社会压迫和统治下解放出来"（Deleuze & Guattari, 1972: 150）。德勒兹将他所阐释的欲望概念与微观政治学结合起来，形成了自己独特的欲望微观政治学，即立足于人们的日常生活，并寄希望于欲望的解码或解域化，挖掘无意识本身具有的潜力，挖掘身体固有的革命潜力，将细微情感和行为的变化逐渐渗透到政治和经济制度中，最终实现政治和经济制度的改变。

二十世纪中后期以来，西方女性主义理论家们也发展出丰富的身体论述，这些理论从性与性别的角度刷新了身体研究的版图。下文将概述在女性主义身体理论方面影响较大的几位思想家。

作为女性主义运动的创始人之一，波伏娃无疑是任何介绍女性主义理论的论著都绕不过去的名字，她的《第二性》被誉为女性主义的经典之作。波伏娃在《第二性》中并没有对身体进行专门的界定与直接的论述，但围绕身体的论述却颇多，因为传统的性别呈现和当代女性对性别枷锁的反抗都是通过身体表现出来的。她曾说，"身体是我们把握世界的工具，认识方式不同，世界也必然大为不同"（波伏娃：36）。在这部著作中，她回顾历史，描述现在，从女人是什么入手来探讨女性的身体；因为当时女性越来越多地参与到公共事务中，使很多人认为女人已经不成其为女人。波伏娃生活和著述的时代正处于各种理论向后现代发展和转型的时期，她的身体观可谓承接了历史。

在《第二性》中，她提出的一个最重要的问题就是："女人是如何变成他者的？"为此，她分析了生物学、精神分析和马克思主义对这个问题的论述，并透过这些分析得出了其著名的论断："女人不是天生的，而是变成的"（309）。也就是说，女性身体并不等于生理性别，而是由社会规定出来的，是社会文化强加和扭曲的结果。由于身体不是一个固定不变的、本质化的实体，女性的身体也并不必然代表着要养育、照顾别人，或者仅仅成为外表美的载体。这就为女性重新定义自我的身体提供了途径。按照波伏娃的看法，在主体与身体的关系之中，两性之间是有差异的。在父权制社会里，妇女被贬抑为等同于身体，她就是她的身体，她的身体就是她；与此相反，男人却并不被限制在身体之中，男人的价值不与身体密切相关，他的意义超越了身体。她强调女人和男人都是社会文化建构的结果，这成为了社会性别理论关键的思考起点。

可以说，《第二性》展示了两种不同的身体观。首先，波伏娃指出，妇女的身体是社会所建构的，因而是可以改变的，她以此来描述父权制社会中女性的身体经验。由此，她否定了"生物事实决定妇女命运"的论断，为女性主义理论和妇女运动开辟了广阔的空间，这是颇有积极意义的理论成果。然而，波伏娃没有在改变身体的路径上走得太远，她的分析逻辑是：我们这个社会的妇女日常忙于打扮她们的身体，以至于没有时间去完善自己的精神，因此，妇女要想成为自我，唯一的途径是把自我从身体里解放出来，从事有创造性的或服务社会的工作。另外，其身体观也是压抑的、悲观的：在父权制的体制之下，当女性以身体体验世界时，女性的身体是麻烦的。波伏娃称女人的身体为累赘的，被月经、生育、哺乳等生理现象所制约，这是阻碍妇女获得精神超越的实际障碍。这一观点与她所采纳的存在主义理论和异化理论密切相关。在存在主义的理论框架中，身体是一个问题；对于每个自觉主体的自由来说，身体是一个顽固的、无法逃避的客体，它限制主体的自由。因此，她所展望的女性的解放途径便是拒绝身体与超越身体。在《第二性》里，波伏娃对女人的身体的描述总是负面的，其中充满了"不幸""污秽""羞耻""麻烦"等字眼。她对身体明显持不信任甚至厌恶的态度，认为身体带给女人特别的负担。女性一直受到自身身体的限制，"女人的身体是她在世界上的处境的主要因素之一"（波伏娃：70）。

我们知道，传统的心灵与身体二元论的观点强调精神对身体的征服与超越；而波伏娃提出了女性要超越身体的观点，这表明，她在一定程度上还是沿用了笛卡尔式的身体—思维二分的观念，认为存在着超越身体的纯粹意识；用存在主义的概念来说，就是超越（身体）自在的存在而达至（精神意识）自为的存在。囿于其时代，在波伏娃的论述中，身体始终都有一个主体，而且她将生理性别与社会性别截然分开，虽然开拓了性别研究，但是却忽略了身体的议题。虽然如此，波伏娃在《第二性》中以宽广的视野和睿智的分析批评了社会文化对女性身体的负面想象和文化建构，其社会性别理论成为第二次女性主义浪潮中重要的思想指导和实践工具。

后现代思想家巴特勒是当代女性主义和性别研究学者，以及酷儿运动的理论先驱。她的工作很大程度上修正和发展了波伏娃的性别理论。波伏娃提出了社会性别的概念，但对于身体和生理性别并未给予足够的关注；而巴特勒正好相反，她重申身体并质疑性别。她最有影响的两部著作分别是《性别麻烦：女性主义与身份的颠覆》和《身体之重：论"性别"的话语界限》。自二十世纪八十年代以来，巴特勒就致力于重新思考性与性别的关系，她在《性别麻烦》里挑战了波伏娃所开启的社会性别分析框架，把身体置于性别研究理论之中。她强调，身体跟性别一样都是社会文化的结果。传统的社会性别理论有一个基本假设：生理性别与社会性别是不同的，而社会性别是生理性别的文化建构。巴特勒挑战了这种区分，她指出，生理性别本身其实也是文化建构的结果，"事实上从定义上来说，我们将看到生理性别其实自始至终就是社会性别"（巴特勒，2009：42）。她认为，区分生理性别与社会性别的弊端在于：生理性别被看作是天生的、固定的、不受语言与文化影响的，是一张白纸，任由文化在其上建构社会性别，这样的结果是把身体看作是生物现象而把它自然化了。在论辩过程中，巴特勒把身体放在性别研究的中心位置，建立了生理性别、社会性别、身体三个维度的分析框架。她以波伏娃关于"女人不是天生的，而是变成的"的论述为出发点，辨析身体与社会性别的关系。她指出，波伏娃的社会性别理论假设了身体是天生固定的，而社会性别是可以变化的，而她的观点则相反，她强调身体是可变的，是身体的持续行动与变化形成了社会性别。"(社会)性别是对身体不断地予以风格/程式化（stylization），是在一个高度刻板的管控框架里不断重复的一套行为，它们随着时间的流逝而固化，产生了实在以及某种自然的存有的表象"（42）。也就是说，没有什么内在的社会性别身份的"真理"，性别身份不过是身体行动的结果，是操演的结果，那么，"当生理性别从其自然化的内在和表面解放后，它可以成为展现对性别化的意义进行戏拟增衍以及颠覆游戏的一个场域"（45）。由此，身体获得了能动性与活力，它不必然与社会性别和欲望和谐一致。如果能够摆脱强制异性恋的管控，身体未必朝向二元性别的身份发展，其欲望也未必指向异性的身体。生理性别、社会性别和欲望关系并非和谐一致的，而是有多种变化的可能。这一激进的思想为酷儿理论打开了新的分析与实践空间，成为分析当代酷儿文化的有力工具。

　　在《身体之重：论"性别"的话语界限》中，巴特勒着重讨论了身体的物质性，尤其是与性、性别相关的议题。她认为有关社会性别的理论应该重回生理性别最物质的部分，即身体。她提出了有关身体的精辟理论，审视了异性恋专制如何塑造和宰制身体、生理性别及社会性别。她认为，从一开始，权力就在限制着生理性别，规定何种才是合法的性别。她建立了自己的理论体系，在这个体系中，身体并不等于肉身，而是一个系统，它涵盖物质、精神和社会等多个层面。身体不是所谓与生俱来的生理性别那么简单，身体也远非是自然的，纯粹天然的身体并不存在。我们所看到的自然，都是经过文化改造的、人化了的自然，含有人为的痕迹的价值判断，还有对历史的因循和沿袭。可见，身体的物质性不等于身体是一块白板，生理性别与社会性别的关系并非是生来固有和后来养成的区别。身体在语言和社会中一直被建构着、重构着，被强制反复地书写、引用，和性别一样，都是社会文化建构的结果，因此，身体被提升到了一个前所未有的新高度，成为巴特勒性别研究的中心。

　　巴特勒有关同性恋身体方面的论述尤其具有开创性和启示性。她在分析身体与权力、身体与主体的关系时，着重分析的是异性恋体制的控制力量。她把身体看作权力动态的效果，这样的身体当然无法逃离社会的影响，因为社会管控的规范控制着身体的物质性（Butler，1993：2）。由此，她分析认为，主体的认同过程无法与强制异性恋的规范化指令分离，这正是权力对身体实行控制的有力表现。在这种律法规范之下，那些不符合规范的身体，那些"卑贱的、不合法的身体"，就无法被认可为身体；这种律法允许某些性别认同的方式，却驱逐另外一些认同的方式，其后果是很多所谓"卑贱的"身体无法找到合适的主体表现方式，无法成为主体（15）。她犀利地指出，生理性别的区分本身就带有某种意识形态的印记，而性别是"心照不宣的集体协议，同意去表演、生产以及维系明确区分的、两极化的性别的文化虚构"（巴特勒，2009：183）。

　　巴特勒的理论分析有力地说明了身体并非是自然的，而是文化铭刻的结果，身体具有不可化约的物质性。她质疑对性与性别之间所作的生理区分，主张酷儿的身体挑战了异性恋的规范，展示了身体、性别、性取向、社会性别并非和谐一致，而是持续变化、互相交叉。她不断阐述的关于身体、性别和话语的观点，彻底消解了身体与精神的二元认知模式，论证了主体身份的多元性、差异性和过程性，以动态、辩证的思维审视了人的存在，丰富了女性主义研究和身体研究的理论资源。

另一位女性主义理论家伊里加雷试图重新解释女性的身体，并将男女之间的性差异作为解放女性身体的核心所在。她认为，女性在父权社会承担的主要角色都是因为女性身体在男性想象世界中具有的商品价值而得以确立。对于女性性征化身体的"使用、消费和流通支撑着社会秩序的组织和再生产"（Irigaray，1985：233），也最终支撑了符号旨归和象征秩序。她不仅强调对身体的社会性认识，也毫不回避身体的物质性，指出女性的性征"至少总是双重的，甚至是多元的"（Irigaray，1993：28）。她尝试建立父权文化中缺失的女性谱系，复数的"我们"成为女性文化传统的重要特征。另一名著名女性主义学者埃莱娜·西苏（Hélène Cixous）则大力倡导"女性写作"，提倡妇女要返回身体，通过她们的身体来写作，要为女性说话，让女性的身体被看见，以摆脱男性中心主义的文化传统对女性的种种本质主义的界定。这种书写以女性身体为据点，进而发展为强调女性特质的"身体语言"（the language of the body），在此女性主体是掌控文本生命的力量，作为一种超越二元对立的独立存在进行创作与书写。女性创作者的身份因此从波伏娃提出的第二性身份中挣脱，成为中立的书写者身份。

以上几位当代女性主义理论家一致将身体视为社会和文化的象征符号，将身体视为社会历史、社会关系和社会话语的产物，认为身体体现着社会的等级秩序、社会规范和文化习俗。身体问题的复杂性不言而喻，这一点已经被自然身体和文本身体的分裂所证明。文本身体是被书写和被阅读的身体。在当代文艺理论中，身体成为论争的战场，为文化、社会和政治斗争提供了一个实实在在的基础。就此而论，身体确已不再仅仅是自然的身体，而是烙下了文化符号的文本身体。在身体上刻写文化符号，不仅是艺术家的所作所为，也是我们阅读作品时的所作所为。不过，这一观点的复杂性还在于，当今有些学者，比如邦尼·曼恩（Bonnie J. Mann），认为接受文本身体的概念，就等于否认现世的血肉之躯。按她的说法，文本身体是指具有性别意识并表达了文化内涵的身体，这不是自然的身体，而是没有原型的虚拟身体。曼恩反驳巴特勒关于文本身体的观点，提出了自己关于超文本身体（extra-textual body）的观点。她写道：

> 什么是超文本身体？在什么情况下超文本身体与文本身体不同？文本身体，正如我们已经看到的，是烙下了文化符号的身体，可以这么说，文本身体失去了"原初"的自然属性，实质上烙下了后天的社会印记。在烙下印记的过程中身体变得完全不可理喻，并自相冲突：这身体具有双重性，既是人造的主体（身体只是一个载体），同时又是自然的主体（顺其自然）。身体演示了这个词语本身的双重意义，它屈从权威，但也反抗权威。（Mann：156-157）

虽然曼恩在文本身体的问题上不同意巴特勒和其他后现代女性主义者的观点，但她实际上表示了一种妥协，最起码也表示了磋商的可能性，因为在自然身体和文本身体之间，正如她宣称的，她"不让自然身体和文本身体相对立"（Mann：157）。

除了哲学、心理学、文化研究等领域，人类学、社会学对于身体理论的贡献同样不容忽视。人类学，尤其是文化人类学，一直比较关注身体研究，这也许与其学科研究的主题相关，而人类学对身体研究进入社会科学的视野发挥了非常重要的引领作用，特别是道格拉斯和莫斯的贡献。莫斯在其《社会学与人类学》中首次提出了"身体技术"（techniques du corps）的概念，主张对身体进行管理。这里的身体技术指的是人们在不同的社会中，根据传统了解使用身体的各种方式。这样，莫斯将身体现象明确地带入了社会学与人类学，为当代身体社会学提供了丰富的灵感，"我们打交道的是各种身体技术。身体是人首选的与最自然的工具。或者，更准确地说，不用说工具，人首要的与最自然的技术对象与技术手段就是他的身体"（莫斯：306）。他认为，人的一生始终伴随着身体技术的学习和训练，人通过训练获得社会所承认的各种身体技术，从而表现自我并与他人交往。他的身体技术学说初步涉及了身体的规训和表现，对福柯的身体观产生了直接的影响。他的这一研究也影响了道格拉斯。道格拉斯把身体看作一种自然象征，在《洁净与危险》中将身体区分为物理身体和社会身体，认为二者并存：物理身体是基础，社会身体是本质。她对社会身体而非物质身体更感兴趣，关注的焦点在于寻找社会问题与身体病症之间的一致性。两种身体之间的相互影响和转化主要是通过赋予物理身体以充满社会意义的象征而实现。她通过分析排泄物、母乳、流涎、洁净、肮脏等身体现象的社会意义，指出了身体与文化的内在关联性。道格拉斯的身体可以理解为一个文化象征系统，身体是整体社会的隐喻，身体中的疾病是社会失范的象征反应。

二十世纪八十年代，在社会学领域中，大量有关身体的研究成果纷至沓来，直接促成了身体社会学的诞生。吉登斯在其《社会学》中专门用一章介绍了身体社会学的初步研究旨趣。他指出，社会生活与我们的身体之间存在一种内在的、深刻的、本质性的关系，"被称为身体社会学的这个领域，是对我们身体所受社会因素影响的方式所做的研究。……我们的身体受到我们所属的规范和价值观的影响，也深受我们社会经验的影响"（吉登斯：182）。

特纳是身体社会学领域的领军人物，他的贡献在于对前人的身体理论进行了详尽的分析和评价，并在梳理与评价前人成果的基础之上提出了自己独到的见解。除此之外，他于1995年开始担任《身体与社会》杂志的主编，重新确定了身体研究的范围及一些重大的理论主题。下面简略介绍其代表性著作《身体与社会》(*The Body and Society*)。在这部著作中，他首先详细分析了身体问题得到关注的时代背景和社会根源。他认为，是当代社会对健康、疾病和老龄化等直接与身体相关的社会现象的关注催生了身体社会学："由于医疗实践性质和技术发生了重大变化，由于疾病与病痛的变化结构，以及由于人口老龄化——至少发达的工业社会是这样的，身体在当代文化中变得重要起来"(特纳: 7)。接着，他分析了身体问题在西方传统思想中缺席的现象和原因："身体的屈从是西方文明本身的一个明确特征。…… 传统的身心二元论对立以及对人的身体的忽略是社会科学中主要的理论和实践问题"(汪民安、陈永国，2003: 4)。

随后，特纳重点分析了众多纷繁复杂的身体表象背后的身体社会学的理论传统：首先，身体社会学认为身体不是一种自然现象，而是社会建构的产物，比如上述的女性主义身体观；身体社会学还认为身体是社会组织和权力关系的表现，并探寻身体如何体现这种社会权力关系，以福柯的理论为代表；身体社会学关注"活生生的身体"(lived body)现象，即日常生活中的身体体现，以梅洛-庞蒂的身体现象学为代表；身体社会学同样关注在社会实践和身体技术的习得过程中的身体表现，如莫斯等人的理论。特纳指出，身体问题应该成为社会学分析的中轴。在他的理论话语里，他将费尔巴哈、马克思、梅洛-庞蒂、弗洛伊德、福柯等人的学说糅合在一起，讨论了有关身体的许多具体问题，形成了"肉体社会"的思想。按照特纳的观点，在这个肉体社会中，重要的政治问题和个人问题既表现为身体问题，也通过身体得以表达。他的观点开创了当代文化关于身体研究的重要课题。在著作的结尾处，他还提出了身体社会学家在未来若干年内需要优先考虑的问题和主题。

奥尼尔在其《身体形态：现代社会的五种身体》中区分了现代社会存在的五种身体形态：世界身体、社会身体、政治身体、消费身体、医学身体。所谓世界身体，其实就是一种简单的拟人论(anthropomorphism)，人们通常从人身体的言语表达和生理功能出发来建构世界和宇宙图式："人类首先将世界和社会构想成一个巨大的身体。以此出发，他们由身体的结构组成推衍出了世界、社会以及动物的种属类别"（奥尼尔：55）。社会身体构成内在于公共生活的深层交往结构，是社会秩序和价值的象征。人们按照人类身体的形态和结构来构想自我与社会之间的关系，把社会制度、社会关系等投射到身体结构上去："我们以自己的身体构想社会，我们同样以社会构想自己的身体"（42）。政治身体则关注身体与国家、权力之间的互动，关注政治身体也就是关注现代社会的"管理型国家"和"疗治组织"给日常生活带来的困境。奥尼尔认为身体的架构和政治的架构是同构的。消费身体是需求的身体，是商业美学所利用的资源，是时装工业算计的对象。人们在从生到死的过程中一直持续不断地满足自身身体、心灵的各种需求："现代经济一方面急剧扩大了我们的需求和欲望，而另一方面也宣称它采用的是伦理的方式以满足这些欲望。平衡的两面就是生产和消费"（101）。医学的身体则是"身体全面工业化"的重要组成部分，是国家权力把身体纳入管理视野的重要方法，也是消费主义的具体体现。

另一位社会学家布迪厄也对身体作出了独具洞见的解读。他认为，身体拥有文化资本，表现为场所或空间，不同社会阶层的文化实践刻写其上。身体可以看作是阶级禀赋的载体，这些禀赋本身就是不同阶级的生活世界或习性内部的兴趣通道。而发展了空间理论的亨利·列斐伏尔（Henri Lefebvre）也指出：身体也是一种空间。"每个身体都是空间，也都有自己的空间：它在空间中塑造自身，同时也产生这一空间"（Lefebvre：170）。身体空间可以由姿势、踪迹来决定，通过做出与主导意识形态下相对的姿势或行为举止，人可以定义自己的身体。

当代大众消费主义的盛行，使得身体成为享乐主义实践欲望的一个领域，也成为探讨消费社会的一个重要出发点和研究对象。两位最重要的深入研究消费文化和身体之间关系的社会学理论家分别是鲍德里亚和费瑟斯通。鲍德里亚在《消费社会》中借鉴了拉康的"欲望即缺失"理论，从符号学角度对消费社会和商品的符号价值进行了解读。他认为，消费文化借助符号的力量，永无休止地激发源自身体的消费需求，使身体成为生产符号和差异的场所。在当代社会，身体被编织进符号网络，符号性成为身体的主要特点。作为消费品的身体不仅具有使用价值、交换价值，还具有符号价值。在消费社会中，身体不再仅仅是一种个人的物质形态，而变成了社会要素和交换符号，是"心理所拥有的、操纵的、消费的那些物品中最美丽的一个"（鲍德里亚：20）。

鲍德里亚认为，在消费社会中，消费品的使用价值已经不再重要，人们重视的是消费品的符号价值。符号象征着成功、身份、社会地位和人生价值。这是一种"社会编码"，它把人们归属于某一社会阶层，人们可以通过这一社会编码系统查找他人或者自己所处的地位。消费品已经不再作为一种有使用价值的物品而存在，而是作为一种有社会意义的符号而存在。在这样的消费社会中，身体的商品化、市场化已成为一种普遍性的意识形态。他还认为，大众传媒在人类身体的建构上面发挥着越来越重要的作用，媒介激发着人们消费身体的欲望，因此他专门分析了当代媒介如何诱导大众重新发现、感受、关注并关照自己的身体。

费瑟斯通在其著作《消费文化与后现代主义》和论文《消费文化中的身体》（"The Body in Consumer Culture"）中利用了鲍德里亚的符号消费理论，探究了消费文化中的身体如何作为自我的一部分被体验和改造。"在消费文化中，身体被宣传为快乐的载体；它悦人心意又充满欲望，真真切切的身体越是接近年轻、健康、美丽、结实的理想化形象，它就越具有交换价值"（转引自汪民安、陈永国，2003：331–332）。大众对于完美的身体形象的追求变成了消费目标，身体代表了通向生命中一切美好事物的通道。费瑟斯通认为，人们已经把身体当作自我的重要部分加以改造和培育；而当代消费社会的文化工业已经形成一个有关身体的产业群，不断通过媒体强调身体是可以被改变和塑造的，身体作为自我的体现，是未完成的，需要不断修饰、改变或变形。与传统道德规训明显不同的是，消费文化打着享乐主义和满足身体需要的口号，实施对身体的新规训：不断刺激欲望，并把欲望符码化和美学化，因而这种规训更为隐蔽，更具诱惑力。在这样的消费文化中，身体实际上代表了对自我的认同，人们可以根据这种认同来判断一个人的生存状态和社会地位。也就是说，身体就是看得见的自我。身体的外在形象影响着一个人的自信和自我认识。可以说，消费文化就是一种膜拜身体形象的文化。

总之，全球化消费社会中的身体与自我身份的建构息息相关。身体或已成为鲍德里亚所说的一种消费符号，在消费自身的同时也被他者所消费。身体的价值已经具备商品价值的一切特征，人通过身体进行自我身份的确认、提升和完善，不论这种过程是实际存在的还是虚幻的。身体已经成为一个我们触手可及、随时可用的工具，在消费欲望的洪流中充当先锋和排头兵。

以上是对身体社会学基本理论的概括梳理。身体社会学正是以身体为研究对象，一方面考察身体的社会生产、社会象征与文化意义，及国家、制度、权力对身体的管理和控制；另一方面则注重身体实践对社会、文化的建构。特纳认为，身体社会学并不是要提供对于身体确定无疑的论述，而是要提醒我们关注身体在医学社会学、父权制研究、社会本体论、宗教社会学、消费文化分析、社会控制等领域中的重要性。吉登斯、奥尼尔、布迪厄等众多社会学家的观点从不同侧面、不同视角进一步加深了人们对于身体的认识，丰富了当代的身体理论。

在身体理论层出不穷的二十世纪末期，西方马克思主义学者也加入了有关身体批评的话语建构，而其中影响最大的无疑是伊格尔顿。伊格尔顿的批评触及范围很广，其意识形态批评和对主体性的研究充分体现了其身体政治话语。他曾说，"肉体中存在反抗权力的事物"（伊格尔顿，1997：17）。他对以往思想家们的身体理论进行了述评，对劳动的身体、权力的身体、欲望的身体、规训的身体、狂欢的身体等都进行了批评性的分析和反思。他认为，当今蔚然成风的身体研究集中关注的多是"色情的身体""交欢的身体"，而非"饥饿的身体""劳作的身体"，"性"取代了"胃"（4–5）。

他念念不忘身体理论的政治主题，认为身体的重要性在于它与审美一起参与了政治意识形态内在化与合法化的过程。他批评新兴的身体学有些过犹不及，被"肉体"或"性"迷了心窍，而漠视了实实在在的存在主题。可见，作为西方马克思主义学者，他的侧重点依然是身体的政治维度：身体正处于由政治、经济、文化等组成的关系网络中。

综上所述，我们可以说，自十九世纪中后期以来，身体已经从其被灵魂、上帝或理性遮蔽的阴影中解放出来，理性至上、身心二分的思想传统进一步式微。而自二十世纪七八十年代以来，人类对于身体的研究可谓进入了一个众声喧哗、理论狂欢的时代。至此，人类对身体的理解早已超越了将其看作生物学或医学研究对象的阶段，正如汪民安所精辟地总结的那样："身体，不再是纯粹的自然性事实，不再是一个纯粹的有机体，不再仅仅是医学、生物学和人类学的对象，不再是生产主义的劳动工具。现在，身体的表面不仅是光滑的皮肤，而是复杂的社会印记"（汪民安，2004：16）。

总结人类身体观的三个发展阶段，我们可以看出一条较为明显的发展曲线：心灵压制身体导致身体的失落，在之后漫长的岁月里，身体逐渐回归，并最终进入狂欢阶段。按照杨大春的哲学解读，早期现代哲学集中关注纯粹心灵，身体被纳入纯粹事物的秩序中，没有能够在意识哲学中获得应有的地位；后期现代哲学旨在突破意识哲学，在很大程度上实现了身体对心灵的造反，肉身化主体成为哲学家们关注的核心；后现代哲学则旨在最终瓦解意识哲学，物性的身体上升到了主导性的地位。

确实如此，从笛卡尔到黑格尔的早期现代哲学大体上属于意识哲学，其基本倾向是扬心抑身，身体没有成为哲学思考的对象。但在自叔本华和尼采以降的后期现代哲学以及二十世纪六十年代以来的后现代哲学中，身体问题变得越来越重要。从另一方面来说，弗洛伊德等精神分析学家的理论虽未明确将身体纳入研究范畴，但其有关人格和欲望的理论的前提却是人类实实在在的身体。法国的身体现象学更加注意到身体的核心地位，梅洛–庞蒂等创立了以身体为基础的存在现象学，诠释了身体在世界构成中的奠基作用，提升了身体在当代思想中的地位。梅洛–庞蒂、列维纳斯及亨利等为代表的身体现象学终于成功将身体拉升至主体地位，意识或心灵与身体合而为一，也从此开启了学界对身体的跨学科研究。福柯、德勒兹等人所代表的后现代哲学进一步否定了意识现象学，致力于消除身体现象学中包含的意识哲学的最后残余。西方马克思主义者如赫伯特·马尔库塞（Herbert Marcuse）、弗雷德里克·詹姆逊（Fredric Jameson）和伊格尔顿等，也表现出对身体问题的强烈兴趣。马尔库塞将美学、社会政治和身体联系起来，研究社会文明、社会规则对身体快乐的剥夺，提出以身体为交汇点弥合现实原则与快乐原则的分裂。伊格尔顿则在《美学意识形态》中以肉体为主题切入西方美学的历史进程。于是，在这些理论家的共同作用之下，自笛卡尔以来的理性传统终于被解构——人之为人就在于其心灵或纯粹意识，心灵拥有一个身体并驾驭身体等观点被瓦解。身体登堂入室，成为许多学科的重要课题。时至二十世纪八九十年代，在理性传统中失落的身体全面回归，人类进入了身体理论的狂欢阶段。

直到今天，身体和身体哲学已经成为学术界非常热门的概念。许多学者都在身体哲学的名下探讨当代哲学的主要问题。而更多的学者则对身体展开了如火如荼的跨学科研究，尤以社会学、人类文化学、文化研究、精神分析、性别研究等为主。而这种情形无疑也对文学、艺术等人文学科影响深远。在下一节中，我们将对身体与文学文本之间的关系以及文学身体理论的发展进行简述。

2.4 身体与文学

在前面三节中，我们分析了身体理论在西方的社会历史文化中是如何逐渐凸显出来的，梳理了哲学家、心理学家、人类学家、社会学家等从不同理论视角对身体作出的深入思考与阐释。一言以蔽之，自尼采以来，西方思想界对身心问题的思考与关注出现了身体转向，而后现代思潮的兴起，尤其是性别主义研究的加入，更是使身体现象得到了空前的重视。在女性主义理论家西苏提出"妇女写作"或"身体写作"以后，身体、身体写作、身体叙事等词汇俨然已经成为当今文化、文学批评中司空见惯的关键词。在本节中，我们将从文学中的身体以及文学身体理论的发展两个层面探讨身体与文学之间的关系。

第一，文学中的身体。

首先需要厘清文学作品中的身体现象的内涵和外延。我们常说，文学即是人学，而人的身体维度是无法从文本中彻底抹去的。众所周知，在文学作品的创作与阅读中，存在诸多隐形的身体现象。比如作者和读者的身体意识、身体状况、身体形态、身体经验、身体想象等，都可以决定彼此思考、把握生活世界和文学文本的方式，并且以各种隐晦的方式投射于文学之中；不过这样的身体现象并非本研究予以考虑的对象。同样，在文学作品的内部，叙事中人物的身体以及由身体延伸出去的语言、动作、行动等等，当然也是身体的存在方式；不过，这些由于过于熟悉而常常被人所忽略，可以说是一种隐形的身体，也并非本研究关注的对象。文学中的身体研究或者文学身体学所关注的身体现象，是一种显性的身体，更多地指代作品对身体的感性体验的意识与关注，包括但不仅仅是有关"性"的身体话语。在当代以身体为写作对象、写作题材的所谓身体写作类型中，这一点尤其需要明确。不过，下文还将阐释，完全以身体为题材，在作品中充斥赤裸裸的身体话语，其实只不过是文学中身体的表现方式之一而已。可以说，文学就是个人身体的体验或经验的呈现和建构。弗吉尼亚·伍尔夫（Virginia Woolf）在一篇有关疾病的著名文章里指出，文学需要呈现对于人们的日常生活至关重要的身体感受与身体表达，诸如"热与冷、舒服与不舒服、饥饿与满足、健康与疾病"（Woolf: 101）。从杰弗雷·乔叟（Geoffrey Chaucer）、米歇尔·德·蒙田（Michel de Montaigne）、莎士比亚到让·尼古拉·阿尔蒂尔·兰波（Jean Nicolas Arthur Rimbaud），以及詹姆斯·乔伊斯（James Joyce）和伍尔夫本人，都曾经深刻地、饱含情感地书写过人类的各种身体体验：性、分娩、进食、排泄、愉悦、痛苦、欲望、厌恶，等等。不过，纵观人类的文学身体史，身体话语在不同时代、不同作家的文本中显现的方式不仅天差地别，而且耐人寻味，与上文我们所述的身体在人类思想史中的地位起伏有一定的对应联系。下文举例简略说明。

在人类文明的初年，在文学的童年期，诗人在叙事中对身体的呈现是自然的、纯洁的；如同古希腊雕像那样自然裸露的健美躯体，也呈现在诗人的笔下。比如《荷马史诗》就体现了诗人的身体意识：荷马对于身体的描写非常频繁，甚至在提及某个人物时，也经常以其身体的某一突出特征为指代，比如"白臂女神赫拉""灰眼睛的雅典娜""美颊的克鲁塞伊斯"，等等。他笔下的众神们，都有着如同人类一般饱含七情六欲的身体，他们会嫉妒、愤怒、悲伤、恋爱。除此之外，诗人对于男女之间的性爱描写也并无丝毫隐晦或畏缩。比如，他直言奥德修斯（Odysseus）在与妻子佩内洛普（Penelope）相认之后，"享受过性爱的愉悦"（荷马，《奥德修斯》：758）；也描写宙斯（Zeus）与妻子赫拉（Hera）一同走向床笫，"躺倒欢爱"（荷马，《伊利亚特》：385）。另外，无论对天上的神祇，还是芸芸众生中英雄人物的身体，荷马都进行了热情的讴歌：如赫克托耳（Hector）和阿基琉斯（Achilles）等人身体的雄健和魁伟，赫拉、雅典娜（Athena）、海伦（Helen）和佩内洛普等人的娇美。不过，值得一提的是，荷马并不仅仅注重躯体的外在美，而是通过对人物言行的描摹，表达了他同样关注人物的内在品性与智慧，崇尚肉体与精神高度统一的审美态度。这种对身体的直接描写和歌颂与古希腊早期社会中人们朴素的身体信仰相关：古希腊人崇尚肉体与灵魂的完美结合与和谐存在，他们以众神为理想，颂扬自然迸发的美感，追求形体的迷人魅力，在日常生活与各种竞技比赛中争相展示身体的完美与丰盈，赋予肉体以尊严、美与活力。"对于古雅典人来说，展示自己的身体就是肯定自己身为市民的尊严"（胡塞尔：459）。不过，如本章第一节所述，随着哲学这门独立且自我克制的学科悄然兴起，一种深刻的身体恐惧症（somatophobia）也随之而来。

在中世纪文学中，在基督教神学的禁欲主义思想控制之下，身体益发成为需要克制的对象；在文学创作中，活生生的、充满血肉的身体不见了踪影，而体现出明显的精神性，或曰灵性。以中世纪最具代表性的文学体裁——骑士文学为例，无论是骑士抒情诗还是浪漫传奇故事，都大力推崇所谓的骑士精神以及这种精神所涵盖的一系列美德，诸如英勇、谦卑、荣誉、牺牲、锄强扶弱，等等。诚然，爱情是骑士文学中一个至关重要的元素，不过，这种爱情通常是某一个骑士对于某一个贵妇人的爱慕和崇拜：他竭力为她服务，为她去冒险，把获得她的欢心视为最大的荣誉。这样的爱情基本是浪漫的、精神性的恋爱，而非灵肉结合的男欢女爱，因而并非两性之间的真正爱情。总体来说，中世纪文学中体现出较为明显的理想主义、英雄主义和对精神性的崇尚。

不过，在中世纪走向尾声，文艺复兴的大幕即将拉开的时候，情况终于有了一丝转机。乔叟作为英国由中世纪走进文艺复兴之转折期的重要人物，在其最具代表性的作品《坎特伯雷故事集》中触及了较多的身体意象，有些故事甚至直接与两性关系或肉体相关，充满了插科打诨的玩笑成分。比如在亲吻屁股（《磨坊主的故事》）、深夜卧室混战（《管家的故事》）、梨树上偷情（《商人的故事》）等等情节之中，均有大胆而露骨的身体描写与男女情爱描写，这样的故事无疑奠定了后来英国现实主义文学的基调。在文艺复兴的起源地意大利，诗人弗兰齐斯科·彼特拉克（Francesco Petrarca）在《歌集》中，不仅歌颂了女友的美德和内在品质，也对其形体进行了一再的歌颂。乔万尼·薄伽丘（Giovanni Boccaccio）的《十日谈》也对男女之间的情爱进行了大胆的描写。这些作家的作品均体现了文艺复兴时期人文精神的爆发和对基督教会禁欲主义的反击，在一定程度上也表达了对于人的身体的关注与热爱。

在文艺复兴的高峰时期，在提倡人文主义的氛围之下，对身体及其感官体验的描写更多地出现在西方作家的笔下。以莎士比亚为例，他在诸多戏剧作品中比较多地利用了身体意象。从二十世纪九十年代末开始，学界也已经开始借鉴各种新兴的身体理论来分析探讨莎士比亚的诸多戏剧作品，比如肯尼斯·希顿（Kenneth W. Heaton）分析了莎士比亚如何利用人物的身体感觉来表现他们的心理状态（Heaton：97）；辛西娅·马歇尔（Cynthia Marshall）关注被侵犯的肉体与观众的心灵体验，以及由此引发的对身体与主体性等问题的思考（Marshall：51–56）；约翰·亨特（John Hunt）关注《哈姆莱特》中灾难性身体的深层含义，认为它们"是人忍受和行动的媒介，构成人的经验；但身体也威胁人，使人残缺和微不足道"（Hunt：27）；而林恩·恩特林（Lynn Enterline）作为莎剧批评的代表性人物，研究现代早期处于危机和过渡点的身体，以及从奥维德（Ovid）到莎士比亚的身体修辞。她认为文艺复兴时期的文本是自我从身体中疏离的证据（Enterline：62–72）。除此之外，女性主义学者、后殖民主义研究者也纷纷从不同的理论视角展开对莎士比亚中身体现象的研究和讨论，不一而足。

在讲究秩序、更具压抑性的正统文化统治之下，社会中仍旧逐渐发展出了一种活泼的民间文化，出现了一种更加通俗、更加贴近真实生活的文学，拉伯雷的创作即是典型代表。根据巴赫金的观点，拉伯雷的作品在其身后几百年间一直不被理解，他的作品在几个世纪的"正宗文学"中似乎显得格格不入；其小说被批评为粗野鄙俗、荒诞不经，甚至猥亵不洁，究其原因，就是因为他的作品中充满各种怪诞的人体形象和身体下部形象。拉伯雷在《巨人传》中，抨击神学，歌颂世俗生活。教会主张缩食禁欲，他则提倡大吃大喝，尽情享受生活的乐趣。教会订立了诸多清规戒律，他则宣扬个人的自由解放。在他的作品里，他毫不隐晦地描摹鲜活的人的身体，以及与肉体有关的因素：饮食、排泄和性生活等现象。他尤其强调身体的下部，如巴赫金所言，"孕育生命的大地和人体的怀抱，下部永远是生命的起点"(巴赫金，1998：25–26)。小说中与身体有关的意象比比皆是，被肢解的人体、孤立的怪诞人体器官、内脏、大张的嘴巴、吞咽、排泄活动、死亡、怀孕的身体、分娩活动等，随处可见。其中有一段描绘巨人高康大（Gargantua）擦屁股的情节，经常被拉伯雷的批判者和支持者所津津乐道。高康大讲述自己通过长期实验各种物品才找到最好的擦屁股方法，他还列举了一个长长的单子。这么做，就像是一场欢乐的戏弄物品的游戏，等于对那些物品进行了降格、脱冕和侮慢；并且由于这些动作指向肉体和下部，因此驱散了虚伪和压抑的严肃气氛，"使世界有了另一种外观，更加物质性，更加贴近人和人们的肉体，更具有肉体的合理性"（441）。

总的来说，拉伯雷笔下的人体大多处于建构和形成之中，而在人体中发挥最重要作用的部位有两类。一种是那些超出自身界限、预示新个体开始发端的部位，通常是凸起的部位，如鼓突的眼睛、肚子、男根等等；另一种则是孔洞型的部位，包括鼻子、嘴、臀部、毛孔等，它们构成排泄、分泌、进食等生理活动和生活场景。在这些接触面上，身体过度地敞开，身体和大地/自然/宇宙的界限实质被有意地消除，身体在某种意义上和大地/自然/宇宙是同构的。巴赫金称拉伯雷的文学为怪诞现实主义，认为其特点是："把一切高级的、精神性的、理想的和抽象的东西转移到整个不可分割的物质——肉体层面、大地层面和身体层面"（24）。在拉伯雷的笔下，身体不是孤立的生物学意义上的肉体，而是与社会、大众互为联系的身体，是真实的、鲜活的、能指的身体。

可以说，在漫长的身体相对缺席的文学创作史中，诸如以上那样具有较为明显的身体意识的作品并不多见。虽然在以人性取代神性、倡导人文主义方面，文艺复兴成就斐然，身体也曾受到一阵短暂而热情的赞美；不过，文艺复兴并没有将身体完全从精神的统治中解放出来，随着笛卡尔理性主义的诞生，身体反而几乎再次被完全遮蔽，在文学作品中，身体话语和意象难觅踪影。不过，在理性占据压倒性地位的十八世纪有一个例外，那就是斯威夫特。在其诗歌及代表作《格列佛游记》中，均出现了较多的身体意象，似乎有点身体造反的意味。在本书第四章"原创研究示例"中，笔者将对这一现象进行更为详尽的解读，此处不再赘述。

在西方文化和文学中，蔑视身体的传统一直持续到十九世纪末、二十世纪初。以英国为例，这一现象则以十九世纪为最盛，最为明显、也最为读者所熟知的例子也许就是维多利亚文学中身体的隐形了。熟悉维多利亚时期文学的读者可能都曾注意到这样的一个现象：作者在叙述作品中的人物恋爱结婚和生子的故事时，对人物的身体与身体功能往往避而不谈，常常是毫无征兆地提及某个女性人物诞下了孩子：比如在简·奥斯丁（Jane Austen）的《劝导》中，韦斯顿夫人（Mrs. Weston）的结婚和怀孕生产不过是一句话；再比如乔治·艾略特（George Eliot）的《亚当·比德》中海蒂（Hetty）的未婚产女也是一笔带过，让现代读者感到突兀或者愕然。这种现象其实与维多利亚时代社会所实施的严格的文学审查制度不无关系。

文学审查制度是指官方权威机构如政府部门对面向公众的文学、艺术等领域作品的检查筛选，以达到其所预期的目的，这些目的可以包括政治、经济、宗教、道德、思想等各个方面。通常有两种审查方式：一种是作品出版之前预防性的审查，另一种是出版之后惩罚性的审查。这两种形式都见于维多利亚时代。众所周知，维多利亚时代的英国道德观念相对保守，小说家约翰·福尔斯（John Fowles）在《法国中尉的女人》中对维多利亚时代社会风气有着犀利的洞察，发表过精辟的评价：

> 在我们看来，十九世纪到底怎么样呢？……在那个时代，妇女们的衣服把肉体遮盖得比任何时代都严实，但对雕刻家的评判却要看他雕刻裸体女人的水平。在那个时代，任何小说、戏剧、诗歌等方面的著名文学作品，在色情描写上从来都不超过接吻的程度。然而，带色情描写的通俗作品的发行量却是空前绝后的。在那个时代，人体的某些器官是从来不提及的，否则会被认为有失体统；然而，卫生设备

非常简陋，人们几乎在所有的房子里和街道上都会碰到与厕所、粪便有关的东西。在那个时代，在人类活动的其他方面都出现了长足的进步和解放，而唯独在最基本的个人情欲方面却受到苛刻的控制。（福尔斯：351）

福尔斯主要是为了揭露维多利亚时代社会风尚中虚伪的一面而发出了以上评论，但同时也让我们了解了身体禁忌深入人们骨髓的程度。社会风尚如此，文学创作和出版领域便出现了颇为严苛的文学审查制度。

1857年，英国政府通过了《淫秽物出版法案》(*Obscene Publications Act*)。法案对是否淫秽的定义大致如下：对于那些可能接触到出版物，而且容易受到不道德因素影响的人群来说，出版物是否具有令其腐化堕落的倾向。而在当时，女性和孩童由于没有受到很好的教育，缺少判断力和经验，被认为容易受到不道德因素的影响。女性读者和年轻读者一样，在性的方面，应该是纯洁无瑕的；不过这种纯洁从不稳固，而且时刻面临着来自小说等外界力量的腐蚀或者削弱。维多利亚时代的家庭意识形态要求女人严格保持性的纯洁无瑕。因此，女人需要受到保护，不能暴露在性方面的事情和知识之下。于是，在这样的社会氛围之中，维多利亚时期的作家们大都自觉自律地恪守当时的社会规范与价值观，不轻易跨越雷池一步，比如查尔斯·狄更斯 (Charles Dickens) 在《匹克威克外传》的前言中曾表示，此书中不含有任何"令最敏感的脸蛋羞红的内容" (Dickens: i)。时任《康希尔杂志》(*The Cornhill Magazine*) 编辑的小说家威廉·梅克皮斯·萨克雷 (William Makepeace Thackeray) 也曾指出，"在我们的社交餐桌上，我们应该时刻假设女士和孩子们一直在场"（转引自 Turner：11）。到维多利亚中期，随着教育更加普及化，人口识字率迅速增高，阅读小说也成为最为流行的娱乐方式之一；流动图书馆使作家们的作品快速高效地进入广大中产阶级家庭，正如安东尼·特罗洛普 (Anthony Trollope) 所说，"我们已经成为一个读小说的民族，从现任首相到最近雇来的下房丫头无一例外"（Trollope，1980：219）。傍晚时分，全家男女老幼围坐在火炉前朗读是一种喜闻乐见的阅读小说的形式。因此，在上述法案实施之后，文学中本来就难觅踪影的身体呈现与身体描写，尤其是性表达，受到了更为严苛的限制或禁止。这一法案起源于英国，实际上也为美国的审查制度制定了规范，比如纽约市于1873年成立了"反堕落协会"（New York Society for Suppression of Vice）。这一严格的审查制度一直持续到二十世纪，许多今天为读者所熟知的小说就曾因为涉及性爱的描写而被列为禁书：比如托马斯·哈代（Thomas Hardy）的《德伯家的苔丝》因为有一幕诱奸场景而短时被禁；戴维·赫伯特·劳伦斯（David Herbert Lawrence）的《虹》也遭遇了类似的命运，其颇富争议的《查泰莱夫人的情人》更是被禁多年之后才得以解禁；乔伊斯的《尤利西斯》则在美国被禁，直到1933年才得以解禁。当然，这一禁书名单还有很长很长。

十九世纪后期，就在这样的氛围之下，在这种没有身体的文化之中，尼采喊出了"一切以身体为准绳"的口号；到了二十世纪初，弗洛伊德将身体与精神分析学联系起来，用"无意识"和"本能"的理念来凸显身体本身，身体逐渐显露。受到弗洛伊德石破天惊的心理学理论的影响，一些作家终于尝试一改传统之风气，开始在作品中张扬身体和身体的欲望，劳伦斯便是其中一个重要的例子。在他看来，身体以及身体的需求和欲望不再是需要被压抑和隐去，而是需要肯定和恣意张扬的东西；因此，他的作品中对身体的描写较为多见，毫不遮遮掩掩。这种处理方式与他本人对于身体（尤其是身体的性与欲望）的认识有着密切的联系。劳伦斯认为工业文明扭曲和摧残了人的自然天性，为了寻找在工业文明进程中失落的人类自我，他主张健康的性和爱是一条可行的救赎之路。为了实现人与人之间的和谐关系，人必须找回自我，成为富有生气的、自然的、完整的个人。只有这样，才能真正实现人与自然、人与人，尤其是男人和女人之间灵魂与肉体、理性与欲望的和谐统一。

随着二十世纪身体理论在人类学、社会学、心理学、哲学现象学等领域开花结果，身体前所未有地渴望找到自己在文学中的合法地位，读者也渴望在文学中发现人的细节化的喜怒哀乐和七情六欲，发现真实、具体、感性的欲望。弗洛伊德曾指出："自我首先是一个肉体的自我，它不仅在外表是一个实在物，而且它还是自身外表的设计者"（列文：97）。这一论断对于文学有着巨大的启示作用。自此，自我、感官、身体（包括肉体）、欲望等，在二十世纪被前所未有地关注和研究，在文学中也得到了前所未有的呈现与表达。美国诗人艾伦·金斯堡（Allen Ginsberg）曾大声宣告，要返回肉体："那些温暖的身体／在一起闪光／在黑暗里，／那手滑向／肉体的／中央，／肌肤抖颤／在快乐里／那灵魂快乐地／来到眼前——／／是的，是的，／那就是／我需求的东西，／我总想要的东西，／我总想／回到／我所从来的／肉体中去"（转引自李斯：429）。这首诗作于二十世纪五十年代，从中可以看出，金斯堡非常重视写作中的身体性，希望尽情体会肉体存在的各种感觉。虽说这一欲求与当时垮掉的一代对宏大叙事、人生意义、传统价值观追寻的渺茫和幻灭情绪不无关系，但这种对身体存在的关注，不能不说是一种进步。法国小说家玛格丽特·杜拉斯（Marguerite Duras）同样宣扬身体在写作中的重要性："人们听到肉体的声音，我会说欲望的声音，总之是内心的狂热，听到肉体能叫得这么响，或者能使周围的一切鸦雀无声，过着完整的生活，夜里，白天，都是这样，进行任何活动，如果人们没有体验过这种形式的激情，即肉体的激情，他们就什么也没有体验到"（转引自拉巴雷尔：87）。可见，杜拉斯同样主张回归肉体的原初激情体验，并指向现实关怀，张扬身体的欲望叙事和审美快感。

以上这些例子都表明，越来越多的作家意识到身体在写作中的重要性。这是因为身体的缺席无疑会影响文学创作中的身体再现，正如学者所言："如果一个活的、经验的身体不在，写作将如何真实地进行？我甚至认为，即便是具体的身体疾病，也会严重影响一个作家所采取的写作方式——如结核病之于卡夫卡的阴郁、肺炎之于普鲁斯特的耐心、哮喘之于鲁迅的愤激等，何况身体的缺席"（谢有顺：194）。而诗人海因里希·海涅（Heinrich Heine）在他的时代也已经意识到身体在创作中的重要作用："的确，身体有时候似乎比精神看问题更深刻，人们用脊梁和肚皮思考往往比用脑袋思考更加正确"（海涅：96）。

于是，从二十世纪后期开始，在身体理论蓬勃发展、身体话语百家争鸣的大背景之下，文学创作中的身体成为一个日益突出的现象，而身体经验书写也成为诸如性别研究理论家等大力推崇的做法。同时，也有激进的作家旗帜鲜明地提倡身体写作，这其实是对以往文学创作中身体缺席现象的一种过激的反驳与修正；其所标榜的身体，仅仅是文学身体性的一部分，意在肯定个人欲求、快感等感性体验的合法地位，强调个体感性的扩张。无论是创作中的身体经验，还是作品中的身体再现，关注文学中的身体，无疑可以帮助我们加深对现实、对世界、对人类自身的认识，探寻社会、文化、历史、意识形态的发展变化。观察身体的境遇，了解生命的生存方式和存在价值，这无疑是文学的重要使命之一。

第二，文学身体学理论。

进入二十世纪中叶以来，身体以不可违拗的姿态进入了哲学、人类学、社会学、文化研究等诸多领域的视野，一些眼光敏锐的理论家开始探讨文学身体学理论化的可能性，如萨特、雅克·德里达（Jacques Derrida）和罗兰·巴特（Roland Barthes）等理论家也早就有过关于身体与写作方面的反思。法国存在主义哲学家萨特，在很大程度上受到了法国身体现象学理论的影响。如前文所述，在梅洛-庞蒂等开创的身体现象学中，身体作为人的存在条件与意识紧密联系，哲学家们由此确立了身体的主体性地位，将人的存在状况具体化（embodiment）。萨特同样非常重视身体的作用，他认为，人的实在意味着身心的综合统一，意识与世界的综合统一。《存在与虚无》用大量篇幅讨论了身体与性欲等问题，分析了身体在自我与他人交往过程中的纽带作用。萨特把身体定义为对世界的偶然观点，是我们观察世界的独特视角。这一理解颇具启发性，尤其是在叙事作品中，叙事者选择身体作为一种叙事角度，它既表明叙事者对身体的特殊理解，也揭示出身体的特殊意义。在萨特本人的文学创作中，他尝试从身体的角度解读人的存在。他的小说《恶心》中有大量有关身体的描写，以身体为中心展开对现实世界的体验；而在短篇小说集《墙》中，他则更多地探索了身体与意识的关系。这一做法不仅揭示了他的哲学思想（存在和偶然性等），也在一定程度上显示了他对个体生存状态的思考。正如论者所言："尽管在语气和技巧上有所不同，这五个短篇还是在萨特个人化的视角和对人类存在的种种身体细节极为敏锐的感受方面凝成一体。在《恶心》中萨特用类似方法展示了他的困扰，这些方法在作品中被再次采用，而且更加客观地证明了人类心灵与肉体的联系"（Philip: 23）。可以说，萨特以自己的文学创作佐证了其身体理论。

解构主义大师德里达也有过关于身体触觉和身体写作的思考。对于德里达来说，触感（touch）或触感理论，不仅是关于身体与生命、书写与意义的问题，也是关于主体与他者相遇的问题。在《触及——让-吕克·南希》中，通过阅读南希，德里达正式将触感作为一个严肃的哲学问题进行探讨。激发德里达兴趣的是触觉的特殊性。触觉感官和视觉感官一样暴露在身体的外部，同样具有直接接触性，是一条区分主体与他者的界线。触觉比视觉更加根本，或者说，听觉、视觉、味觉等感官机制都可以还原到触觉。发现触感的重要性，也是对西方文化的触觉中心主义（haptocentric metaphysics）的发现。触感理论密切关系到德里达对文学、书写和艺术的思考。身体是意义的根源和出发点，而书写起源于生命的触发，包括德里达反复讨论的感激、哀悼、爱、悲伤、美感等的触发。自我触发，便是一种书写。他认为，触感思想倡导下的写作，是一种"没有眼睛的文学"，是变异和生成的书写。没有眼睛的文学，就是脱离光、暴力和逻各斯的文学，书写因此不是再现或者模仿。他不仅强调感觉、身体，还强调对未知、不可见、不可触的探索："我书写不是为了保存，而是为了感觉。我通过书写用词语的末梢触及身体"（转引自Cixous: 195）。

发出了"作者已死"之声的法国哲学家巴特也提出了文本身体观。在宣判了作者的死刑后，巴特将阅读的自由完全交给了读者。他认为，文本的意义是一个无限延宕的过程，需要读者在阅读中去生产。那么，什么样的文本能够吸引读者进行生产呢？在《文本的愉悦》(*The Pleasure of the Text*)一书中，巴特将语言、文本和愉悦结合了起来："你写的文本必须向我证明，它欲同我交欢。存在这样的证据，它就是写作。写作就是种种语言快感的科学，语言的《欲经》"(Barthes: 12)。就这样，他将文本比作身体、欲望化的对象，将欲望、性爱和快感等概念引入其文本理论，从而将文本研究与日常生活和身体体验结合起来。他主张以身体为中介进行阅读和生产，因为生产性是身体最重要的特性。这一主张明显受到了尼采"以身体为准绳"观点的影响。巴特分析了文本和身体之间的相似性：什么样的身体最为诱人？"身体的最诱人的地方不是衣服的裂口处吗？那些断裂处能够撩拨人的情欲：两件衣裳的接触处，两条边线之间肌肤若隐若现；恰恰是这肌肤本身的闪露本身挑逗着，更确切地说，让人目迷神离"(97)。同理，阅读的快感源于语言的皱褶，在词与词之间，句子与句子之间，段落与段落之间。他认为，文本内部的突然断裂，同样会产生极度的阅读愉悦。如此，巴特的文本身体观，便是以身体为喻来分析文本，将性爱之快感与文本之愉悦结合起来。对他而言，书写是一种对自我本真的确认方式，是极为深刻、极为苦恼同时也极有快感的行为和过程。阅读文本也是如此，"文本的愉悦并非肉体脱衣舞或者叙事悬念的愉悦。在那些情形之内，没有裂缝。它是一种渐次的裸露，所有兴奋都寄托于一睹那性器官或者知晓故事结局的期望之中"(10)。可见，文本的快乐是书写和阅读过程中的快乐，充溢着身体形式的快感。不过，需要注意的是，这种快乐是精神性和超越性的快感，而非色情小说直接引发的感官刺激的快感。

上述几位思想家都以身体作比，探索身体与文学之间的关系，不过，他们并没有直接触及文本中的身体现象，没有关注文学中的身体表征与身体再现。在真正直接将身体研究回归到文学内部并且自成一家的思想家中，巴赫金无疑是第一位，也是最为突出的一位。早在二十世纪初，巴赫金便在《拉伯雷的创作与中世纪和文艺复兴时期的民间文化》一书中从身体的角度探讨了拉伯雷的《巨人传》，内容主要集中于第五章"拉伯雷小说中的怪诞人体形象"和第六章"物质—肉体下部形象"中。在西方诗学史上，巴赫金是一个举足轻重的名字，作为苏联著名文艺学家、文艺理论家、批评家和符号学家，其理论对文艺学、民俗学、人类学、心理学都有巨大影响。在他对具体艺术形式的分析和探讨中，他集中阐述了他的一系列独创性的理论，比如对话理论、狂欢化、复调小说和话语杂多现象等，他对陀思妥耶夫斯基（Fyodor Mikhailovich Dostoevsky）和拉伯雷的小说的研究也备受世人关注。他认为，十六世纪的法国小说家拉伯雷在其身后几百年间，一直处于一种特殊的孤立地位，这是因为其塑造的众多形象不符合自十六世纪末以来几百年间的主流文学标准和规范。"拉伯雷的众多形象至今在很多方面仍然是个谜"，所以"要解开这个谜，只能通过深入研究拉伯雷的民间源头"（巴赫金，1988：3），揭示拉伯雷的创作与中世纪和文艺复兴时期民间诙谐文化的内在联系。他在研究拉伯雷的作品时，重点分析了小说中的狂欢化、筵席形象、怪诞人体形象和物质—肉体下部形象等，其研究成果间接地凸显了身体在民间文化中的重要性，巴赫金也因此成为西方文学史上关注身体、思考身体价值与意义的重要作家之一。他真正从文学内部描述身体部位，同时详尽地指出了身体修辞的性质，发展出了一种身体地形学。

他分析身体上部与下部的象征意义："上"表征的是头、脸，关联的是官方或肖像，代言的是精神、意识和灵魂，象征的是崇高、纯洁与不朽；而与之相对的"下"则是被贬抑和被压制的肉体的表征，尤其是臀部、腹部和生殖器官这些与排泄、性等物质交换相关的身体下部，代言的是卑下、民间、污秽。在他对拉伯雷笔下的民间身体（尤其是怪诞身体）的分析中，身体的某些部位或器官在文本中获得了独特的审美和修辞意义，比如凸起的部位(超出人体界限的部分,包括鼻子、乳房、臀部和勃起的阴茎等)和孔洞(通向人体内部的部分,如嘴巴、阴户等)等诸多通常令人难以启齿的部位。他将这些"人体向外部开放,即世界进入人体或从人体排出的地方,或者是人体本身排入世界的地方,即凹处、凸处、分支处和突出部"神圣化,认为这些都是人体与人体、人体与外部世界相连之处,并称,"正是在它们身上,两个人体间,以及人体与世界之间的界限被打破了,它们之间开始了相互交换和双向交流"(巴赫金,1988:368)。就这样,巴赫金分析了拉伯雷对人的自然欲望和生理器官的歌颂及其对肉体的存在价值的充分肯定。不过,按照巴赫金的观点,进入现代时期,小说中的身体规范发生了改变,身体修辞在地形学层面上已经发生了转移,身体已经变为一种"完全现成的、完结的、有严格界限的、封闭的、由内至外展开的、不可混淆的和个体表现的人体"(371)。于是,身体中凸起的部位和孔洞的部位被"砍掉、取消、封闭和软化","个体的、界限严明的大块人体及其厚实沉重、无缝无孔的正面,成为形象的基础"(371)。巴赫金对中世纪末与文艺复兴之初的作品中那些民间的、怪诞的人体形象进行分析,通过肯定物质—肉体形象的身体修辞,策略性地完成了对高尚的、精神性的、理性的和抽象的东西的降格,揭示了肉体对中世纪禁欲思想、对人性的压抑和禁忌以及对占主导地位的官方文化的反抗。从文明化时代开始就一直被认为是有待克服、离弃和超越的作为负担的身体,在中世纪的狂欢节上,不再低贱、可羞、需要遮掩,变成了需要张扬的自然欲望的载体。巴赫金的研究——反蔑视身体的传统,为身体在二十世纪中叶开启的解放之旅奠定了一定的理论基础,也为身体正式进入文学研究的殿堂开辟了一条可供借鉴之路。

更多的学者开始将身体纳入文学文化思考的范畴,美国学者桑塔格便是其中独辟蹊径的一位。在《疾病的隐喻》一书的两篇文章中,桑塔格借助自身长年与病魔作斗争的经历和体验,将其犀利的文化批评话语楔入身体的疾病领域。在文章中,她反思并批判了诸如结核病、癌症、艾滋病等疾病如何在社会的演绎中一步步地被隐喻化，从"仅仅是身体的一种疾病"转换成了一种道德批判，并进而转换成一种政治压迫。在本书第四章"原创研究示例"中，笔者将借用其疾病隐喻观点分析文学文本，因此这里不再赘述其理论。

自从进入二十一世纪以来，身体理论在哲学、心理学、美学、社会学、人类学等领域日益发展与丰富，更加吸引了具有跨学科意识的文学研究者与文艺理论家的目光，从身体视角解读文学作品的可能性开始得到文学批评界更多的关注。下面简略介绍比较有影响的身体修辞和身体叙事研究方面的论著。

首先，诸多文学研究者将女性主义研究与身体概念结合，取得了引人注目的成就。实际上，按照特纳的观点，身体研究的兴盛本身就与二十世纪七十年代女性主义运动的兴起，以及资本主义消费文化的高涨对人类身体的冲击和商品化过程密切相关。受此思潮影响，身体研究也多针对女性身体展开，因而，无论从女性主义视角研究身体修辞还是研究女性作品中的身体再现，相关论著都较为多见，下面仅举几例。

在以女性主义视角考察文学文化中的身体现象的学者之中，波尔多的名字不能不提。她是当代女性主义哲学家、文化研究学者，其主要贡献之一便是身体研究。她的研究将现代消费文化与性别化的身体直接联系起来，其论文集《不可承受之重：女性主义、西方文化与身体》(*Unbearable Weight: Feminism, Western Culture, and the Body*) 从文化研究的角度入手，审视了当代文化中的身体痴迷。她声称其目的"并非将这些痴迷现象描述为诡异或异常的，而是将其视为我们文化所营造的焦虑和幻想的自然表现"(Bordo，1993：15)。她重点考察了流行文化(电视、广告和杂志等)对女性身体塑形的冲击，还探讨了流行文化与典型的女性疾病如歇斯底里症、神经性厌食症和贪食症等的密切联系。她认为，这些疾病都不仅仅是医学或者病理学现象，而必须从文化背景去审视，因为这些疾病其实是"文化的复杂体现"(35)。这些女性疾病看似是对主流意识形态话语的抵抗，其实揭示了当代文化对女性身体的毁灭性影响。波尔多在其论著中首先梳理了身体概念的演变史，剖析并批判了西方传统的身心二分法及其对性属观念的固化作用：男性一直与智力和心灵相联系，而女性则与身体相关，因身体在身心关系中处于从属地位，因而女性之于男性的从属地位便是自然而合理的。十九世纪的女性主义者视"女性身体为社会和历史建构的'被殖民的'领地"（Bordo，1993：24–25）。将女性与女性的身体归类为牺牲品，被动而驯服地生活于男权社会中。波尔多试图超越这样的归类，认为新女性主义批评需要更多地关注"女性之间的种族、经济与阶级差异"，同时关注"女性与男权文化的冲突以及女性不懈的抗议努力"（Bordo，1997：22）。波尔多不仅研究女性的身体，也不回避其他有关身体的话题，比如种族主义与身体、男性气质等等。其《男人的身体：公共和私人领域内的男人》（*The Male Body: A New Look at Men in Public and Private*）从女性的视角对男性身体进行个体与文化考察，同样是性别研究领域的力作。

可以说，和福柯一样，波尔多在其研究中主要聚焦于社会生产和界定并解读女性身体的话语。她强调并延伸了之前福柯、布迪厄等的观点：身体是被文化所规定的。她认为，文化价值对身体的想象都刻写在身体之上。身体不是文化价值的自然起源，而是被文化塑造的。作为身体研究中女性主义视角的代表性人物，波尔多呼唤女性主义对身体问题的重新关注。她的研究是女性主义身体研究的重要理论成果，也为我们考察文学文本中的女性身体提供了重要的理论支撑，比如下一章"经典案例分析"介绍的案例之一——西尔弗的《维多利亚文学与厌食症的身体》（*Victorian Literature and the Anorexic Body*），便借鉴了波尔多有关神经性厌食症研究的思路。

苏珊·科里·艾弗森（Susan Corey Everson）的《身体的自我：近期女性主义神学与女性文学中的女性身体经验》（*Body's Self: Women's Bodily Experience in Recent Feminist Theology and Women's Literature*）属于女性主义身体研究领域较早的成果。上面提到的西尔弗的《维多利亚文学与厌食症的身体》则考察了十九世纪英国作家如何利用女性身体的物理状态(饥饿、胃口、肥胖、苗条等)塑造女性人物形象；她认为1873年首次确诊的神经性厌食症承载了维多利亚中产阶级女性的文化理想形象。她分析了诸多小说家作品中女性表现出的厌食症倾向，指出这些作品内化并传递着主流意识形态崇尚的近乎病态的女性审美观。此外，海伦娜·米基(Helena Michie)的《肉体语言：女性形象与女性躯体》(*The Flesh Made Word: Female Figures and Women's Bodies*)、托马斯·拉克尔(Thomas Laqueur)的《制造性：从希腊人到弗洛伊德的身体与性属》(*Making Sex: Body and Gender from the Greeks to Freud*)都是较具代表性的论著。

受到桑塔格《疾病的隐喻》的启发，一些学者将医学话语与文学中的身体结合起来，推出了相关论著，比如雅典娜·弗莱托斯(Athena Vrettos)的《躯体小说：维多利亚文化中的疾病想象》(*Somatic Fictions: Imagining Illness in Victorian Culture*)、简·伍德(Jane Wood)的《维多利亚小说中的激情与病理学》(*Passion and Pathology in Victorian Fiction*)等等。上文提及的《维多利亚文学与厌食症的身体》也可以归入此类。1982年，霍普金斯大学出版社还专门设立了《文学与医学》(*Literature and Medicine*)刊物，致力于此方面研究。

开放性的立场启发了众多当代文学研究者，得出一大批跨学科研究成果，身体视角下的文学研究也逐渐转向外延更加广阔、内涵更加丰富的文化研究：比如莎拉·斯基茨(Sarah Sceats)的《当代女性小说中的食物、饮食与身体》(*Food, Consumption and the Body in Contemporary Women's Fiction*)、妮可·西摩(Nicole Seymour)的《陌生身体与反身体：二战后文学与电影中的酷儿转变》(*Foreign Bodies and Anti-bodies: Queer Transformativity in Post-World II Literature and Film*)、托德·帕克(Todd C. Parker)的《性别化文本：1700—1750年英国文学中的性别差异修辞》(*Sexing the Text: The Rhetoric of Sexual Difference in British Literature 1700–1750*)，等等，难以尽数。

　　除此之外，还有诸多断代或具体作家文本研究成果面世，比如，让·哈格斯特拉姆（Jean H. Hagstrum）的《浪漫的身体：济慈、华兹华斯和布莱克作品中的爱与性》（*The Romantic Body: Love and Sexuality in Keats, Wordsworth and Blake*）、维罗妮卡·凯里（Veronica Kelly）与多萝西娅·冯·穆克（Dorothea von Mucke）主编的论文集《十八世纪的身体与文本》（*Body and Text in the 18th Century*）、保罗·杨奎斯特（Paul Youngquist）的《畸形：身体与英国浪漫主义》（*Monstrosities: Bodies and British Romanticism*）、朱丽叶·麦克马斯特（Juliet McMaster）的《阅读十八世纪小说中的身体》（*Reading the Body in Eighteenth-Century Novel*），等等。

　　文学文化研究者将身体与诸多学科进行了交叉研究且成果斐然，不过，依然有学者从文学研究内部，尤其是叙事学方面，进行着身体与文学研究的尝试。有些成果非常值得我们关注，比如，黛博拉·哈特（Deborah A. Harter）在《碎片化的身体：奇幻叙事与碎片诗学》（*Body in Pieces: Fantastic Narrative and the Poetics of the Fragment*）中分析了十九世纪流行的奇幻文学中的碎片化的身体现象；而恩特林在《从奥维德到莎士比亚的身体修辞》（*The Rhetoric of the Body from Ovid to Shakespeare*）中分析了奥维德在《变形记》中创立的叙事传统，认为那是一种被身体定义的修辞，"身体既是意义的承载者，也是语言的代理"（Enterline: 6），而这种传统影响了文艺复兴时期的诗人和戏剧家，如彼特拉克和莎士比亚等。

　　在从文学文本内部考察身体现象的研究者中，影响最大，因而值得重点加以介绍的是布鲁克斯。在其著名的《身体活：现代叙述中的欲望对象》一书中，布鲁克斯从身体的视角探讨了西方叙事(尤其是小说)的发展过程，阐述了作为欲望对象的身体与现代叙述、视觉表现乃至语言本身等的错综复杂的关系。他认为，现代叙述热衷于显露身体，来揭示一个只能以肉体书写的真理：十八世纪兴起的西方"现代小说"是个人在私密状态下的一种消费品；但是，如果换一个角度看，"现代小说"又是对人的私密状态的一种侵犯——它将原本包裹严密的"人体"暴露在光天化日之下，作为人的欲望的投射对象来加以描述，这样就使人体变成了一个反映社会理想、渴望、焦虑和矛盾的场所。这是他在对十八、十九世纪的一些经典叙事进行分析梳理后得出的结论。从让-雅克·卢梭（Jean-Jacques Rousseau）、奥诺雷·德·巴尔扎克（Honoré de Balzac）、玛丽·雪莱（Mary Shelley）、居斯塔夫·福楼拜（Gustave Flaubert），到艾略特（T. S. Eliot）、爱弥尔·左拉（Émile Zola）、亨利·詹姆斯（Henry James）和杜拉斯，以及从爱德华·马奈（Édouard Manet）、保罗·高更（Paul Gauguin）到罗伯特·梅普尔索普（Robert Mapplethorpe），作家和艺术家们都迷恋身体（灵魂的无可回避的他者）。布鲁克斯指出，作家们通过塑造激发读者认知癖的欲望对象，来引导小说的情节发展，引领我们的阅读，他的理论可谓是对阅读动力机制的一种有益探索。

特别需要提及的是，剑桥大学出版社著名的指南系列丛书中也推出了身体研究专辑《文学中的身体指南》（*The Cambridge Companion to the Body in Literature*）。这本书反映了身体研究领域近年来的长足发展，探讨了文学表征身体经验的能力，评估了文学文本对于我们理解身体所作出的贡献。此书主要关注身体如何在文学文本中呈现，以及身体本身如何被意识形态和社会历史的力量所标记与改变。书中的文章分析医学、科学与技术进步如何影响我们理解自我的方式，也观照文学如何体现这些进步带给人类体验的变化，涵盖了身体的历史性、主题性与理论性视角，时间跨度为中世纪到二十一世纪。此书也是第一部系统分析文学中的身体表征的论文集，追踪了从中世纪到今天人们对于身体的不同理解，话题包括感官认知、技术、语言和情感、母性的身体、残疾和衰老的标准、进食与肥胖、痛苦、死亡、被殖民化的身体以及后人类身体等话题。书中也关注了科学包括过产科学、性学与神经学对身体的建构。此论文集的撰稿者均为当代身体研究领域的杰出学者，他们关注的作品体裁广泛，包括诗歌、小说、戏剧和电影等。籍由这些文学作品，他们对身体的各种理解进行了可贵的理论探讨。由此可见，这本书的出发点，无疑就是当前的热点话题：文学是否可以同哲学或科学一样帮助我们理解身体存在的复杂性。毕竟文学文本更倾向于处理那些更矛盾、更含混，难以进行简单界定或描述的人类经验。确实，即使最伟大的文学文本也无法提供简单明了的答案，而只能为我们提供微妙、细致的呈现方式。这本论文集的出版无疑是文学与身体研究相结合这一领域的一个重要转折点。可见，随着身体概念对人文学科认知方法的全面渗透，早就与社会学、人类学、文化研究等产生交叉的文学研究也毫不例外地加入了身体研究的大军。

本节我们主要梳理了文学与身体的关系：文学中的身体以及文学身体批评。众多研究者正纷纷透过身体这个批评视角，对以往的文学作品重新进行打量与考察，希冀透过身体的内部张力，把握身体背后隐藏的丰富的文化表征。可以说，身体是当代西方文艺研究的跨学科挑战之一。在学者们的努力之下，以身体为切入点的文学研究路径势必会越走越宽，并结出更为丰硕的成果。

第三章 经典案例分析

如前所述，在西方哲学史和诗学史上，身体曾经受到长时期的压抑与遮蔽。从十九世纪中叶开始，诸多思想家如尼采、马克思等才逐渐将研究和思考的关注点投向了身体问题，而人类的身体也开始光明正大地登上社会科学与人文学科学术研究领域的大雅之堂。经历了漫长的失落之后，身体强势回归，并于二十世纪中后期进入身体理论的狂欢阶段。在文学文化研究领域，身体这一话题也愈发地引人注目，诸多文学文化研究者开始从身体的角度审视文学文本。本章选取两个较具代表性的研究案例，对其主要论点与研究思路进行介绍，并附以分析解读，以期帮助读者加深对身体问题的理解，并为今后的文学文化研究提供参考和借鉴。

这两个案例分别是斯基茨的《当代女性小说中的食物、饮食与身体》与西尔弗的《维多利亚文学与厌食症的身体》。这两部身体研究代表作均出版于二十一世纪初。如前所述，自二十世纪中后期以来，西方学界的身体研究渐起；但时至世纪之交，文学批评界对文本与身体的关系问题才兴趣渐浓，文学文化研究者开始尝试从多种角度出发，运用多种理论，重新审视文学作品中的身体现象。斯基茨与西尔弗两位学者虽然不约而同地着眼于文本中的女性身体研究，但她们的研究视角不同，理论框架也各不相同，这可以充分展示当今文学身体学研究领域百花齐放的状态。下文将对这两部著作的主要观点、思路及论证方法进行介绍与解读。

3.1 案例一 《当代女性小说中的食物、饮食与身体》

　　斯基茨选取的当代女性作家是安吉拉·卡特（Angela Carter）、多丽丝·莱辛（Doris Lessing）、玛格丽特·阿特伍德（Margaret Atwood）、米歇尔·罗伯茨（Michele Roberts）和艾丽丝·托马斯·艾丽斯（Alice Thomas Ellis）。前三位都是享有盛誉的女性作家，她们的作品是斯基茨重点分析的对象；后两位均为流行作家，斯基茨将她们的作品作为她分析食物、食欲、饮食与女性身体问题时的有益补充。

　　除了前言与结语部分，《当代女性小说中的食物、饮食与身体》共分为六章。第一章"爱之食：为人母、喂食、饮食与欲望"关注几位作家笔下食物、爱与欲望之间的复杂关系，审视她们文本中母亲和代母亲角色的养育问题、责任与失败问题、赋权与失权问题等。之后则以卡特的爱欲书写与弗洛伊德有关爱欲的理论为基础，审视食物与性的联系。第二章"食人现象与卡特：有关无所不能的幻想"思考了食人现象背后的（隐喻）含义，比如这种现象所表征的渴望同他人结合的意愿及其积极意义，还有神话中那种更为寻常、更为残暴的食人行为。作者将卡特作品中的食人母题视为压迫和殖民主义的象征，之后以梅兰妮·克莱恩（Melaine Klein）和弗洛伊德的精神分析理论为指导，对这一母题进行分析。

　　尽管主题和关注点各异，前两章的切入视角大体上是个人化的，或曰个体化的。中间两章则可以视为前两章与关注社会视角的最后两章之间的过渡部分。第三章"进食、忍饥与身体：多丽丝·莱辛等"从有关身体功能和界限的焦虑入手，审视社会文化构建的理想女性身体形象与进食或忍饥之间的关系。在有关身体与进食障碍的理论以及茱莉亚·克里斯蒂娃（Julia Kristeva）有关"贱斥"（abjection）的理论指导下，本章探讨了莱辛作品中的自我挨饿与控制、赋权等相关主题。结尾处，本章还简略分析了莱辛作品中肥胖的身体与进食的快乐之间的关系，认为壮硕的女人具有一种破坏性的潜力。第四章"好胃口：玛格丽特·阿特伍德的饮食政治"

聚焦阿特伍德的作品。在斯基茨眼里，阿特伍德的作品可谓涵盖了食物、进食和食欲等问题的方方面面。仅仅从一位作家笔下有关食物与进食的现象便能挖掘出如此众多的文化与社会议题，这本身就证明了这些行为自身的重要性，更证明了这一话题的丰富内涵与多变性。

最后两章侧重社会性进食（social eating）现象。第五章"食物与礼仪：罗伯茨与艾丽斯"首先讨论罗伯茨的小说，梳理了她小说中食物这一能指所蕴含的意义，充分利用了社会学与人类学研究的一些成果，触及了通过社会规训进行控制这一问题。之后，本章继续以福柯的微观权力为理论背景分析艾丽斯小说中围绕下厨与进食等行为的权力关系运作。第六章"社会性进食：身份认同、共享与差别"试图构建有关社会性进食的理论话语。本章将前五章所探讨的一些因素重新纳入讨论范畴，其中社会学家吉登斯有关现代性的断裂理论、巴赫金的狂欢化理论等在讨论中发挥了重要作用。作者指出，虽然五位作家侧重点不同，但她们的小说与其他许多当代女性小说一样，不断审视着与食物、进食等相关的身体行为的社会意义。下文将对本书各章主要内容进行更为详细的介绍。

第一章伊始，斯基茨开宗明义："食物是爱与欲望的通货，是表达与交流的媒介"（Sceats: 11）。对许多人来讲，食物与爱的联系集中于母亲这个形象：从婴儿时期开始，母亲便是个人生命中最重要的人，她不仅能够提供或者剥夺营养，还教会孩子爱、恨、满足、恐惧，等等。不过，在西方文学中，母亲形象的意义具有双重性：作为食物的提供者，她手中大权在握，但同时，她也是被奴役者，被禁锢在男性划定界限之内——家中的厨房。本书涉及的五位女性作家均探索了母性养育的各种复杂之处。女性与养育之间的联系到底是生物性所致，还是社会建构的结果？这些作家都不约而同地触及了这个问题。接下来，斯基茨以具体文本为例进行分析，这里选取几例。比如，她认为，罗伯茨在作品中接受了女性作为母亲—养育者的概念，例证是罗伯茨塑造了诸多尽职养育下一代的母亲/代母亲形象，其《诺亚夫人之书》（*The Book of Mrs. Noah*）、《夜晚一角》（*A Piece of the Night*）和《在红色厨房中》(*In the Red Kitchen*)均有体现。与此相反，阿特伍德笔下的母亲形象则几乎无一例外是丑陋的、缺席的或无足轻重的。这样的母亲大多会造成某种程度的伤害性后果，影响儿女的食欲或自己未来养育儿女的能力。有的母亲控制欲强，态度强硬，喜欢竞争，令儿女感到愧疚而暴饮暴食，如《女法师》(*Lady Oracle*)中的琼(Joan)；有的则因过早死去而缺席儿女的生活，如《别名格蕾丝》中女主人公的年轻母亲；有的则由于无从应付单身母亲的角色而诉诸暴力，如《橡胶新娘》(*The Rubber Bride*)里查瑞思(Charis)的母亲，其外祖母便扮演了代母亲的角色，为她提供粗糙的乡村食物和粗犷的安慰，大大咧咧地忽视那些传统的卫生习俗与行为。

至于卡特，斯基茨认为她将母性中有关养育的功能转移到替代形象之上的做法，避免了生物本能决定论的本质主义倾向。比如，《魔幻玩具铺》(*The Magic Toyshop*)里的玛格丽特(Margarita)姑妈，虽然她听任大家长式的菲利普(Phillip)舅舅的摆布与控制，但还是在下厨过程中找到了安慰，她为梅兰妮(Melanie)和弟弟们准备热气腾腾的食物，心满意足地伺候着这些孩子们，这些明亮、温馨的图景令人联想起母亲的经典形象。《聪明孩子》(*Wise Children*)中的祖母便是这样一位代母亲形象，她为女孩们提供食物、慈爱以及道德信条。

斯基茨用了较大的篇幅分析莱辛作品中的养育问题，她认为莱辛在多部小说中触及母亲责任的主题，比如她在《幸存者回忆录》(*The Memoirs of a Survivor*)中审视了养育以及个人与公共领域内养育行为的匮乏，强调对于不同模式的看护与责任的需要。不过，斯基茨认为，满足这种需要的可能性基本是不存在的。此处她运用南希·乔多罗(Nancy Chodorow)的精神分析理论，阐释母亲行为本身的重复性：母亲教育出来的女儿通常具有明确的母性能力和做母亲的欲望，这和实践观察结果基本一致；而虐待孩子的父母通常在自己的儿时也曾受到虐待。斯基茨认为，在"暴力的孩子"系列作品中，莱辛明确提出了"重复的噩梦"这一概念：玛莎(Martha)努力挣扎着不去重复她母亲对自己的教养方式。接着，斯基茨简略提及了艾丽斯小说中养育失败的例子，比如"夏日房三部曲"中三个失败的母亲。斯基茨认为，除了养育的失败，这些小说中的母亲在面对养育职责时还时常会产生一种挫败感。这样的母亲形象便集无所不能之感、责任感与无力感于一体。

食物与爱的叠合关系，也是斯基茨在本章探讨的一个话题。从这一话题，她引发出食物与性的隐喻关系。斯基茨指出"将食物与进食作为性爱的隐喻，是一个长久的传统，尤其是暗示人类肉体与性交行为"（Sceats: 23），那么，性欲与食欲之间真的存在深层的联系吗？斯基茨分析认为，这种联系也许不过是两者中间的一个语言通道，因为食物、性与语言在某种程度上都集中于身体器官——嘴巴，而食物与性都是身体的需求，作用于身体，并影响人们对于身体的态度。食物与性对于生存而言必不可少，而两者通过身体相互交叉。这在卡特的作品中体现最为明显，在她的小说中，食物、进食与性爱、权力完全融合在一起，其数部小说都设置了旨在引诱的饭局，将这个隐喻表现得淋漓尽致，比如短篇小说《厨房孩子》（*The Kitchen Child*）便充分体现了食物与性、胃和情爱之间的紧密纠缠。在她的作品中，食欲旺盛的女人通常都是手握权力的女人，食欲越盛，力量越大，越是无往不胜，最后一部小说《聪明孩子》中的萨斯奇亚（Saskia）便是一个典型例子：她利用食物、性来控制周围的男性。斯基茨认为，她的身体是旺盛的力比多与强大的死亡本能的交汇所。而死亡那强大、吞噬一切的力量便是第二章继续讨论的内容。

第二章是"食人现象与卡特：有关无所不能的幻想"。开篇先对食人现象进行了解释，这个来自古老原始部落的习俗，总是会引发社会秩序解体的联想。按照斯基茨的观点，食人意象其实无处不在：婴儿吸吮乳汁（源自母亲身体的一部分），幼儿啃食人形饼干，少数族群被主流社会吞噬，社会中所谓"人吃人"的激烈竞争，等等。食人现象作为一种隐喻，对小说家具有巨大的吸引力，在卡特的作品中，隐喻式食人欲望或行为便时常出现。斯基茨运用弗洛伊德的相关理论，分析了卡特《魔幻玩具铺》中的菲利普舅舅的形象。他如同一个暴君，严格控制着家庭预算，梅兰妮悄悄称呼他为"蓝胡子"。玛格丽特姑妈为了照顾梅兰妮和弟弟们，不得不精打细算，省吃俭用。周日下午，菲利普逼迫玛格丽特穿上最好的衣服（旧的灰色连衣裙），佩戴上他送的结婚礼物——银色项圈，这个项圈不仅限制她的饮食，也阻碍她的呼吸，以至于她只能勉强吃几口蛋糕，而他自己却津津有味地大吃大喝。小说家明示，周日晚上是菲利普行使他丈夫权利的日子。这里的言外之意非常清楚：妻子食欲的受限和对自己的服从，激发了他的欲望。这里，无论食欲还是性欲，都带有一种强烈的食人主义色彩，而卡特也经常暗示菲利普身上残忍、暴力的一面。

按照精神分析学理论，食欲的难以满足是出于某种深层的吞并融合的冲动（菲利普舅舅就是例证），食人般的胃口表达的其实是吞噬或纳入某物的欲望。尼古拉斯·亚伯拉罕（Nicolas Abraham）和玛丽亚·托罗克（Maria Torok）如此解释：纳入某物（某人或某人的一部分）的想象其实是为了逃避内向投射或接受某种损失。在某种程度上说，吃与被吃的食欲是性欲依然停留在口欲阶段的一种体现。精神分析学理论认为，婴儿在早期阶段不能分辨自我之外的事物，会认为自我体验到的一切均是自我，当他一旦发现区别，便进入了"口欲—施虐"阶段，或曰"食人化"阶段，婴幼儿对于爱欲对象（或其一部分，比如乳房）产生一种爱恋和进攻相交织的矛盾情感。婴幼儿会将其力比多或破坏性本能投射到这个对象之上，而婴幼儿吸收和占有外在于自我之物的欲望体现，便是吃或被吃。成年人的吞并融合冲动，是对于婴幼儿这种融为一体欲望的怀旧：将某物化为自我的一部分，因为爱而吃掉某人，达到最终的合二为一或占有。这个过程不仅限于个体的心理层面，还可以扩展成一种社会或文化机制，麦吉·基尔戈（Maggie Kilgour）在其《从圣餐到食人现象》（*From Communion to Cannibalism*）一书中，便从这一角度考察了西方文化，提及了"对于完全融入状态的怀旧"这一概念（Sceats: 39）。

如此看来，无论是对融入的怀恋、对吞并的欲望还是其背后精神分析学的理论基础，对于我们解释食人现象的字面意义和隐喻含义都具有适用性。《魔幻玩具铺》中，菲利普舅舅的食欲便可以解读为一种控制欲的体现，他希望像控制妻子一样控制孩子们，这是一个大家长式的形象，他的"食人性"（通过吸收和融合而征服）便可以解读为他对女人、孩子，尤其是女人和孩子的各种自发行为等实施权力的武器之一。对于绝对权力的欲望与食欲之间的关系是卡特小说中经常出现的母题，除了《魔幻玩具铺》，斯基茨还接着分析了其他几部作品中带有食人倾向的现象。如《霍夫曼博士的魔鬼欲望机器》中对于玛丽·安（Mary Anne）与朱尔（Jewel）之间性关系的描写便强烈暗示了一种食人般的欲望：小说中一个强奸未遂案的现场是屠宰房堆满猪肉的桌子，将女人的肉体与供男人享受的肉并置一处。在卡特根据蓝胡子的童话故事改写的《染血之室》中，伯爵对于新婚妻子的渴望也覆盖了一层吸血鬼般的暗示，间接指涉食人现象。对于女人身体的占有、物化和碎片化暗示，充斥了整个故事。比如，伯爵送给妻子的结婚礼物也是一个项圈，这与菲利普送给玛格丽特的项圈具有类似的隐喻含义：既预示了伯爵为新婚妻子预备的结局，也指涉完全的占有与控制。在卡特的描写中，伯爵的食欲和性欲一样，毫不节制，甚至变态。

在本章的后部中，斯基茨较为详细地分析了卡特的其他几部小说，如《马戏团之夜》《新夏娃的激情》等，透过几位人物对食物的不同欲望，分析他们身上体现的力比多之欲，包括性欲、破坏欲与死亡本能等。最后，斯基茨引用了卡特本人在访谈中所说的话：力比多，便是"世界、渴望、欲望的不可扑灭、不可满足的本性"（Sceats: 60）。

在第三章"进食、忍饥与身体：多丽丝·莱辛等"中，斯基茨主要聚焦莱辛作品中进食与身体的关系。本章也是斯基茨讨论身体问题最为集中的一章。开篇，斯基茨用了较大篇幅对西方文化中的身体理论进行了回顾。她认为，关注食物、进食及其影响，不可避免会触及身体性，因此，有必要对身体的概念及人们对身体的认知，以及进食与具身性的关系进行梳理。

斯基茨认为，西方文化中，人们对于身体的态度复杂而矛盾。在宗教、教育和刑法体系中，一个总的指导原则似乎是征服身体以锻炼心智。她引用了医学历史学家罗伊·波特（Roy Porter）的观点：传统上，西方社会对身体持一种惩罚性的态度，热衷于以宗教或正义的名义克制或折磨肉体。而吉姆·彻宁（Kim Chernin）也指出，努力控制身体的生活方式是英国文化特有的现象，并且可能是所有父权制社会的中心特征。不过，在犹太—基督教传统中，身体也同时被视为神圣之物，这体现在后世的个体生活、耶稣的道成肉身、肉体的复活等等概念之中。身体既被压抑又被尊崇，这便使身体具有了某种未知而巨大的潜力，这在文学中得到了充分的体现：从莎士比亚戏剧到《失乐园》，从哥特式小说到奇幻故事，都令人感到一种未知且不可知的身体的力量。

近年来，身体被越发广泛地理论化，它对后现代文化的吸引之一便是其巨大的潜力。身体常被视为欲望、非理性、激情以及颠覆性渴望的场域，成为反抗特纳所谓的"资本主义理性"和"官僚式束缚"的聚焦点。既然身体被视为理性的对立面，有些人因而也将身体视为被理性所殖民的对象（尤其是女性生殖的身体）。福柯提出，监视制度生产出了有用且训练有素的身体，他在身体控制的微观政治与人口控制的宏观政治之间建立了令人信服的联系，身体成为社会控制的手段。斯基茨认为，福柯的理论对于研究身体意象的问题尤为实用。不过，背景不同，对于身体的理解也大相径庭，正如福柯所指出的，身体由具体的话语实践所生产，比如，军事行动中的身体自然与母性的身体不同。亚瑟·弗兰克（Arthur W. Frank）区分了四种不同的身体使用方式："规训的身体""镜像的身体""控制的身体"和"交流的身体"，这有助于我们理解进食行为。

斯基茨也分析梳理了有关性别这一议题的身体理论。身体不仅仅是由生物性决定的，同时也拥有社会性、文化性和政治性等特质。女性主义研究者关注的问题就是，文化认知如何导致男性对女性的控制。一般认为，女性身体处于社会控制的一个特殊场域，如果说理性被视为殖民性的、规训的和男性的，那么，它的对立面身体便是他者，与欲望、非理性、激情等密切相关，而且是被殖民的，也很可能是女性的。因此，二十世纪后期身体理论的兴起借助了女性主义的潮流便丝毫也不奇怪。两极分化很难解构，所以试图恢复与重建被贬斥或征服的女性身体并不容易。其中一个问题也许就是，人们对于心理发展过程中的性别差异认识并不充分。在本书第一章，考多罗曾指出这一问题。神话、传统和精神分析理论都倾向于关注男性，关注努力摆脱并超越父亲的儿子形象。但对于女性来说，却没有任何原则或理论来教育女孩如何超越母亲。根据彻宁的观点，进食障碍这一问题是女儿们试图逃避"正常的"成长与分离的机制，因而，研究进食障碍对理解并推动女性成长的理论化有一定的裨益。斯基茨引用了彻宁的观点，认为任何有关成长的问题其实首先与食物和喂食有关。

斯基茨不仅仅从个体的精神分析角度，而且从二十世纪后期文学所表征的西方社会的角度来审视女性、进食与身体之间的关系。她指出，毫无疑问，存在一个苗条的理想女性身体，这个形象得到了文化和商业的双重支持。比如，有研究者证明，从1965年之后，女性服装的理想尺码一直在下降，而波尔多在《不可承受之重》中将这个女性标准与饮食障碍直接联系在一起，认为女性饮食障碍是西方文化中的一个寻常体验，饥饿、欲望与肥胖在西方文化中充满了负面的联想。

非文学文本，尤其是理论或软科学论著对饮食障碍多有涉及；在一些小说文本中，这一问题也有集中的反映，斯基茨以詹妮弗·舒特（Jenefer Shute）的《真人大小》（Life-Size）为例进行了分析。小说中女主人公追求的身体是纤瘦紧致、光滑细腻的，如同行走的雕像。小说还涉及女性身体的商业化：女性的身体被取走、重新建构，再通过广告以及与广告结合的消费品重新交还给女性。广告的作用便是暗示女性，她们的身体不够完美，而她们需要的干预则包括节食、跑车或者巧克力的安慰。重新交还给女性的身体是年轻而纤细紧实的。女性接受着各类广告的狂轰滥炸，一方面让她们不断消费，得到瞬时的满足，这些广告面向的是本我和永不满足的欲望；而另一方面，女性又不断得到敦促，要她们苗条纤瘦。外界对女性的要求是互相矛盾的，既要苗条又要消费，既要享乐又要贞洁，既要崇拜身体又要惩罚身体，这种不可实现的对立要求便导致了焦虑、内疚、愤怒与痴迷。

当然，导致女性苗条身体炙手可热的不仅仅是广告的效力，整个西方文化中有关母性的混乱概念、对于难以控制的本能的恐惧等等，都发挥了一定的作用。女性身体倾向于被视为是未被规训的、无秩序的，而对缺乏规训、缺乏秩序性的恐惧便演变为对女性身体的控制，这其实是一种新型的身体压迫。正如琼·布伦伯格（Joan Brumberg）所指出的，这是一种类似宗教性的追寻，神经性厌食症代言的就是一种将个人的救赎与身体形状相关联的完美主义。

斯基茨认为，克里斯蒂娃有关"贱斥"的理论，因其也聚焦了身体的界限问题，能够为我们研究进食障碍带来一定的启示。这一概念关注身体功能与身体物质，比如乳汁、呕吐物、排泄物、脓等等，这些都会引起恶心的感觉。克里斯蒂娃区分了三类贱斥：口头厌恶（排斥母亲、拒绝生命），对身体废弃物的排斥（暗示对身体物质性的排斥），以及对性别差异的厌恶（包括乱伦禁忌与对经血的恐惧等）。这里，对于身体功能的厌恶和对于界限的不安全感，都会引发女性对身体的不安。干净得体的身体与贱斥的身体之间的界限既鲜明又模糊，身体内在与外在之间的界限也是不稳定、不确定的（阴道、口腔、鼻孔真的完全是内在的吗？），甚至自我身份的边界也是高度不稳定的，容易走向贱斥。斯基茨直接引用了克里斯蒂娃的原话："引起贱斥的不是肮脏或疾病，而是干扰身份、系统和秩序的东西，不尊重界限、位置与规则的东西，那些介于两者之间的、模棱两可的、混杂的东西"（转引自Sceats：69）。

理论铺垫之后，斯基茨重点以莱辛的《野草在歌唱》"暴力的孩子"系列和《金色笔记》为范例，分析进食与身体问题在各自女主人公身上的体现。她认为，在莱辛的笔下，拒绝进食常被视为一种赋权行为，拒绝进食不是逃避，而是交流性身体（communicative body）成长与发展的一部分。这一模式在她的第一部小说《野草在歌唱》中就有所体现。玛丽（Mary）运用各种策略，拒绝成长为女人：她穿小女孩式的衣服，住在女孩俱乐部里，仅仅在听到人们对她的性取向议论纷纷时才匆匆嫁给一个农夫。她对性爱不热衷，惧怕怀孕。她鄙视丈夫，厌恶农场生活，又转而把憎恶转嫁到当地黑人身上，尤其憎恶黑人的身体性。面对黑人女性强烈的身体性、母性、多产性，她尤其感到不安。农场经济岌岌可危，生活孤单压抑，玛丽的精神走向崩溃的边缘。这时，她得到了黑仆摩西（Moses）的关心和照顾，而她也慢慢注意到对方的健壮身体，并不自觉地受其吸引。她感到无助、恐惧、不安，有时会梦到摩西，开始意识到自己的身体性，但同时却越来越消瘦枯黄，骨骼突出，时常忘记吃饭。尽管斯基茨并没有把精神崩溃、拒绝进食与某种成长联系在一起，但她依然认为，如果也考虑莱辛的其他小说，那么精神与身体的解体与崩溃时常伴随进食困难、体重减轻、皮肤发黄与骨骼突出等症状，预示了身体与精神之关系的固定模式的解体，甚至某种交流性身体的实现和理想身体的逐渐形成。斯基茨认为，这一进程的最终结局体现在莱辛小说《八号行星代表的产生》（Making of the Representative for Planet 8）结尾处对于物质性的超越。

接着，斯基茨重点以"暴力的孩子"系列小说中的玛莎（Martha）为例进行文本细读。青年时期的玛莎在外出求学时，已经开始养成节食的习惯，只要吃东西就会产生愧疚感，发誓要放弃下一餐。但有时候，她会莫名其妙地走进店铺，买一堆巧克力，一直吃到恶心。这已经是轻度的厌食暴食症的症状。她房间里堆放的杂志封面上多是那个时代美女的标准形象——高而瘦的长腿模特，而她经常幻象自己拥有这样的体型，享受着众人艳羡的目光。她的第一个男朋友也将她视作"供自己塑形的原材料"。在加入左翼组织之后，她的时尚观和纤瘦意识一度失去了市场，不过她从小就接触的女性美的标准已经内化于她的意识深处，而她训练自己戒食的习惯也几乎变成了条件反射，即使在怀孕期间，她也会刻意节食。拒绝进食本身似乎成为了一个成就：她正在获得受规训的身体。后来当她积极投身政治活动之时，自我克制已经成为习惯，她也时常因为忙碌而放弃餐食。正如波尔多所言，饮食障碍应该被视为文化施加给女性的压力。在自我克制中感受到满足、调控身体使其适应半饥饿状态，这都表明玛莎已经出现进食障碍。正常行为与强迫性行为之间的界限是微妙的，莱辛谨小慎微地触及了这一问题。

玛莎按照社会标准进行身体塑形，这与女性身体的商业化密切相关。不过，莱辛为玛莎设计了一条潜在的通往自由与成长的路径。在"暴力的孩子"系列其余几部小说中，莱辛勾勒了玛莎自我意识形态的成长。她刚刚摆脱了母亲的影响，又陷入丈夫道格拉斯（Douglas）对其身体的控制之中。为了掌控自己的身体，她甚至不愿承认怀孕的事实。加入左翼组织之后，玛莎的第二任丈夫安东（Anton）对吃饭非常关注，他经常敦促玛莎进食，否则她生病之后会成为同志们的累赘和负担，而她的忙碌状态使她经常忘记吃饭，无法按时进食，导致进食毫无规律。不过，也是在这个时期，她开始聆听自己身体的信号，比如，她注意到和乔斯（Joss）在一起的时候，自己的身体会不自觉地放松，于是她意识到自己想要一段恋情，因为和丈夫在一起的时候，她却想掩盖自己的裸体。后来，托马斯（Thomas）受到她的吸引，她也意识到两人之间的关系将会是严肃的、热烈的，于是便开始了一段真正的恋爱。她的身体处于完全的交流之中，她觉得身体似乎控制了她，就像她青年时期所体验的那样；而每当她想起前任丈夫安东，她的身体便会抗议。

在"暴力的孩子"系列最后一部《四门城》（The Four-Gated City）中，戒食、崩溃和交流性的身体等母题几乎全部出现，相互之间的关系也更为明晰。这部小说记述了玛莎来到英国之后的生活，一直到她在化学/核灾难后去世为止。她历经了身体的四种属性，分别对应了大自然中的四种基本元素和个性：土（滞拙）、水（流动）、气和火（酝酿和变化），这一过程体现了玛莎智力和思想的进步。和《金色笔记》一样，这部小说存在着从碎片走向完整、从分离走向融合的趋势。初到伦敦的玛莎清晰地意识到英国社会的阶级分化，她生活于其中的英国家庭，似乎是碎片化的、影子般的世界。抵制碎片化的手段之一是关注身体的统一性，发展交流性的身体。玛莎的朋友、过去的情人杰克（Jack）是一个代表，他刻意减少进食，以使自己的感官更为敏锐。不过，斯基茨同时也指出，仅仅关注身体是不够的，莱辛还刻画了另一个人物吉米（Jimmy）与之对应。吉米喜欢吃，食量大，常因为酒足饭饱而怠惰。与他这种饱食之后的懒惰相对立的便是由饥饿带来的敏锐的感官与敏感的情绪。玛莎察觉，每当自己运动足够多、进食较少的时候，她的全部自我"变得通透、轻盈，她重新活过来了，轻盈而敏锐"（Sceats: 83）。她似乎将不吃不睡看作获得这种敏感度的途径，这样，她的身体便成为获得一种超越于有限、封闭的日常生活的手段。玛莎的生命似乎成为一个循环：从最初节食性的拒绝进食，再次回到长期性的克制进食。玛莎将其最后达到的状态称之为"疯癫"，这关乎倾听、直觉、心灵感应般的交流和某种联结感。玛莎意识到自己的渺小与人类的无足轻重，意识到这种联结的存在以及超越个人的力量。小说富有未来主义意味的结局暗示，联结是人类幸存与发展的唯一希望。

玛莎所经历的，不仅仅体现为个人的成长——她走出了个人中心主义的局限，而且通过描述她与杰克的性关系，莱辛似乎在告诉读者：存在某种超越个人的联结。玛莎通过身体获得启蒙与交流的能力，同时也付出了身体需求的代价。这似乎与前文所讨论的通过食物而取得联结的做法正好相反。不过，莱辛在作品中的态度是一致的：成长与交流深深植根于身体。

在本章接下来的内容中，斯基茨简略分析了莱辛的其他几部作品，如《简·萨默斯日记I：好邻居日记》《简·萨默斯日记II：岁月无情》等，并再次触及第二章中有关厌食症的话题：厌食症与当代西方文化中仇视肥胖的心态密切相关。她还指出，社会对待肥胖的态度也存在阶级偏见，部分原因是贫穷、膳食不平衡与肥胖现象确实存在一定的共生趋势，但也有部分原因是大众流行形象经常将喜剧、肥胖与工人阶级身份杂糅在一起。

在本章结尾处，斯基茨指出，厌食症实为一种拒绝意识的体现，不但拒绝食物，也拒绝社会联系。莱辛小说中不同人物的进食或戒食行为所蕴含的意义也许并不完全一致，不过，总体而言，莱辛聚焦的不仅仅是个体的身体行为，而且还是社会意义上的身体现象。

在前三章里，斯基茨主要是基于个体的心理或身体视角，探讨文化因素和权力关系如何影响个体。从第四章"好胃口：玛格丽特·阿特伍德的饮食政治"开始，斯基茨的视角逐渐打开，开始探讨具体作家如何运用食物、进食与胃口来体现其视野及作品主题。由于阿特伍德作品众多、主题跨度大，因而斯基茨在本章涉及的议题也比较丰富，食人主义、自我戒食与身体、习俗的力量以及食物的意义等都有所论及。

斯基茨认为阿特伍德笔下的食物、进食和胃口与政治分析或视野交织在一起，在这种意义上，阿特伍德的作品探讨了某种胃口政治或曰进食政治（politics of eating）。也确是这样，阿特伍德在几次访谈中都提及自己是政治性作家。1987年，阿特伍德出版了《生存——加拿大文学主题指南》一书，这证明了她对于食物（真正的食物和隐喻的食物）问题的兴趣："作者将各式各样的食物呈现在文学作品中，因为它们可以展现人物的性格，令人感到恶心或愉快，或者提供隐喻，或者作为天堂与地狱的连接点"（Sceats：95）。在她的多部小说中，食物不仅能够揭示性格，更是内涵丰富的所指，她通过食物、进食与女性身体审视诸多文化与政治的议题。

斯基茨首先以阿特伍德的第一部小说《可以吃的女人》为范例进行分析。这部小说中可谓充满了食物意象，中心人物玛丽安（Marian）患有严重的厌食症。阿特伍德直接将食物、进食（或戒食）与性别、文化政治联系起来，探讨二十世纪五六十年代加拿大女性的性别角色问题。厌食的玛丽安制作了一个女人形状的蛋糕，她把这个"蛋糕女人"作为替身献给未婚夫彼得（Peter），成功逃脱彼得的控制，重新获得支配自己身体的权力，也最终恢复了正常的食欲。阿特伍德探讨了当时的女性身体被社会所赋予的文化内涵：女性身体和食物一样，时刻面临被"吃"的命运，女性的身体如同食物，发挥着作为肉体的基本功能，满足男性性欲或者生育子女。不过，在小说的结局中，玛丽安的身体被赋予了某种颠覆性的声音。从一开始，作者便表明，玛丽安的厌食症其实并非出于保持身材的社会压力，而是一种拒绝，然而她自己都不清楚自己到底在拒绝什么。为未婚夫烘制蛋糕后，她对着蛋糕（也就是自己）说："你看起来很美味，让人食欲大开。你的命运就是如此，作为食物你就会如此"（Sceats：99）。她开始学会发挥自己的主体性，了解了性政治不过是"吃与被吃"的关系。不过，虽然她成功地吓跑了彼得，恢复了食欲，小说结尾却是开放性的，作者并没有为读者提供答案。同阿特伍德的大多数作品一样，结局仅仅强调可能性，而没有提供明确的方案。

从第一部小说开始，阿特伍德的批评就没有仅仅局限于个体和性政治，而是审视个体行为的政治与文化意义，探讨女性身体在消费主义文化中的困境。《女法师》继续着食物与女性身体之间关系的探索，触及了社会文化对于身体性的关注、女性身体面临的社会压力、女性身体的客体化，以及女性对社会标准的内化等问题。主人公琼与母亲就自己的身材问题不断产生矛盾。琼的胃口和身材令母亲忧心忡忡，母亲不断施加压力让她节食塑形。母亲无疑代言了社会对于女人身体的要求，而琼写作哥特式小说的行为其实不过是一种逃避，逃避的是艰难而令人失望的普通人的生活。她说自己贩卖的是希望，令普通读者忘掉自己的身体缺陷，变身为浪漫爱情故事中美丽的女主角，不过，这一做法的前提却是向社会规约中理想女性的身材标准投降。《女法师》批评了男性社会对女性审美标准的构建：苗条的身材与所谓女性气质，不过是女性被物化和商品化的产物。

琼与母亲的关系是复杂的，不仅仅是表面化的身材之争，更关乎身份认同与人身控制。自始至终，琼觉得自己被母亲所控制，失去了自我。当她逐渐成长，希望搬离家的时候，读者感觉到了她的转变：她开始为自己的行为负责。阿特伍德认为，自我认知非常重要，是承担责任的第一步。

女性也许被剥夺了主体性，也许内化了被社会物化的认知，不过，接受和被动承受的行为本身就是错误的，没有"无辜的受害者"（Sceats：103）。拒绝自我怜悯，拒绝"无辜受害者"的思维，这就是阿特伍德"胃口政治"的核心。

上述两部小说都强调了女性身体可以作为转变的手段，也强调了外界社会对女性身体所施加的控制力，这体现在女性身体的商品化和被内化了的女性气质标准。玛丽安和琼逐渐成熟的自我认知和社会认知是通过身体性实现的，具体来说，是通过她们的身体与进食、下厨与节食之间的复杂关系而实现的。

斯基茨接着分析了《人类以前的生活》《使女的故事》《猫眼》和《别名格蕾丝》等小说。鉴于《使女的故事》所占篇幅最大，就重点以它为例介绍斯基茨的解读。在小说反乌托邦式的未来社会中，社会等级严重分化，每个阶级都有固定的职能，而女性生活的局限性更大。使女们沦为生育的工具，不仅身体受到限制，生活方式也被限定，呈高度模式化。比如，她们必须穿着固定款式的衣服，以隐藏自己的身体；必须遵循固定的行为规范，因而过着孤立的生活；甚至她们的食谱都被严格限定，以保证她们作为潜在母亲的健康。食物，以及对于食物的选择，在小说中便具有了一定的颠覆意义。女主人公奥夫莱德（Offred）常回忆起她在进入这个社会之前吃过的食物，那时候她还拥有选择的自由，而现在，她却不得不吃着富含营养但味道寡淡的食物，比如硫磺味的早餐鸡蛋等。这里，选择食物（哪怕是糟糕的食物）的权力，便象征了思想、信念和言论所潜在的多样性。现在，使女们的食欲受到官方的控制，她们不得不吞咽不喜欢的食物，这种强迫式的进食无疑在随时提醒读者她们的失权状态。在这样的境况下，她们利用一切机会，秘密地品尝违禁的食物，这时，食物成为她们表达自我的一种方式、一种武器，也成为她们与外界沟通的渠道。违禁食物为她们带来越轨的愉悦感。

当奥夫莱德面临怀孕或不怀孕的选择时，她突然感到恐惧。她的身体已经只剩下生育的功能，她不想面对自己的身体，但是同时，她的身体其实也能赋予她力量（empowerment）。她在目睹了一场公开的杀戮之后，欲望再次降临，食欲和性欲都再次复苏，她走近尼克（Nick），这个社会中为数不多的富含人情味的男人，后者拯救了她。和《可以吃的女人》中的玛丽安一样，奥夫莱德得到自己身体的指引，身体的感官记忆、母性记忆和潜在欲望抵抗着外界的控制，维持了她的主体性。她的身体赋予了她颠覆性。

在分析阿特伍德其他小说中的女性身体与食物、进食的关系时，斯基茨同样聚焦于其中的政治性：女性身体的客体化以及女性如何应对、摆脱社会对其身体的规训，如何获得权力。斯基茨从阿特伍德作品中食物和进食的意象入手，挖掘这些意象的象征意义及其背后所隐含的权力关系。她认为这种视角有助于读者把握小说中作者的观念和态度，并对此作出中肯的评价。

第五章"食物与礼仪：罗伯茨与艾丽斯"的主要聚焦点是食物及其文化意义。由于这一章与身体议题的相关性不如前四章那么密切，因此这里仅作简略介绍。本章伊始，斯基茨概述了食物的意义：食物是重要的社会能指，承载着丰富的人际和文化意义；食物的社会意义是多层面的，也越来越具有跨文化性。食物与意识形态之间的关系在微观层面上体现得更为明显：通过维持特定模式的家庭和社会结构，意识形态尤其是性别意识形态，几乎隐形地弥漫于食物和进食习俗之中。在这一章里，斯基茨较多地运用了福柯有关话语权力的理论，分析食物在具体话语行为中被赋予的意义，比如菜单、营养与健康报告、广告、报刊文章、政府说辞、宗教条款和文化仪式等等。食物的多重意义与影响丰富并复杂化了进食行为，为我们理解某种特定的进食情境造成了困难。读者在阅读小说时，同样需要学习解码食物的意义。斯基茨接着分别以罗伯茨和艾丽斯的几部小说为范例，对其中出现的几种食物的文化和社会意义进行了解读。

鸡蛋通常象征重生、新生命以及未来的可能性。斯基茨认为，罗伯茨经常利用破碎的鸡蛋来探索女性身份。她分析了罗伯茨小说《狂野女孩》（The Wild Girl）中鸡蛋的象征意义。这部小说是对《圣经》中玛丽·抹大拉（Mary Magdalene）故事的重写，故事中十岁的玛丽陶醉于母亲打鸡蛋的节奏中，她一冲动将一篮子鸡蛋掷向空中，鸡蛋噼噼啪啪地降落，在石头上绽开了一团团灿烂的金色（gold mess）。斯基茨认为，这一场景暗示了某种转折、诞生，也意味着几种分散之物的融合，这一切都预示着接下来可能发生的混乱事件。这样的混乱（mess）是女性化的：玛丽接下来将要面临如何理解并接受自己精神性与身体性共存的女性身份问题。摔碎后混杂在一起的鸡蛋液体强烈地暗示着破裂与融合，也暗示了性行为与生育。

斯基茨也探讨了罗伯茨小说中肉和面包等食物蕴含的多层含义。她认为，近年来，文学作品中肉的意象越来越多地令人产生字面含义之外的联想。不过，她把分析的重点放在了面包这个意象上。面包可谓西方文化中最具有象征意义的食物，不仅仅因为它是一种主食，而且还因为在基督教中，无论是在最后的晚餐还是在弥撒或圣餐仪式之中，它与耶稣基督的身体之间都产生了联系。这一联系赋予西方文化中的面包以特殊的地位。罗伯茨在小说中不仅利用了面包的象征与隐喻含义，而且还赋予面包以其他的含义。比如，在《狂野女孩》中，玛丽将耶稣邀请门徒们共进的最后晚餐——面包和红酒的仪式，视为精神与道德、理解与智慧、男人与女人的合体。仪式不允许女人端上面包与红酒，玛丽认为这种禁令实际上违背了基督的教诲。另外，斯基茨还指出，鱼在罗伯茨小说中常常成为背叛的隐喻，不过，这个联系并不是固定的，而是变动不居的，是作者个人化的隐喻体系的一部分。罗伯茨对食物的书写不仅仅关乎女性意识的探索和象征意蕴的揭示，还体现出食物也是文化传播的一个重要方式，在阶级、性别和民族话语的体系中，食物意象建立和巩固了某些行为模式和社会视野。

在分析艾丽斯的小说时，斯基茨更多地运用了福柯有关微观权力的理论。她认为，通过食物行使权力，至少在传统上来看，是女性专属的行为。下厨与性一样，被认为是女人表达情感的模式：用某种特别的菜式作为奖励，以迟到或难吃的晚餐作为惩罚等。由于承载着食客的信任，厨师因此拥有了一定的权力。艾丽斯的小说便聚焦于女性的这个私密领域，从几个不同的层面描写这种权力关系。首先是食物本身、食物的准备等，第二个层面是上文提及的运用食物进行操控或破坏等，第三个层面是有关进食习俗和行为模式的语言使用与权力交锋。根据福柯的观点，权力生产现实，并且与知识密不可分。在各种权力展示与争斗中，个人动机、观点与偏见得以体现，同时阶级、文化、性别和价值观也得以揭示。斯基茨接着比较详细地分析了《罪恶食客》(The Sin Eater)、《第27个王国》(The 27th Kingdom)、《难以解释的笑声》(Unexplained Laughter)等作品中各种食物、下厨、进食(比如下午茶等)场景的含义及其体现的(微观)权力关系。对小说中的几个女性人物来说，在这些仪式中，她们得以施展自己的权力。

在第五章中，斯基茨主要聚焦于文学作品中作为社会能指的食物与相关仪式。而在第六章"社会性进食：身份认同、共享与差别"中，她侧重探讨进食如何与整个社会、社会功能以及共同体的概念产生联系，包括食物、进食与某群体的身份认同之间存在何种联系，此群体与社会之间又存在何种联系，食物与进食如何促进某社会群体的身份认同，如何促进群体的社会性，下厨的社会意义如何，等等。本章主要以莱辛和卡特的作品为例，试图回答上述问题。斯基茨认为，她们在各自的小说文本中，通过食物与进食考察了共同体和融合的概念。

斯基茨首先分析了莱辛的《幸存者回忆录》。在这部小说里，莱辛描绘了一幅反乌托邦的未来生活场景。这个社会混乱无序，正在分裂为一个个同类相食的小团体，这些团体之间的关系预示了日益加剧的社会解体，也强调了社会化的重要性和力量。无名的叙事者为旧时的价值观代言，对个人和社会责任有着旧式的理解，所以毫不犹豫地收养了艾米丽（Emily），为她提供膳食和教育。在成长的过程中，艾米丽越来越多地受到外面街道上的青少年帮派的影响。这群孩子流浪在外，试验着不同的生活方式，养成了不同的饮食习惯，过着和叙事者截然不同的生活。长大后的艾米丽和杰拉德（Gerald）收养了一大群小孩子，希望组成一个自给自足的大家庭，种菜养猪，并力图用文明影响这些小孩子，不过，小孩子们似乎本能地排斥文明的影响，倾向于继续他们无序、不受管教的野蛮生活。当杰拉德发现自己正面临被这一群小孩子攻击的危险后，最终放弃了他们，也放弃了自己理想化的努力。这个小孩子群体无疑是缺乏社会性的，就像狼孩一样，他们只学会了如何不被吃掉，如何生存。斯基茨认为，莱辛意在暗示，这些孩子之所以难以融入社会化的生活，是因为他们从小被剥夺了一个基本的人际和社会行为：他们没有得到喂养。他们贫穷而营养不良，无论从身体、心理还是社会意识来说，他们都无法接受食物（攻击试图照顾他们的好心人），无法表现得像社会人。斯基茨接着分析了《三四五区间的联姻》中不同区域的饮食习惯与人类性情之间的对应关系，旨在论证其有关共同的进食习俗与群体的社会化之间具有紧密联系的观点。

斯基茨在分析卡特的《聪明孩子》时，运用了巴赫金的狂欢化理论，尤其是与官方文化相对的民间文化理论。狂欢般的笑声解构了现存的等级制度，创造了新的联系（特别是扎根于身体的联结），推动了社会融合。民间文化的颠覆性及其对宴饮、身体、性的强调都体现在这部小说中。小说中充满了矛盾与突变，如处于社会等级制度顶层的人物组织正式的宴会和社交性进食，却经常被推翻或破坏，以失败收场。根据斯基茨的分析，狂欢理论是审视食物与进食的框架：狂欢节既是容纳性的，也是颠覆性的，《聪明孩子》中叔叔这个人物便是狂欢精神的代言人，在他身上融合了各种不同的欲望：谋杀、乱伦、下毒、残忍、好吃，同时也有"笑声、原谅、慷慨与和解"（Sceats: 180）。社交性进食，因其对非法的、地位卑下的人物的狂欢式的描写而具有了政治性（Sceats：180）。

可见，斯基茨本章所分析的莱辛和卡特的作品，都探索了社交性进食与人物之间因缺乏沟通或黏合而造成的社会分裂问题之间的关系。

在结论部分，斯基茨总结了《当代女性小说中的食物、饮食与身体》一书的主旨，即试图运用心理分析和社会政治分析，剖析这些小说中对食物与进食的呈现与现存人类行为之间的关系。她指出，本书解读的大多数小说家似乎都把食物与进食看作一种沟通方式，食物成了一种语言，进食则是一种交流。无论时代如何变迁，作家，尤其是女性作家，会继续利用食物与进食来探讨并传达哲学、心理学、道德和政治方面的议题；无论未来生活如何，毫无疑问，人们将继续进食、继续喂养、继续饥饿、继续努力寻求控制；无论营养结构如何变化，进食都将是人们生活中的重要部分，因而食物与进食将继续引发作家的兴趣。食物与进食，是我们物质生活的核心，植根于我们的心理，嵌入我们的文化，是社会互动的渠道与内容，也是个人身体与外在世界交流与交往的纽带。

3.2 案例二 《维多利亚文学与厌食症的身体》

第二个案例是西尔弗的《维多利亚文学与厌食症的身体》，这也是一部研究文学文本中女性身体的专著，不过，它聚焦一种病态的女性身体及其背后的文化权力运作。西尔弗从几位十九世纪经典作家的文本入手，考察其中的女性人物，尤其是那些有戒食习惯的女性形象，并探寻她们与维多利亚时代性别意识形态之间相互纠缠的关系。在前言中，西尔弗对其研究框架、理论基础及全书主要论点进行了简要介绍。她说，"本书并不仅仅试图将今天的医学诊断应用于上个世纪的女性"（Silver：3），而是探讨神经性厌食症与维多利亚时代性别意识形态之间的共同特点。她引用了当代著名女性主义理论家波尔多有关神经性厌食症与文化之间关系的观点：

"某一文化中产生的精神病理学，远非反常或失常现象，而是那种文化的典型表现……是那种文化中诸多问题的集中体现"（转引自Silver: 3）。西尔弗的观点是，神经性厌食症深深植根于维多利亚时期的价值观、意识形态和审美观之中，所有这些共同定义了十九世纪的女性气质。考虑到这种病症与维多利亚时代性别意识形态之间明显的呼应关系，她提出，维多利亚时期中产阶级女性的标准形象与厌食症女性的思想或行为特点之间存在相通之处，因此，我们可以透过厌食症的视角来"阅读"维多利亚时代的性别意识形态。简而言之，许多维多利亚时代用以定义理想女性的特征，比如精神性、无性、自律，等等，都具有莱斯利·海伍德（Leslie Heywood）所谓的"厌食症逻辑"（3）。厌食症女性的苗条身材，见证了她对于自己身体以及时时袭来的饥饿感的控制，也表明了她面对自我身体时的不安，甚至对自我身体及其欲望（包括她的性欲）的憎恶。

西尔弗首先考察了神经性厌食症的文化内涵。虽然对于神经性厌食症的文化阐释各不相同，不过几乎所有观点都推定，这种疾病在某种意义上是女性气质及其与食欲之间关系的特定意识形态的集中体现。许多评论家、研究者和医生都关注文化对美的建构这一问题。女性周围充斥着的图像都在告诉她们，女性之美在于瘦，所以女孩子逐渐学会将体重偏重与丑和"坏"联系在一起。西尔弗引用了爱普尔·法伦（April Fallon）的观点："所有出现进食障碍问题的文化都是以瘦为美的文化，而不以瘦为美的文化则极少出现厌食症或贪食症。可见，这些障碍，部分来说，是对流行的文化理想的过度承诺或'过度接受'"（9）。当然，西尔弗也指出，媒体形象并不是导致神经性厌食症的罪魁祸首，女性也并非因为追求某种美的标准而"故意"罹患厌食症。事实上，这种病症的原因还要复杂得多。比如，最近的研究表明，许多厌食的女孩罹患此病，是因为她们在节食减肥之后，享受被关注和艳羡的感觉以及对减轻体重后的自我控制感令其慢慢上瘾，因此节食成为许多女孩患上厌食或贪食症的入口。神经性厌食症的标准强调节食与进食障碍其实具有连续性，因为节食的女性与患厌食/贪食症的女性都关注体重，渴望重塑自我的身体。虽然我们不能完全将进食障碍归咎于时尚杂志和时装设计师，但是，社会文化对苗条的强调确实对普遍性的进食障碍负有不可推卸的主要责任，尤其当社会文化将苗条的身体与自尊、自我价值等联系在一起的时候。进食障碍经常是节食失控的结果，除了神经性厌食症患者之外，无数女性都会出现进食障碍，而两者之间的区别也并不清晰。因此，与其仅仅关注那些被诊断为神经性厌食症的女性，考察女性行为与食物之间的大致关系可能更为有益，也更为准确。"病理性"这个词汇也会模糊女性节食的性质与女性对体重的关注之间的界限，将本来可能非常正常的行为（那些不极端的情况）界定为病态或者异常。据调查数据显示，在当代文化背景下，相对于那些精心计算每餐中脂肪或卡路里摄入量的女性，不关心体型的女性反而会被认为不太"正常"。将女性分为厌食的与"正常"的这一做法，掩盖了社会文化鼓励大多数女性过度关注体型、监控大腿肌肉紧实度、制定减重计划的事实，然而正是这种社会文化影响了她们看待身体或肥胖的方式。

　　分析了这一疾病的文化内涵之后，西尔弗接着考察神经性厌食症为什么会在十九世纪出现。西尔弗引出她在分析文学文本时所运用的理论根基。她列举了福柯和巴特勒的观点：在不同的文化背景下，人们对身体与疾病的建构也不相同。例如，美的标准在不同的文化和不同的时代之下是不同的。她论证的出发点是：虽然女性的（female）身体是一个物质实体，但女性气质的（feminine）或女人（woman）的身体却是一个象征性的建构，即理想女性的体量、身型、肤色、发量、服饰、举止、姿态等等，都是由社会建构的。在巴勒特的经典表述中，人通过身体表达、演示自己的性别，"性别并没有自然地或内在地刻写在身体上"（转引自Silver: 22），而是通过文化对男性与女性气质的定义展示出来，一个人的服装、坐姿等等，都是身体的"风格化"，能够表现出一个人的性别。其中，对于西尔弗的研究更为关键的则是体量与身型如何标识性别。和当今一样，在十九世纪，女人通过纤细的身材来操演自己的性别与阶级，尽管纤细的身体从来没有"自然地",也不会超越文化或历史,来作为女性气质或者富裕的象征。由于神经性厌食症在很大程度上是文化的产物,那么,理解某一特定文化对于女性气质的建构,对于我们理解这一疾病便至关重要。

福柯有关话语即权力的分析,也有助于我们理解维多利亚时期有关身体的意识形态如何影响女性个体,又如何在叙事中得以表征。福柯认为,权力是一系列力量的集合,而非某个国家统治者或机构(比如时装产业)的力量。这一解读对于我们理解厌食症逻辑在文化与文学文本之中的运作方式大有裨益。显然,没有任何一个机构应该对特定文化中男人与女人看待自己身体时所感到的压力"负责任"。桑德拉·李·巴特奇(Sandra Lee Bartky)写道:"女性化身体控制具有双重特征:一方面,没有人拿枪逼你去做电子除毛;另一方面,我们也必须看到无数女性在努力掌控各种美化手段时表现出的主动性和聪明才智。不过,我们必须将塑造女性气质的各种手段理解为某种更大的控制机制的一些方面,一种压制性的、非平等主义的性别从属控制机制"(Bartky: 23)。巴特奇认为,是女性自己在寻求控制身体的方式(无论是化妆还是抽脂),这是因为任何权力的有效运作,都需要将权力弥散于整个社会中,而且依赖女性本身的默许(无论是作为生存策略还是价值肯定)才能成功。西尔弗希望,通过承认权力运作的复杂方式,批评家能够最终平息那些令人生厌的言论:比如,说什么不存在让女人变瘦的阴谋。是的,从表面上看当然不存在。权力过于分散,也过于隐蔽,不可能存在什么有组织的计划,但是,二十世纪的权力关系确实令女性痛苦。

以上是本书前言部分的主要内容。正文共分为五章,每一章都探讨维多利亚文学与文化对进食、禁食和身体进行表征的某一个方面。第一章"束腰的女性:解读维多利亚时期的苗条观"通过行为指南、美容书籍和医学文本审视维多利亚文化中的厌食症。第二章"维多利亚儿童文学中的食欲"着重分析维多利亚儿童文学对食欲和肥胖的描述。由于大多数儿童文学具有教化的性质,它们成为我们探讨某种文化对女性食欲所持态度的理想体裁。本章也继续讨论美容指南和时尚杂志，以十九世纪极其流行的《女孩自己的报纸》（*The Girl's Own Paper*）开篇。西尔弗的分析揭示了女孩们饮食障碍的种种模式。之后，她分析了维多利亚时期三个非常受欢迎的作家或画家：约翰·拉斯金（John Ruskin）、刘易斯·卡罗尔（Lewis Carroll）和凯特·格林纳威（Kate Greenaway），审视他们的作品如何肯定发育之前的女孩身体，而否定成年女性身体。他们象征性地阻止了女主人公的发育，将她们与那些忍饥挨饿以延缓性成熟的女性进行了并置比较。

第三章"《谢利》与《维莱特》中的饥饿与节制"在简略分析了狄更斯的作品之后，主要探讨了夏洛蒂·勃朗特（Charlotte Brontë）的两部作品，其中饥饿都发挥了重要作用。西尔弗认为，勃朗特的作品明确贬低饥饿，这一点与大多数儿童文学作品类似，不过她的做法更为隐蔽和复杂。在《谢利》中，勃朗特将忍饥挨饿的痛苦与女主人公被剥夺表达自我欲望和志向的痛苦相提并论：女性拒绝进食的同时，也正经历着情感上的折磨。在《维莱特》中，勃朗特利用饥饿与克制食欲的意象描绘了女性不同程度的自我克制。虽然她描绘了露西·斯诺（Lucy Snowe）在抑郁和精神崩溃期间忍饥挨饿的痛苦，但是，她也依然将脂肪与乱性、愚蠢与下层阶级联系起来，肯定饥饿，否定贪吃。勃朗特的小说并非如有些批评家所说是激进的抗议文本，其实是在描写饥饿女性的痛苦的同时，以复杂而含混的方式表达了她那个时代文化中的厌食逻辑。

第四章"吸血主义与厌食症的范式"专注于审视最怪诞、最致命的进食形式之一：吸血现象。吸血鬼文学将勃朗特等人的作品中对进食的负面表征进一步加以夸张，将进食转化为一种怪诞丑陋的行为。女性的饥饿，由于其所具有的肉欲、进攻性、缺乏自控等象征意义，在吸血这一行为中达到了顶峰。吸血行为通过嗜血的吸血鬼形象，夸大了有关进食，尤其是有关女性进食的文化焦虑。西尔弗主要考察了十九世纪最优秀的吸血鬼故事，布拉姆·斯托克（Bram Stoker）的《德古拉》（*Dracula*）

和乔瑟夫·雪利登·勒·法奴（Joseph Sheridan Le Fanu）的《卡米拉》（*Carmilla*），以及乔治·杜·莫里耶（George Du Maurier）的《翠尔比》（*Trilby*）中吸血鬼般的反面人物斯文加利（Svengali），分析其中的进食行为与体型的关系。

第五章"克里斯蒂娜·罗塞蒂的神圣饥饿"主要考察克里斯蒂娜·罗塞蒂（Christina Rossetti）的诗歌、祈祷文和儿童故事《会说话的肖像》（*Speaking Likenesses*）。以罗塞蒂收尾，是因为她的作品将维多利亚文学中对饥饿的标准从世俗领域提升到宗教领域。有评论家将罗塞蒂的作品称之为厌食性的，这一称谓乍一看去似乎可信，不过，这种解读忽视了她根深蒂固的神学信仰。西尔弗的观点是，尽管克制食欲是罗塞蒂作品中的一个重要主题，我们还是必须将其置于中世纪圣人与神秘主义者传统中进行解读，对于他们而言，禁食与宴饮是宗教崇拜的有机组成部分。和牛津运动要求恢复中世纪仪式类似，罗塞蒂的作品重构了中世纪的禁食与进食概念。她的作品中并不仅仅克制食欲的表达，而且还通过与基督的结合来充分满足宗教欲望，同时克制世俗欲望。因此，我们要将她的作品置于牛津运动的大气候中进行考察；西尔弗对忽视历史背景，将禁食行为解读为厌食症的做法进行了质疑。

下文对西尔弗在各章的主要观点进行更为全面和详细的介绍。

第一章"束腰的女性：解读维多利亚时期的苗条观"，侧重于论述维多利亚时期的女性对苗条身体的追求、对身体的控制与社会文化中流行的女性美标准之间的隐秘关系。西尔弗首先指出，维多利亚时期的大众媒体对女性美不断地宣传与强化，比如各种针对女性的行为手册不断强调，美是女人的特殊义务和天然使命，并将女性的美与男性气质中的力量与智慧相提并论，因此，为了让女性承担自己的责任与使命，有关美的教育必不可少。接着，西尔弗用较多的篇幅介绍了当时流行的女性时装对于身材的要求，以及女性对于自我身材的塑形与管理，包括节制饮食。不符合当时潮流的健壮的、肥胖的或粗手大脚的身体，被暗示为粗俗或下层阶级的体现。无论是时尚杂志，还是女性行为指南，都强调娇小、苗条、轻盈的身材。女性的腰部是区别于男性身体的最为性感的部位，胸部与臀部则同时还具有母性。从1840年到1900年，女性的腰部是服装潮流最为强调的部位，这期间女性裙装的腰围益发窄小。腰肢最为纤细的女孩子，成为舞会上的女王、社交场中的宠儿。在一个大多数女性需要靠婚姻来获得经济保障的时代，没有纤细腰肢的女性，便很可能要承受经济与社会方面的巨大压力。为了迎合社会中流行的美的标准，她们不得不严格控制身体，控制体重，因此必须控制食物的摄入量。

维多利亚时期的中产阶级女性时常被描述为高度精神性的。她无私地奉献爱与关怀，是家庭和社会的道德中心。为了符合这一理想，女性从小便受到教化：尽量弱化自己身体性的每一个方面，包括（但不限于）性欲。"将灵魂置于身体之上的女性是维多利亚时期女性的理想形象"（Silver：45），西尔弗引用了琼·雅各布斯（Joan Jacobs）在《节食的女孩》（*Fasting Girls*）一书中的观点，分析了食物与性欲之间的关系：某些食物被认为对情绪和性倾向有一定的影响。既然女人的性欲应该被弱化，那么，女性就应该尽量避免这样的食物，比如肉类，热辣、油腻的食物等。就餐时间是展示自律、灵性与品味的良机，女性需要在就餐时展示有限的食欲和随之而来的苗条身体。女性的物质性，她的身体，威胁着女性高度精神性与纯洁度的理想形象。在这样的社会氛围中，不仅女性的食量需要控制，甚至食物的种类都具有了一定的性别化，比如大块的肉类便成了男性的专利。于是，十九世纪的英国社会成为了神经性厌食症出现的合适环境。

第二章"维多利亚儿童文学中的食欲"分析了维多利亚时期儿童文学作品中的女孩与食欲之间的错综关系。西尔弗首先指出，有关身体形象的意识形态在文学作品中并不像在女性行为指南等非虚构性作品中那么明显，不过，女人的身型体现了她的性纯洁度的观念在许多维多利亚作家的笔下都有所体现。在儿童文学中，厌食文化已经初见端倪。这是因为所有的儿童文学都出自成年人之手，旨在教诲、引导孩童们遵循成年人的价值观。和成年女性相比，女孩子更符合维多利亚时期纯洁女人的理想：她们具有女性化的依赖性、孩童般的天真和性的纯洁，这些都使得女孩的身体更被珍视。许多理论家认为，多发于青春期女孩身上的神经性厌食症体现了女孩子对于变化的身体形状所象征的性成熟的恐惧与厌恶。通过控制食欲，女孩子可以在某种程度上控制自己的身体。西尔弗将本章分为三个小节，分析十九世纪具有代表性的儿童文学作品文本，首先是流行的女孩杂志《女孩自己的报纸》中对控制食欲的强调，然后是拉斯金作品中天真与爱欲的关系以及女孩身体重于女人身体的概念，最后是卡罗尔的作品对平淡无激情的女孩和毫无食欲的女孩的抵抗。

在第一节"小贪食者"中，西尔弗在考察了《女孩自己的报纸》的几封编辑回信和几个短篇故事后得出结论：维多利亚儿童文学中已经存在厌食文化，这些作品将进食，尤其是女孩的进食，与贪婪、欲望与进攻性联系在一起。许多故事引导女孩们必须控制自己的食欲，由此控制自己的欲望和身体，这样才是"好"女孩。大量摄入的食物本身昭示了贪婪与自控力的缺乏，那些贪食的女孩，特别是偷偷吃东西的女孩，总是受到惩罚。

在一个重视自律和规训的氛围中，进食被视为可疑的行为，脂肪便宣告了控制力的失败，引发进一步规训的必要性。女孩子们给编辑的来信强烈地暗示出，她们中的许多人将脂肪视为个人的失败和需要弥补的缺陷。神经性厌食症就多发于青春期的女孩，而青春期恰恰是她们的身体刚刚开始堆积脂肪的时期。

在第二节"水晶、跳舞的女孩和女性美"中，西尔弗考察了拉斯金和格林纳威的作品。拉斯金曾为女孩子们写过一本小书《尘之伦理》(*The Ethics of the Dust*)，这是有关矿物学的苏格拉底式的系列对话。拉斯金在对话里将女孩们比作水晶，而水晶有两个特点，第一是纯洁，第二是形状精美。形体的美好自然非常重要，拉斯金敦促女孩们塑形，她们的身体因而成为需要规训的对象，而这和神经性厌食症的逻辑是相通的。除了形体，拉斯金也重视水晶之纯洁。女孩子们的纯洁，令人立刻联想起性的纯洁。拉斯金本人的经历——他与妻子的无性婚姻以及他对另一个女孩的无望之爱——也验证了他在女性性欲面前的不安。纯洁使女孩更为美丽，同时也其身体性神圣化。拉斯金似乎暗示，成长会损害女孩的青春之美。之后，西尔弗转而讨论拉斯金的画家朋友格林纳威，一个以创作少女形象而闻名的女画家。她画作中的女孩是大众心目中理想化的形象，娴静、被动、文雅，更重要的是娇小、纯洁、空灵，而画家本人也承认，身材纤细的女孩比丰腴的女孩更有吸引力。西尔弗认为，拉斯金对年轻女孩之爱是他对格林纳威的画作感兴趣的主要原因："难怪在《尘之伦理》中对'单纯'与'性纯洁'进行理想化的拉斯金会喜爱格林纳威图画中的女性身体"（Silver：71）。

第三节"路易斯·卡罗尔笔下饥饿的梦中小孩"分析了卡罗尔塑造的爱丽丝（Alice）的形象。西尔弗认为，和上述作品中的女孩不同，爱丽丝好奇、进取且食欲旺盛。她具体列举了《爱丽丝梦游仙境记》中爱丽丝多次对食物垂涎欲滴的情形。这一点使得卡罗尔与其他维多利亚时期的儿童文学作家不同。不过，食欲总会带来形体的变化，而这象征了女孩的成熟并随之失去儿童身份。既然成熟与仙境是不相容的，那么成长也就变得令人恐惧，进食的行为变得不再可取。这样，卡罗尔的写作与神经性厌食症的逻辑便有了相通之处。对厌食的女孩来说，或者在较小的程度上对卡罗尔来说，进食成为具有潜在破坏力的危险行为。卡罗尔的作品表明，某文本也许并不直接探讨厌食症，但却可以揭示厌食症如何成为一种象征体系。

本章讨论的文本在体裁上有很大的差异，不过，它们或多或少都触及了当时社会的一种文化氛围：女孩的肥胖（可以延伸到食欲）是不可取的。开怀地吃暗示了贪婪、进攻性等坏品质，肥胖本身成为道德缺陷的代言；食欲的不旺盛，则预示着克制、温顺与美好的德行。女孩憎恨丰满的身体，同时，由于女孩的性发育常伴随有脂肪的堆积，厌食症多发于发育期的女孩便是自然而然的结果了。

第三章"《谢利》与《维莱特》中的饥饿与节制"并没有局限于对勃朗特的讨论，而是首先比较了狄更斯和勃朗特处理女性身体与饥饿问题的异同之处。两位作家的相同之处是：都表现出对苗条女性的青睐；不同之处则在于：狄更斯运用纤细的女性身体来代表女性的无私与远离肉欲，继而将饥饿浪漫化。他的女主人公缺乏食欲，这并非是女人本性的表现，而是对女性的社会角色的批评，尤其归咎于她们无法表达自己的欲望；勃朗特的女主人公是有欲望的，但学会了克制欲望。

第一节"狄更斯与女性饥饿"分析了狄更斯作品中饥饿与女性身体的关系。西尔弗指出，狄更斯笔下的年轻女主人公永远不会肥胖。她欠佳的食欲，暗示了性欲的缺失及无私的本性。西尔弗以《大卫·科波菲尔》中的艾格尼丝（Agnes）和《老古玩店》中的小耐尔（Nell）为例进行分析，得出的结论是：狄更斯通过理想化的女性人物来代言美德，小耐尔这类女性人物善良有爱，具有自我牺牲的品质，其美德都刻写在一个瘦弱的身体之中，其身体成为女性气质的象征。在狄更斯的厌食症诗学中，病床上饥饿的女性身体是美丽的。

第二节"《谢利》：性别、阶级与饥饿的身体"以勃朗特的《谢利》为范例，主要分析了两位年轻女性卡洛琳（Caroline）和谢利（Shirley）的食欲问题。西尔弗指出，为了揭示人物之间的权力关系，勃朗特经常使用食物与进食的具体意象来说明性别与阶级相互纠缠的关系，在她所描绘的迅速工业化的社会中，进食象征了男性对于女性在政治、经济与社会方面的压迫：男性吞噬女性，上层阶级消耗下层阶级。在失去爱情之后，卡洛琳"双唇紧闭"（转引自Silver: 88），这有双重含义：面对罗伯特（Robert）残忍的拒绝，她不能言说自己的痛苦，也开始了主动的挨饿。西尔弗将卡洛琳的进食障碍解读为她对于社会禁忌的抗议。卡洛琳拒绝长大为女人，因为成熟将剥夺女性言论的自由，少女则拥有更大的言语自由度。谢利同样经历了自我挨饿过程。西尔弗引用了西方论者对于谢利这一形象的解读，即大多数论者都认为她身上其实有作者的妹妹艾米丽·勃朗特（Emily

Brontë）的影子，而艾米丽具有厌食性倾向的观点，基本上得到了学界的公认，比如凯瑟琳·弗兰克（Katherine Frank）就认为，艾米丽明显表现出了"厌食性人格的所有特点"（转引自 Silver: 94）。西尔弗指出，谢利在与她过去的家庭教师路易斯（Louis）重逢后开始表现出食欲减退的征兆。尽管路易斯爱她，但他不能接受她的主动，所以，为了能够结婚，在二人的关系里他必须重新做她的老师，谢利必须接受顺从的角色。对路易斯的爱令她卑微，令她痛苦，也令她食欲渐减，这可以解读为谢利失去自主性与表达自我的能力，也表征了她对权力的自我毁灭式的、失败的抗议。谢利没有积极地对抗路易斯，而是压抑与克制自我，听任自己的身体和声音逐渐减弱。到小说结束时，她基本失声，丧失了话语权。

西尔弗接着通过食欲与进食隐喻分析了受过良好教育的中上层阶级对劳工阶层的剥削，由于这部分与身体问题相关度较低，在此不再进行阐述。

第三节"《维莱特》：肥胖、乱性与天主教"聚焦小说《维莱特》。西尔弗认为，透过食欲与身体的意象，勃朗特再次肯定了女性人物对欲望的控制，展示了作为节制食欲象征的纤细身体，因而重现了厌食性逻辑。这部小说同样有关饥饿，在露西对格林厄姆（Graham）的爱情中集中了大量的饥饿意象，比如在二人的通信中，勃朗特运用了许多饥饿隐喻。在描写露西与保罗（Paul）的关系时，勃朗特同样借用了进食的隐喻。在小说结尾处，勃朗特暗示了露西对饥饿忍受的缓解和对爱情渴望的满足。除此之外，通过露西审视埃及艳后克里奥帕特拉（Cleopatra）画像时的态度，勃朗特隐晦地在女性的肥胖与性欲之间画上了等号。面对画像中丰满肉感的克里奥帕特拉，露西感到一阵难以言表的厌恶。克里奥帕特拉呼之欲出的肉感言说着她难以抑制的肉欲，即使勃朗特未加以明言，克里奥帕特拉的身体姿态和半裸的衣衫都在向观众传达着这一联系。正派的女性食欲有限或者被限制进食，丰满的女性则不仅食欲旺盛，而且通常被认为性欲也比纤细女性更强。面对画像，露西不自觉地感到厌恶，表明她已经内化了维多利亚社会文化对女性身体与性欲之间关系的解读，勃朗特以此表现了将肥胖与纤细二元对立的倾向。为了避免将这一结论简单化，西尔弗又以小说中两位次要女性人物为例进行了补充分析，进一步验证了上述观点。

在结论处，西尔弗指出，和《谢利》一样，女性的身体在《维莱特》中也成为隐喻的食物，成为男性进食的对象。另外，两部作品都涉及女性自我克制的问题。在勃朗特的笔下，自我克制与饥饿之间的关系并非是直截了当的：一方面，上述女性人物不同程度的饥饿体现了女性因被迫压制自己的情感所承受的痛苦；另一方面，勃朗特将女性的丰满多肉贬损为可怕肉欲的标志。这样，勃朗特的小说与维多利亚时期的厌食症意识形态之间既有重叠，也有背离：它们既重现了维多利亚时期谴责女性欲望的传统，也触及了女性的愤怒与渴望，因而具有一定的颠覆性。

第四章"吸血主义与厌食症的范式"探讨了十九世纪后期三部英国吸血鬼小说中的进食与女性形象，分别是斯托克的《德古拉》、勒·法奴的《卡米拉》以及莫里耶的《翠尔比》。西尔弗指出，吸血鬼形象既可以是男性，也可以是女性，不过在十九世纪后期英国的文学想象中，除了德古拉，其他吸血鬼基本都是女性形象。女性吸血鬼以夸张的形式揭示了当时有关女性与饥饿的文化焦虑，在这一文化氛围中，饥饿与女性的性欲和进攻性之间具有象征关系。女性吸血鬼大多表现出咄咄逼人的食欲，她们利用自己的美貌与诱惑力来捕食、掠夺男人和其他女性，而且她们旺盛的食欲通常与性欲密切纠缠，难以分割。在提出上述中心观点之后，西尔弗简略论及吸血鬼形象的象征含义：任何贪婪的、寄生性的或压榨他人的女性或男性都可以称作吸血鬼式的。不过，在十九世纪后期的英国，吸血鬼神话获得了新的含义。在贬损女性食欲、提倡自律和自控的文化氛围之下，人们不仅在女性吸血鬼形象上读出了对于诸如女性的独立、叛逆或性欲的普遍恐惧，也读出了对于女性进食的厌恶。这些吸血鬼小说中的女性饥饿现象几乎总是令人生疑的，而且大多是怪异的，饥饿成为一个负面意象。尤其是在《德古拉》和《卡米拉》中，作者将吸血鬼公然外露的性欲与她们难以满足的食欲相联系，似乎在暗示：作为越轨欲望的符号，女性的饥饿是令人恐惧的，而且，女性的身体反映着她们的性喜好。

接着，西尔弗详细分析了《德古拉》中露西（Lucy）和米娜（Mina）的形象。叙事者多次提及她们二人旺盛的食欲，将她们与德古拉（Dracula）古堡中三个美艳肉感、充满诱惑力的女性吸血鬼形象隐晦地联系起来。德古拉第一次拜访露西时她自相矛盾的反应可以解读为露西身心分离的表现：她的心灵，即"好"露西排斥德古拉，而她的身体，即"坏"露西似乎非常享受与德古拉的会面。小说家将露西身心二分，为她保留了最后得到救赎的可能性，与此同时，她也将身体视为欲望的场域，需要受到心灵的控制。当露西的心灵失去对身体的控制，身体便陷入罪恶的泥潭，她被压抑的本能在与德古拉的会面中得到充分的满足。至于米娜，德古拉试图以同样的方式控制她，当德古拉逼迫米娜吸食他伤口上的血水时，米娜承认自己居然不愿意加以阻止。德古拉令米娜认识到了自己的欲望，他也利用了这种欲望。在这部小说中，女性的饥饿预示了女性的性欲，而性欲使她们成为怪物。将饥饿与欲望、淫荡、失控相联系，与头脑、意志力和自控力相对立，表明斯托克接受了厌食症逻辑中的二元对立思维。丰满的女性身体成为肉体性战胜精神性的证据，斯托克在描述女吸血鬼形象时便多次使用"丰满"一词。接着，西尔弗继续以露西为例，分析女性的身体与欲望的关系。露西成为吸血鬼后，身体逐渐丰腴，而在她真正死去之后，身体重归瘦削，这象征了她再次回归女性的纯洁和顺从。充满欲望的邪恶身体被消灭后，她的心灵回归，露西再次成为那些轻盈、顺服、被动的维多利亚女性中的一员。

《卡米拉》中的同名人物也是一个苗条纤细的女孩，不过，她的瘦削不是被动性或精神性的符号，相反，她是靠吸食其她年轻女性的血液为生的恶魔。卡米拉和米娜的形象暗示我们，可以将她们解读为厌食症患者式的人物。在某种意义上，吸血鬼是厌食症的拟人化体现，她们造成患者的消瘦，并最终通过扰乱患者的正常饮食习惯导致其死亡，而在厌食症范式下，吸血鬼对于血液不知满足的渴求便可解读为厌食症女孩力图压抑的食欲。于是，吸血鬼便成为女性饥饿的代言，凡是好女人都应该克制那种饥饿。上述两部小说中的吸血鬼均来自东方，他们带来了怪异的饮食习惯，不过，与东方所寓意的"他者"相比，斯托克和勒·法奴更恐惧的却是女性内在的吸血鬼特质，因为她们的食欲与性欲能够被轻松唤起，吸血鬼只不过利用了这些看似好女人的内在潜质而已。

《翠尔比》中的恶棍斯文加利并非真正的吸血鬼，而是一个贪婪残酷的犹太人，在分析这部小说时，西尔弗使用的是吸血鬼一词的比喻意义。与露西、米娜、卡米拉一样，翠尔比（Trilby）的身体也象征了其道德状况。一开始，作者就强调她丰满的体型，也暗示了其并不完美的德行，尤其在性方面不够谨言慎行。她虽然漂亮，但道德方面存在缺陷。到小说的结尾，她忏悔了过去的不检点行为，完全压抑了自己的性欲，同时她的身体走向纤瘦。她的心灵最终战胜身体，精神性战胜身体性。这种身心对立便是《翠尔比》的哲学内核。翠尔比的身体由沉重转为轻盈，这表征了她对于无私、被动的女性特质的接受。翠尔比失去了食欲，失去了进食的能力，当然，她不是厌食症患者，不过她却形象地体现了厌食症逻辑：将身体看作实现真正自我的障碍。莫里耶传达给读者如下信号：翠尔比必须放弃身体才能成为"真正的女人"（转引自Silver：134）。放弃身体的手段便是拒绝进食。戒食便是美德，等同于克制、纯洁和女性气质。

第五章"克里斯蒂娜·罗塞蒂的神圣饥饿"是本书最后一章。在本章中，西尔弗转而探讨罗塞蒂作品中宗教意义上的禁食。在开篇序言中，西尔弗分析了宗教性禁食与厌食症之间的相同之处：二者都是克制肉体的方式，都由身心、欲望之间的矛盾而引发，通过抵制身体的需求与欲望来实现，禁食成为净化身心的手段。在罗塞蒂的作品中，压抑世俗性是一个重要的主题，无论是她家喻户晓的诗歌集《小妖精集市》还是备受冷落的应景儿童故事《会说话的肖像》，都涉及诸多进食意象。在这些作品中，罗塞蒂将食欲视为肉欲与罪孽的标志，人类堕落天性的符号，而这些作品中众多的进食或禁食意象，则深深扎根于基督教的禁食传统。之后，西尔弗分三节对罗塞蒂本人经历及其作品中的禁食隐喻加以详细分析。

第一节"宗教禁食与神经性厌食症"，主要以罗塞蒂的两篇祈祷文为基础，分析她本人的禁食经历以及她关于饥饿、禁食的观点。西尔弗首先提出了罗塞蒂是否患有厌食症的问题，虽未得出明确答案，但其兄长的文章曾多次提及她的禁食经历，这是毋庸置疑的事实。她的祈祷文也多次将进食与自我放纵、食欲与堕落的人类本性联系在一起。她将戒食视为惩罚肉体、净化灵魂从而接近耶稣基督、抵达上帝的一种方式。可见，这种宗教性戒食与厌食症患者的戒食做法虽然表现形式相同，存在一定的共性，但区别也非常明显：二者的出发点与动机截然不同。前者主要是规训身体、抵制世俗性，尤其是作为抵制性欲的手段，然而，宗教性戒食通常只是克制身体的手段之一，其他还包括放弃娱乐活动、各种苦行等等。西尔弗追溯了中世纪的宗教性禁食做法，并指出，尽管罗塞蒂所处的时代已经不同于中世纪，我们可以通过将她的禁食做法置于类似的宗教背景之下，更好地理解其背后的文化内涵。

第二节"神圣与世俗的食欲"以诗集《小妖精集市》中的几首诗歌为例，探讨罗塞蒂如何利用进食的意象阐释自己二元化的世界观：身与心、物质与精神的分割。西尔弗认为，神经性厌食症还是宗教式禁食都基于这种二分法：食欲与身体相连，与心灵、精神分裂。罗塞蒂通过这些诗歌隐晦地传达了自己的寓意：以欲望为媒介的肉体构成了基督教信仰与救赎的障碍。

第三节"《会说话的肖像》：罗塞蒂的儿童幻想故事"，再次论证了罗塞蒂对于感官欲望的负面呈现。这部儿童文学作品并没有得到评论界的足够重视，但它为我们研究罗塞蒂作品中的食欲与身体提供了重要的文本支撑。这是一个讲述精神成长的故事，故事中的三个孩子最终克服了贪吃的本性，这象征了他们的道德成长，其中品德最高尚的孩子一贯克制自己的肉体欲望。在故事中，罗塞蒂将食欲和进食视为色欲和乱性的能指，贬损饥饿中的肉体，暗示性欲的粗暴性和掠夺性。西尔弗指出，尽管罗塞蒂肯定了克制食欲和性欲的做法，但她从来没有宣称自我克制是容易的，相反，她强调精神追求过程中的痛苦与孤独，并以天堂中的满足作为对人世间饥饿的奖赏。

在本章结尾处，西尔弗进行了简略的小结：禁食主要是作为自我克制的隐喻，不过，禁食也是罗塞蒂在生活和作品中拒绝食物与食欲的实践。罗塞蒂的一首小诗阐明，在压抑与痛苦中挨饿是一回事，为了基督挨饿则是另一回事。

以上是《维多利亚文学与厌食症的身体》一书各章的主要观点。可见，西尔弗深入探讨了有关食物与禁食(尤其是厌食症)的意识形态如何运作于文学叙事文本之中。她不仅分析了多个具体文本中的饥饿和食欲意象及其意义，还论证了这些文本与当时流行文化大环境之间的关系；她不仅将这些文本视为其他话语的体现，更将其视为正在进行中的文化对话的一部分。作者们以各种方式对他们所处时代的文化作出反响，诸如饥饿、食欲、肥胖与身体的意象在不同的文本之中便产生了各不相同甚至相互矛盾的意义，它们违背或者强化着女性苗条身材的文化意义。饥饿有时候位于某文本的核心，有时候则是微不足道的小事；在某些文本中，禁食是为了实现苗条身体的理想，在另一些文本中，它更是一种宗教行为。进食的意象，与文本中的其他意象或表征一样，必须置于定义其变动不居的环境且互相竞争的意识形态之中才能更好地加以理解。

在"结论：纤瘦的政治"中，西尔弗抛开文本，再次回归神经性厌食症这个话题。她认为，传统的身心二分论是这一病症的哲学基础。接着，她将视线投向二十一世纪，在比较了维多利亚文化与当代文化之后，她指出这两个时代的文化之间的差别并不像我们通常认为的那么大，尤其是在对待身体的态度方面。理想的女性躯体也许从沙漏型变成了现在超模们展示的那种纤细的肌肉型，不过女性对理想体型的反应却变化甚小：绝大多数美国中产阶级女性都过分关注自己的身材，即使没有厌食症的女性也经常会出现厌食症式的心态，力图通过节食与锻炼来管理自己的身体。另外，围绕身体的说辞也依然故我，肥胖依然被视为自我放纵、缺乏自律的表现。虽然考察的是十九世纪的文本，西尔弗希望我们能够同时思考维多利亚时代和我们现在生活的二十一世纪。维多利亚文化也许就这样催生了当代的美的标准，这些标准在影响当代中产阶级女性生活的同时也凸显其重要性。与厌食症的女性和维多利亚时代的女性一样，当代的女性依然将身体视作可以控制与规训的对象，受制于意志力与凝视。当代女性处于一个大众媒介和社会氛围所构筑的边沁式的圆形监狱之中，为了拥有符合大众审美标准的身体，她们监控自己的体重，诉诸于节食、戒食，从而导致各种进食障碍。

最后，西尔弗指出，她写作此书的身份是文学评论家，不过，作为一位二十一世纪的美国女性，她曾经目睹一些好友与厌食症进行痛苦搏斗，这种疾病控制了她们的生活，占用了她们本可以贡献给学术、创作或政治领域的大量精力，让她们无休无止地关注自己的身体。女性美是一种文化建构，导致了许多美国年轻女性（本不应该）的痛苦和死亡。西尔弗推导出文学与文化批评所能完成的政治工作，以便区分作为疾病的厌食症与作为女性气质范式的神经性厌食症。她希望通过理解小说中的厌食症史学来有效地减少当前现实生活中这种可怕的疾病。她认为，这种局面其实蕴含着深刻的政治意味，女性主义者应该有效应对社会文化中对苗条身体的痴迷问题，因为除了身材之外，女性应该拥有更多能够为她们带来权力与成就的渠道。

波尔多认为，在西方文化中，厌食症体现出三个文化轴线：身心二元论轴线、控制轴线、性别和权力轴线。西尔弗主要运用了性别与权力轴线方面的理论：西方"父权制"文化表现出赞美苗条的女性身材并将其与女性的性感联系在一起的倾向，肥胖则通常是"懒惰""愚蠢"和"生活不节制"的代名词。她详细分析了十九世纪诸多英国作家如何利用女性身体的物理状态（如饥饿、食欲、肥胖、苗条等）塑造女性人物，继而得出结论：

十九世纪后期首次确诊的神经性厌食症，其实承载了维多利亚时期中产阶级女性的文化理想形象。这些作家们吸收、内化并传递着主流意识形态崇尚的近乎病态的女性审美观。

* * *

上文所提供的两个案例，分别解读与总结了斯基茨和西尔弗的两部相关研究成果的著作。前者透过二十世纪后期几位西方女性作家对于食物、饮食与身体行为有关现象的文本呈现，探讨她们对于当代历史、社会、文化和政治等议题的关注，尤其是对女性角色和经验的关注。后者则涉及如何解读十九世纪几位著名英国作家对于某种特定身体形象（女性患有厌食症的身体）的呈现，并分析这背后折射出的父权制意识形态对于女性形象的宰制。两个案例都从文学作品中时常被忽略的现象入手，寻幽探微，以小见大，虽然它们分析问题的视角与采纳的理论根据各不相同，但它们最终都挖掘出一些司空见惯的日常现象背后所隐藏的深刻文化现象与政治意蕴。这种研究问题的眼光与方法值得文学文化研究者借鉴与关注。

第四章 原创研究示例

上面几章分别梳理了身体理论的渊源与流变，追溯了人类身体观的四个发展阶段，并以经典案例分析的形式研讨了身体研究领域两个经典文本的代表性章节。在本章中，笔者将以两篇原创文章为示例，探索如何在文学文化研究实践中灵活运用不同的身体理论和已有的身体研究成果，如何透过身体研究的视角解读不同的文学作品；与此同时，笔者希望借此丰富文学身体理论，拓宽身体学在文学文化研究中的应用范围，并为文学身体学的发展助一臂之力。

第一篇是笔者对十八世纪英国作家斯威夫特的《格列佛游记》中的身体现象的解读。在这部令人着迷的作品中，斯威夫特运用了大量与身体或身体部位有关的描写，这一做法似乎与重心轻身的传统和当时的文学环境格格不入；那么，斯威夫特这种做法的动机是什么？尽管当代的读者都了解"意图的谬误"之说，不会轻易地以自己主观的文本解读来推测作者的创作意图；不过，通过作品中反复出现的同类意象，以及作者的其他文字证据，再辅以对作者生平背景的考察，我们依然可以从中发现作者可能的出发点和创作意图的蛛丝马迹。

4.1 论《格列佛游记》中斯威夫特的"身体造反"

无论自觉与否，我们每个人都与身体朝夕相处。在当今这个消费时代，身体构成了世界图景的基本单元，这是因为消费的实质其实就是身体的消费。身体的意象随时随地冲击着人们的视觉，有关身体的研究日益丰富而深入；自然科学方面的研究自无需赘言，即使在文化研究中，身体亦成为一个重要命题。但是，身体堂而皇之地在社会科学领域占据一席之地，还仅仅是近来的事情，这需要归功于尼采、马克思、韦伯、梅洛-庞蒂、福柯等一大批学者的不懈努力与持续挖掘。时光倒退回十八世纪，身体，尤其是身体的功能，还依然是不能登大雅之堂的话题，更是文学作品的禁地。斯威夫特就因为在作品中比较多地关注人的身体性而被误解、咒骂、攻击，比如，他在《格列佛游记》中描绘了大人国里巨人患癌生疮的躯体；而他对侍女们的描绘更引起读者不满："她们的皮肤粗糙不平，到处都是一颗颗像切面包用的垫板一样大小的黑痣，头发比包裹的绳子还粗……"（Swift，2007：102），女性的美本是高洁的审美对象，在这里却变得如此肮脏、丑陋，这引起了不小的批评，许多人认为其作品令人不安、恶心（Ehrenpreis：54）。因为渲染了以人类为原型的耶胡（Yahoo）的肮脏、卑鄙、贪婪与好斗，他还被称作"憎恨人类者"；又因为在《女士更衣室》（"The Lady's Dressing-Room"）等诗里描绘了高贵女子清雅外表背后的肮脏、邋遢和难闻体味，他被冠以"厌女症"的称号（Francus：829），这个称号从他在世时就一直伴随着他，直到二十一世纪的今天；另外，由于他在多部作品中经常提及身体功能，尤其是与生殖器官有关的功能，有些现代学者，尤其是精神分析学家，认为他具有一种"排泄幻想"（excremental vision）。

为什么斯威夫特会在作品中如此密集地提及身体及其功能？为什么他的同代人（乃至后人）会对此作出如此激烈的反应？笔者认为，这主要是由于斯威夫特对身体的理解与他所处时代的主导身体观是那样格格不入。

上文中我们已经较为详细地梳理了西方传统的身体观，下文我们将以《格列佛游记》为主要文本，分析斯威夫特的身体观，探讨其冒天下之大不韪，以"身体造反"来挑战传统的根本原因。

我们已经知道，自古希腊就开始的身心二分倾向，到了近代哲学那里愈演愈烈，几乎导致了身体被遗忘。十七世纪笛卡尔提出的著名论断"我思故我在"进一步将人的存在完全归结为理性的存在，将人与其身体割裂，使身体成为独立的实体。笛卡尔在提升思想(精神)地位的同时贬低、诋毁了身体。在笛卡尔创立的机械论身体观中，与精神分离的身体不再是理性的载体与工具；于是，身体堕入卑微的境地，沦为被轻视、贬斥的附属品，陷入黑暗之中。与身体有关的感觉被认为是极其不可靠的，人们无法在身体上建立起可靠的理性。因此，有关自然的真理不再能够通过感觉来直接获取，而应与(身体)感觉保持距离，对其加以净化，并加以理性的分析。随着这一理性主义认识论的建立与发展，身体彻底同意识与灵魂失去关系：人的本质在于拥有能思考的心灵，而非身体，身体成为完全多余的物体。进入十八世纪，笛卡尔理性精神的影响达到前所未有的广度和深度，启蒙主义与理性主义精神逐渐成为时代的主旋律。西方的人们开始相信，理性时代已经到来，人类社会将在理性的指导下变得更加文明，更加先进，人类将趋于至善。在这种思潮的引导下，人们对于身体的态度并没有发生根本的变化，身体依然是被忽视甚至被贬损的对象，无法与高高在上的心智相提并论，而身体及其功能，自然难以登上严肃文学作品的大雅之堂。

斯威夫特的创作大都发生于十八世纪这个推崇理性、歌颂理性的时代。他的思想也不可避免地带有时代的烙印，受到当时思潮的深深影响。他和同时代的其他人一样，相信理性的巨大力量，在多部作品、多个场合都曾提倡理性的力量；但是，他所提倡的并非冷冰冰的纯粹理性，而是融合了温暖的情感力量的理智。比如，斯威夫特曾批评古希腊斯多葛学派的过分理性："斯多葛学派去除了我们的欲望，就像当我们需要鞋子时砍掉了我们的双脚"（Swift，2002：24）。可见，他充分认识到欲望（渴望、情感、热情）的重要性，"温和而文雅的情感和欲望，使人心灵不会枯竭"（24）。可见，在斯威夫特眼中，理性与情感同等重要，对促成和谐人性的实现来说，二者缺一不可。感情和欲望都是身体的产物，是身体性的表现。在理性时代，斯威夫特对情感的呼唤，为我们理解其作品中诸多身体性的描写提供了一个有益的思路和出发点。比如，在《女士更衣室》中，男主人公只看到爱人西利亚（Celia）美丽的外表，将其幻想为不食人间烟火的女神而盲目崇拜；可亲眼看到她的更衣室之后，他倍感幻灭，他心目中的女神形象轰然坍塌。是哪里出了问题？是他自己的认知存在问题，他忘记了她作为人的存在，她作为人的肉体有着和他自己的肉体一样的种种功能，会出汗，会散发体味，需要吃喝拉撒睡。通过考察此类作品，尤其是细读《格列佛游记》，笔者发现，斯威夫特对身体性的突出有其内在逻辑和思想深意。他在作品中广泛地借用身体意象，着实是对身体之重要性的另类强调；而他作品中那么多常为人诟病的令人不愉快的意象，则可以理解为对身体之局限性的某种隐喻，旨在告诉读者：人类真正的理性不是为自己设置高不可攀的智力、道德和美等方面的目标，而是要充分认识到人类为身体所局限，为自我的感觉、欲望以及伴随自我的物质等各种具体存在所束缚这一现实。

可以说，身体意象贯穿了整部《格列佛游记》。比如，在小人国里，格列佛一直不厌其烦地强调利立浦特（Lilliput）人的身体之小，所以这部分的数字之多可谓是全书之最——既包括直接的介绍，诸如他们的身高、房屋、家具、器皿、舰队等的大小；也包括通过不断地与他自身相比来衬托他们之小，比如他每顿的饮食、服装所用布料，甚至是一泡尿浇灭皇宫的大火等等。通过这些描写，斯威夫特不断地将读者的注意力引向身体及其需求。在大人国里，斯威夫特依然延续这一做法，格列佛种种有惊无险的经历无一不在突出布罗卜丁（Brobdingnag）人身体之大：他在与黄蜂的战斗中险胜，被小孩塞进嘴里后差点被吃掉，被猴子妈妈误以为是她的孩子，被装进笼子里带着四处游玩，不一而足。这比比皆是的衬托或渲染的目的之一，无疑是为了增添作品的异域情调，激发读者的阅读兴趣；但是，斯威夫特还赋予了它们一个更具深意的功能：两国居民各自的眼界视野与道德高度，其实与他们的体型大小有着直接关系，受到各自身体条件的限制与影响。

在行文中，斯威夫特似乎有意地将读者的注意力引向这一点。比如，在大人国第一章的结尾处，格列佛详述了他在大人国的种种困境后，评论说："我希望可敬的读者会原谅我老讲这一类琐碎的事。这些事虽然在没有头脑的俗人看来无关紧要，但是确乎能帮助哲学家扩大思想和想象的范围，无论对于社会或者个人都很有益"（Swift，2007：105）。可见，跳出自我视角的局限，扩大思想和想象的范围，确实是斯威夫特创作计划的一部分。举一个著名的例子，大人国中女人正在喂奶的乳房，在格列佛笔下不仅大得可怕，而且布满"黑点、粉刺和雀斑"，看起来令人恶心。这个效果完全是因为巨大的体型放大了她们身上的任何一处缺陷，所以格列佛不忘评论说，如果拿着放大镜，英国女孩看似白皙细腻的皮肤其实也"粗糙不平，颜色难看"（102）。他回想在小人国时，曾听见人们谈论"朝廷里的贵妇哪一位有雀斑，哪一位嘴太大，还有一位鼻子太大"（102），而他自己却什么都看不出来，觉得每个人都那么漂亮。这说明，我们之所见，会不可避免地受到自己视线范围的影响。同理，大人国和小人国居民的思想品质，也与他们各自的身体条件密不可分。小人国居民的头脑精确严谨，但却狭隘如缝，一如他们的视野："大自然却叫利立浦特人的眼睛能够看见一切东西。他们看得非常清楚，可是看不多远"（58）。这种狭窄的、昆虫般的视野完全适应他们的环境，不过，格列佛的到来激起了他们身上最残忍狡诈的一面；他们不仅互相之间不断地猜疑、争斗，最后居然还要谋杀无辜的格列佛。而巨人格列佛，面对不足自己手掌般大的利立浦特人，表现出了他最善良、慷慨而宽容的一面。对弱小者的怜悯与忍耐，无疑是人之常情。斯威夫特似乎在暗示读者，身体条件完全可以对精神产生直接的影响，仅重视精神而忽视身体，不但片面，而且狭隘。

在大人国部分，每一页似乎都充斥着布罗卜丁人庞大得似乎会压倒一切的身躯，弱小的格列佛则表现得完全像他自己所鄙视的利立浦特人。在格列佛每时每刻都可能面临生死考验的处境下，他无法继续保持他的仁慈与大方，而是需要不断地证明自己作为"人的尊严"；而面对体型庞大的布罗卜丁人，他的种种努力看起来是那么荒唐可笑。在被母猴劫持之后，他手扶腰刀、神态凶狠地对国王说，"要不是我当时给吓坏了，肯定早就抽刀给[猴子]一下子了"（Swift，2007：141），他这种色厉内荏的表现使他愈发沦为宫廷的笑料。为什么格列佛会变成这个样子？这与他身体的处境不无关系。因为身体相对弱小，他随时可能面临生命的危险；为维护自己的身家性命，他不得不绞尽脑汁算计谋划，虚张声势，不得不察言观色讨好国王；当然，他也不得不接受自己身体的局限性。在他向国王介绍完自己国家的政治、法律、宗教及社会状况后，国王的那句评语想必已经为读者所熟知："根据你自己的叙述和我费了好大劲才从你那里挤出来的回答看来，我只能得出这样的结论：你的同胞中，大多数人都是大自然让它们在地面上爬行的最可憎的害虫中最有害的一类"（153）。与利立浦特人和格列佛的同胞们相比，布罗卜丁人身上没有"贪婪、党争、伪善、无信、残暴、愤怒、疯狂、怨恨、嫉妒、淫欲、阴险和野心"等种种恶行（152）；尽管身型庞大健壮，令人害怕，但他们总体上都是一些仁慈、单纯而又明智的人。他们将理性用于实际而善良的目的，他们的行为受到理性与情感的共同指导，他们完全能够接受作为凡夫肉身的种种表现：感觉、激情、本能，甚至自身的粗鄙。常常被二分的精神与肉体在他们身上似乎得到了完美的交融。难怪在作品的第四部分，尽管格列佛深深痴迷于慧骃马（Houyhnhnms）的纯粹理性，他也依然不得不承认，布罗卜丁巨人实在是耶胡族群中"最纯洁的"一类。格列佛在前两个国家的遭遇时时刻刻都在印证：人的眼界视野与道德高度和他的身体具象不无关系。要想抵达真理，忽视身体（以及身体的感觉与本能），而仅仅依靠头脑（及理性）是远远不够的。

在前两部分里，斯威夫特通过广泛的身体意象隐喻了上述印象；到第三部分，这个印象进一步加深，发展成为一种明确的认识。通过对这里居民的描写，斯威夫特强调了忽视身体性的危险。格列佛偶然来到飞翔在空中的勒皮他（Laputa）岛，看到了一些长相非常奇怪的岛民：

> 有生以来我还没见过这样的怪人，就他们的外形、服装和面貌而论，他们的确非常奇特。他们的头不是向右偏，就是向左歪。他们有一只眼睛向里凹，另一只眼睛却直瞪着天顶。他们的外衣装饰着太阳、月亮、星球的图形，还有许多提琴、横笛、竖琴、军号、六弦琴、键琴和许多种欧洲没有的乐器的图形。（Swift，2007：186）

这里的岛民醉心于各种学术研究，尤其是数学和音乐；可是，他们只擅长抽象空洞的理论研究，做事荒唐不符合实际：音乐家谱出的音乐不成曲调，裁缝经过繁复的测量和计算后做出的衣服毫不合身；他们甚至会因为沉浸于思考而忘记吃饭睡觉，不得不雇用"拍手"来随时拍打他们，提醒他们去做事、吃饭、睡觉；而他们的妻子因为不堪冷落，偷偷溜下岛去，与下界的卑贱仆人们幽会。自《格列佛游记》问世以来，斯威夫特对勒皮他人尖酸刻薄的描写一直被解读为对所谓现代科学家的讽刺，尤其是对以牛顿为代表的皇家科学协会的讽刺（Lynall：101-118）。其实，对勒皮他人忘却自我、痴迷科学研究的做法，我们不妨作出另一番解读。在斯威夫特笔下，勒皮他人成为过度重视智力发展而忽视身体需求的典型代表。无论对其住处的安排还是对其相貌的描写，似乎都在暗示一种脱离凡俗肉身、抵达智性巅峰的渴望：他们住在高高飞翔的云彩之上，这可以解读为一种克服地球引力束缚、超越尘世和摆脱身体奴役的精神向往。他们那一只向上看的眼睛益发突出了这一超验性的渴望，而那只向内看的眼睛则应和了柏拉图的观点：依靠内在性（inwardness）才可以摆脱肉身的束缚，实现超越。当然，这只内视的眼睛最容易令人联想起的还是笛卡尔著名的"视看"理论，它象征了人类灵魂的内在眼睛。

可是，肉体是任何人都无法忽视、无法回避的存在，勒皮他人雇用的拍手无疑随时都在提醒着这一点。如果说，斯威夫特对他讨厌的利立浦特人持一种善意的忍耐态度，对大度的布罗卜丁人怀有一种无奈的钦佩，他对勒皮他人则只有深深的鄙视和辛辣的讽刺：勒皮他人是他所见过的最"令人讨厌的同伴"（Swift，2007：204）。可见，对于勒皮他人与身体做斗争并试图摆脱身体奴役的行为，斯威夫特通过格列佛之口表达了真实的憎恶。

感到厌倦的格列佛离开勒皮他岛，来到拉嘎达（Luggnagg）岛，又遇到更多令他蔑视不已的荒唐科学家。比如，一位科学家正在做实验，研究的居然是如何将人类的排泄物还原为构成食物的各种原料；这一做法无疑象征了他对身体功能（消化吸收功能）的全面否认，难怪他的努力注定以失败告终。在岛上，还有一个神奇的人种，寿命长达几百年，在凡人眼里，这几乎就是实现了永生，是令人艳羡的事情。初听此事，格列佛在兴奋之余更是好生羡慕，幻想成为其中的一员，如此度过一生：先积累大量财富，生活安逸之后再致力于学术研究，成为一名博学之士。可是，当他亲眼看到这些长寿之人的状况后，他的幻想破灭了。这些人虽然不死，但并非永远不老，他们的身体同样经历人类身体所经历的种种衰败与退化，他们相继失去胃口、牙齿、头发、视力、听觉，成为"活死人"；而且，由于长期忍受这些身体老化现象的折磨，他们的脾气、性格和品性也都日益恶化，使他们成为众人讨厌的对象。他们可谓人类中最接近永生之理想的了，可那似乎不朽的灵魂仍然逃不出凡夫肉身的种种负担和限制。通过这些人的实例，斯威夫特无疑是在表达他对于人类寻求超越、寻求真理、寻求灵魂不朽的种种努力的看法。为了真理，这种努力是必要的，也无疑是勇敢而值得钦佩的；但是，在此过程中，人们却经常忽视身体及其需要，这无疑是可悲的。在这部分，通过对种种漠视身体力量之做法的夸张描绘和尖刻讽刺，斯威夫特强调了忽视身体性、过分追求理性主义的危险。

在第四部分"慧骃国游记"里，斯威夫特继续探讨这一主题，但他的手法再次变化。他塑造了两个截然相反的类型：极端身体性的耶胡和纯粹理性的代言慧骃马。耶胡身上毫无理性可言，代表着纯粹身体性的人以及人身上所有动物性的本能和欲望。格列佛不厌其烦地渲染他们的身体性：混交、贪吃、当众排泄、毫不掩饰的性欲等。这样的存在是那么龌龊卑鄙、恶劣贪婪、面目可憎，斯威夫特借此警戒读者，如果人类丧失了理性，就会沦为耶胡一般的动物。理性固然重要，可是仅有理性却也绝非理想状态。慧骃马作为纯粹理性的代言，自称推崇理性与仁慈，实际却毫无私人情感。比如，慧骃马的婚姻不是出于爱情，而是要首先审查双方的社会等级和身体状况是否相配，以防止种族退化。婚姻对于他们而言只是传宗接代的途径，不允许考虑任何男欢女爱。由于处处以理性为原则行事，在亲人去世或将亲生孩子送人时，他们也不会流露任何的悲伤。他们还无情地驱逐了格列佛，只因这么做符合理性的引导，尽管他们明明知道这会将孤立无援的格列佛送入绝境。此外，他们缺乏想象力，不能想象任何未曾亲眼所见之物，因此视野狭窄，固持己见，以自我为中心。格列佛所赞颂的慧骃马，其实缺乏温暖的人性，只有冷冰冰的理性，明显不是斯威夫特所欣赏的类型。与面目可憎的耶胡相比，格列佛陷入对慧骃马的盲目崇拜；辗转返回家乡后，他依然沉浸在对慧骃马高尚德行的痴迷中，整日遁世于家里的马厩，与马匹们聊天，却冷落厌恶自己的家人，无法恢复正常人的生活。这时的格列佛，简直成了"极为夸张而怪异的漫画人物"，毫无人的温暖和感情（黄梅：119）。由于斯威夫特对格列佛的荒唐结局有明显的讽刺，那么，格列佛对慧骃马的誉美之词，益发彰显了作者对慧骃马及其极端理性的质疑和反对。

在认识世界、追寻真理的过程中，理性固然必不可少；可即便如此，人类也不能脱离自身本性的其他方面，包括身体及其功能。自古希腊开始至笛卡尔时代达到顶峰的两分式认识论，过于重视精神与灵魂，轻视身体和感性生活。身体被忽视、被贬抑，乃至被污名化，不能登上文学的大雅之堂。斯威夫特作为慧眼独具的少数学者之一，敏锐地意识到笛卡尔奠立的机械认识论的不足之处。在《格列佛游记》等作品中，他利用形形色色的身体意象，特别是通过各种与身体气味、消化、排泄等身体功能相关的不雅意象以及对丑陋、病态、畸形的肉体的近乎夸张的描摹，以被许多同代人称为粗鄙的手段，强调了生而为人所不能逃避的身体性，借此传达了对西方理性传统中身心两分的质疑：身体和心灵（理性、精神）缺一不可，感觉、激情与理性的力量、精神的追求同等重要，过分强调其一而贬损其二是不可取的。在这个意义上，我们或许可以说，斯威夫特的身体观构成了对西方理性传统的"造反"。

那么，斯威夫特这种与其时代氛围似乎格格不入的身体观从何而来？通过大致考察，其源头主要有两个。首先是法国作家拉伯雷对斯威夫特的影响（Eddy：416–418）。拉伯雷的《巨人传》被公认为体现了狂欢化的民间身体观。根据巴赫金的观点，人与身体的分离对应了学术文化与群体民间文化的割裂；十六、十七世纪备受特权阶层贬低轻视的身体在民间百姓阶层仍保持核心地位。巴赫金将《巨人传》称作怪诞现实主义的杰作，强调说："怪诞现实主义的特点是降格，即把一切高级的、精神性的、理想的和抽象的东西转移到大地和身体的层面"（巴赫金，1998：24）。降格或贬低化不是与精神性的、理想的、抽象的东西相对立，更不是对它们的否定，而是把这些正统文化的因素下降或转换到物质（肉体）的层面来表现或嘲笑。巴赫金在中世纪和文艺复兴时期民间的狂欢节日中找到了拉伯雷这一身体观的根源。在庆典活动中，民众的身体摩肩接踵，打破了习俗与惯例，模糊了高贵与低贱的界限。

> 怪诞的身体与周遭世界没有明显的界限。……焦点被放在了身体的各个部位，身体借由它们或向周遭世界开放，或在世界中向其自身开放，即身体上的各个孔洞、凸起、分岔及赘疣：大张的嘴、生殖器、乳房、勃起的阴茎、隆起的肚子和鼻子。（巴赫金，1988：35）

而这些正是官方传统文化中负载耻辱的身体器官。上述身体意象在拉伯雷的作品中随处可见，在斯威夫特的作品中也不胜枚举。作为拉伯雷的崇拜者，斯威夫特对各种身体意象的呈现不可避免地受到了前者的影响。二者笔下展现的狂欢化精神都是灵肉结合的，而非厚此薄彼，重灵魂而轻肉身。

身体意象在斯威夫特的作品中如此繁密出现的另一个原因，在于身体问题已经成为当时一个重要的社会问题。进入十八世纪以来，英国纺织工业逐渐得以发展，因圈地运动而失去土地的农村人口大量涌入城市，加之社会相对稳定，城市人口开始了第一次较大规模的增长；但是，城市的各类设施，尤其是卫生设施，却严重滞后于人口的增长。于是，狭窄的街道上拥挤着并不卫生的各色身体，浊气污物冲击人们的鼻孔和眼球。众多的身体需要喂饱和清洗，需要空间和隐私，更需要娱乐和放松；这些身体既为城市带来空前的繁荣，同时也为城市带来可怕的负担。在更加贫穷的都柏林，虽然人口数量不及伦敦，但穷人比例更大，身体问题更加触目惊心。基于爱尔兰街头那比比皆是、无法忽略、无法躲避的肮脏身体，有论者认为，贫穷的爱尔兰人在一定程度上成为耶胡形象的原型：

> 斯威夫特不需要走遍半个世界才能发现野蛮人，他们无处不在，成为物质需求的清晰可见的证据。温和的格列佛眼里的那些野蛮人，其实是斯威夫特家乡的爱尔兰土著，是英格兰人愿意去憎恨的"凶猛的野兽、堕落的人类和桀骜不驯的动物"的混合体。（Flynn：160）

即使风雅文学（polite literature）传统依然摒弃身体，但在当时的社会背景下，身体已然成为任何一位严肃且有社会良知的学者都无法回避、无法忽视的问题。斯威夫特并未对诸多被视为粗俗、不够风雅的身体现象加以过滤或压抑，而是率真地将它们呈现于众多作品中，让读者去揣摩与体验，冲撞人们对于身体与理性的追问。

自古希腊以降，灵魂与智慧、精神、理性、真理一起，享有凌驾身体之上的优越感，占据了古典哲学的主流话语地位。中世纪的基督教传统，又延续了古典思想因把身体视为欲望快感的具象而贬抑身体的范式：身体仅仅作为灵魂的载体而存在，是低级、粗鄙而短暂的，灵魂则是高级、纯洁和不朽的。这种二元对立的思维影响、支配着人们俯视身体的目光；由于身体处在被贬损境地，在正统文学作品中，身体几乎是隐形而难以寻觅的。到了斯威夫特生活的十八世纪，笛卡尔的近代认识论进一步攀附理性主义的路径成为西方哲学思想的主流，灵肉分离的二元对立论被笛卡尔助推到一个新的高度。但随着社会的发展，身体问题却成为论者无法越过的一道藩篱。于是，在文学作品中，身体具象逐渐开始显现，斯威夫特的"身体造反"就是其中的一个典型。他的诸多作品都触及身体问题，尤其是在《格列佛游记》中，他通过五花八门的身体意象，叩问身体和灵魂的关系，并阐明自己的身体观：在小人国与大人国，他探讨了身体对于精神可能造成的影响；在勒皮他岛游记中，他讽刺了忽视身体需求、压抑身体及其本能的可笑与荒唐；在慧骃国部分，他则突出了仅仅看重理性的片面与危险。

纵观西方思想传统，其主流身体观经历了从"灵肉冲突"到"身体解放"的变化过程。时至今日，身体学已经成为社会学中的显学，对身体的重视在今天的消费文化背景下达到巅峰。这离不开尼采、弗洛伊德、梅洛-庞蒂、福柯等理论家的探索与努力；但是，我们更不应忘记，斯威夫特早在十八世纪就已经将注意力投向了身体问题，并凭借曾被批判和咒骂，被认为不够优雅、不够美丽的身体意象，提醒读者身体的存在，强调人的存在应是身体与心灵的整体存在。数量如此繁多，几乎要溢出页面的身体意象，构成了斯威夫特针对理性至上传统的"身体造反"。

论及身体这个话题，我们不能不提到身体状态的另一种体现方式：疾病。营养的失调、风寒的侵袭、过度的疲劳、病菌的感染、环境的污染，诸多因素都会威胁我们摄入五谷杂粮的身体；甚至我们的所思、所想和所感受的一切也会对我们的身体产生影响，从而导致疾病的发生。尤其在当今社会，随着医学的发展，人们不仅仅获得了对抗各种疾病的更多方法和手段，同时也发现和认识了更多的疾病。林林总总神秘的疾病名称、高昂的治疗费用、媒体对某些疾病可怕性的有意无意的渲染，也使得一些敏感的人增加了对疾病的恐惧，甚至患上"疾病恐惧症"。实际上，疾病是不可避免的存在，"疾病是生命的阴面，是一重更加麻烦的公民身份。每个降临世间的人都拥有双重公民身份。其一属于健康王国，另一则属于疾病王国"（桑塔格：5）。而从另外一个角度考虑，疾病其实也并不总意味着负面和阴暗。疾病恰恰是我们身体健康的另一面，是疾病不断提醒着我们身体的存在，使得我们更加明晰地意识到身体的重要性。

美国著名知识分子桑塔格对疾病的文化隐喻进行了深入的揭示。桑塔格常被誉为"美国公众的良心"，其论文《作为隐喻的疾病》和之后的《艾滋病及其隐喻》是探讨身体疾病与文化认知之间关系的社会批判力作。这两篇文章后来合辑为《疾病的隐喻》一书。桑塔格借助自身长年与病魔做斗争的经历和体验，将其犀利的文化批评话语楔入疾病领域。在文章中，她反思并批判了诸如结核病、癌症、艾滋病等疾病如何在社会的演绎中一步步地被隐喻化，从"仅仅是身体的一种疾病"，转换成一种道德批判，进而又转换成一种政治压迫的过程。在第一篇文章中，她利用各类文本分析了结核病与癌症由于难以治愈而给人们造成的神秘和恐惧印象，及其如何一次次地为达成不同目的而被重新阐释的过程。虽然十九世纪的人们对结核病的幻想与二十世纪的人们对癌症和艾滋病的幻想方式不尽相同，但其规律是相似的：尽管疾病的神秘化方式被置于新的期待背景上，但疾病

（过去的结核病，现在的癌症）本身唤起的是一种全然古老的恐惧。她指出，任何一种被当作神秘之物加以对待并令人大感恐怖的疾病，即使事实上不具备传染性，也会被感到在道德上被认为是具有传染性的。在书里她并没有进行明确的论述，不过很明显的是，在我们的身边，以隐喻的方式阐释疾病并使之成为某种社会共同想象的意象的过程仍然在继续。不论在西方还是东方，人们对疾病的恐惧和联想所塑造的隐喻都在遮蔽疾病原本的真相。不过，"疾病并非隐喻，而看待疾病的最真诚的方式，同时也是患者看待疾病的最健康的方式，是尽可能消除或抵制隐喻性的思考"（桑塔格：5）。桑塔格对疾病的阐释以及借疾病对世界的阐释，既细致入微又鞭辟入里；她试图层层剥除笼罩在这些疾病及患病者之上的各种隐喻，这有助于人们还原疾病的本来面目，并进一步反思真实的疾病对人们的真正意义。

疾病的隐喻是如此地根深蒂固，如影随形，我们可以以此为出发点，解读文学作品中的相关意象。下文便是笔者运用疾病的隐喻这一理论解读英国二战后小说家詹姆斯·戈登·法瑞尔（James Gordon Farrell）的小说《克里希纳普之围》（*The Seige of Krishnapur*）的尝试，通过解读，笔者进一步探究了这些疾病隐喻与大英帝国神话的破灭之间的可能联系。

4.2 《克里希纳普之围》中的疾病隐喻与帝国神话的破灭

法瑞尔是英国二战后的重要小说家，他凭小说《患难》（*Troubles*）、《克里希纳普之围》和《新加坡控制》（*The Singapore Grip*）蜚声文坛。这三部小说反映的事件在英帝国历史上均具有转折意义，被统称为"帝国三部曲"。其中《克里希纳普之围》最为著名，该小说获得过被认为是当代英语小说界的最高奖项——"布克奖"，并曾连续六周占据英国小说排行榜榜首。然而，在过去几十年里，英国评论界没有对法瑞尔给予应有的重视；关于法瑞尔的研究成果不仅数量稀少，且鲜有系统性的佳作问世，导致法瑞尔的名字几乎被时光湮没。

现有的法瑞尔研究中，较多论者认为他对帝国主义的批判力度不够。如最早出版法瑞尔研究专著的英国学者罗纳尔德·宾斯（Ronald Binns）认为，法瑞尔在《克里希纳普之围》中对英帝国主义的批判"缺乏严肃性"，对兵变中双方的暴行只是轻描淡写（Binns: 59）。此后的研究者基本延续了这一看法，批评法瑞尔对印度人形象的塑造呈现类型化的刻板印象，国内学者也曾指出法瑞尔淡化了英国对印度的殖民统治。从二十世纪七八十年代开始，人们纷纷反思英国的殖民政策，后殖民主义研究如日中天；而早期论者对法瑞尔的评价，无疑在一定程度上导致了研究者对法瑞尔的忽视。实际上，可以毫不夸张地说，在反映1857年印度兵变的众多历史小说中，《克里希纳普之围》是其中的佼佼者；它不仅生动再现了英国殖民者在被围攻期间的生活和经历，还以隐喻揭示了帝国肌体和殖民政策的种种疾病，以戏仿的手法批判了殖民者的行径，对所谓"优等种族""优势文明"的信念进行反思并提出质疑，因而有力地颠覆、解构了帝国神话。

下文主要探讨法瑞尔在该小说中对疾病隐喻的巧妙使用及其对帝国神话和所谓优势文明的颠覆与解构。有学者曾注意到法瑞尔作品中广泛出现的疾病意象，但没有将其与作者对英帝国主义的批判联系起来。众所周知，当某个意象反复出现时，它将不可避免地产生某种隐喻或象征意义。在法瑞尔的"帝国三部曲"中，各种疾病意象反复出现，笔者深入考察后得出结论：不可救药的疾病与帝国不可避免的衰退命运紧密相联，疾病成为隐喻。

将疾病隐喻化是人类社会常见的文化和心理现象。在《疾病的隐喻》里，桑塔格以敏锐的洞察力考察了疾病（特别是结核病、梅毒、艾滋病、癌症等）如何被一步步隐喻化，从"仅是身体的一种病"转换成一种道德评判或者政治态度。如桑塔格所说疾病的隐喻，"居住在疾病的王国，几乎不可能不受其领域内那些阴森的隐喻的影响"（桑塔格：77）。在文学中，疾病可以看作是一种象征，一种隐喻，一种审美手段和叙述策略，疾病与疗救成为文学中的永恒主题。法瑞尔似乎深谙疾病作为隐喻之道，在"帝国三部曲"中，他大量运用了疾病这一修辞手段。

《患难》以1919至1921年期间的爱尔兰民族解放斗争为背景，描写了一群英国人被困于爱尔兰一家摇摇欲坠的宾馆里的无奈生活。宾馆由英国人所有，其名字"雄伟"（Majestic）本身就别具深意，令人联想到Majesty这一对君主的尊称。这座于殖民统治鼎盛时期建造的豪华旅馆如今已风雨飘摇，辉煌不再。作者显然视它为帝国的象征，其兴衰成为帝国命运的晴雨表。小说里，疾病意象比比皆是：与宾馆有关的多人身患各种疾病——白血病、癌症、痛风、身体残疾等，他们不断地看病、吃药。与疾病相关的比喻也随处可见，如旅馆年久失修，地板和墙壁上出现了许多鼓包，作者多次将其比喻成毒疮、脓疮等。法瑞尔以疾病意象隐喻帝国肌体已不再强健，为英帝国在爱尔兰的统治奏响了挽歌。《新加坡控制》则从经济角度考察了帝国主义必然衰落的命运，这部小说以二战期间英国在日本的进攻下被迫放弃其重要殖民地新加坡为背景，小说中同样充斥着各式疾病意象。

《克里希纳普之围》则以1857年印度人对克里希纳普城中英国军民的围攻为背景。当城防被起义的印度兵攻克后，小城里的英国居民在收税官的带领下退入官邸，进行了为期十个月的守城战。法瑞尔描写的重点不在于攻城的印度兵，而是被围困的英国人。在外有强敌围攻，内有霍乱爆发，又几乎弹尽粮绝的危机之下，人性面临着严峻的考验。最终，英国军队平定了这次席卷印度北部的大起义，解了围城之困。

小说中的疾病意象多得几乎难以计数：收税官的小儿子半年前刚病死，妻子因健康原因离开印度回国，一个治安官得重病"去山里等死"等（Farrell, 1985：49）。在受围困期间，收税官罹患眼疾，两个医生先后死于心脏病，一个孩子中暑而亡，有妇女难产致死，婴儿夭折，等等。当然，霍乱与枪伤更是把官邸变成一个大医院，死亡时刻笼罩在人们头顶，死神成为丹斯戴普（Dunstaple）医生"喝酒时的同伴"（Farrell，1985：230）。

这些疾病与死亡意象的频现，虽然与法瑞尔的个人情况有关，但更主要的是，他有意无意地运用这些疾病来隐喻当时大英帝国的健康状况：无论是其肌体还是引以为豪的文明都已染上沉疴，最终的结局自然不难预料。

法瑞尔从小说开篇就暗示了他对帝国文明的态度。叙述者从远处走向克里希纳普城："任何从未来过克里希纳普的人如果从东面来到这里，总会提前几英里就以为来到了行程的终点"（9）。为什么会这么认为呢？从远处看，有一片墓地看起来就像城里的建筑一样。作者在这里呈现了一个充满扭曲感、给人以误会与错觉的地方；认知与现实之间的落差似乎预示，这个地方的一切都将与人们从外表所见和事先所料的有不小的差距。紧接着，法瑞尔叙述道，这里"没有任何欧洲人可以称之为文明的东西，除了砖块"，"砖块无疑是文明的重要组成部分；没有砖块什么也做不成"（9）。很明显，叙述者是在模仿欧洲人的语气，旨在讽刺欧洲人所谓的文明。开篇对克里希纳普景观的描写奠定了整部小说的基调，在这块说不清的土地上，真实与表象时常难以区分，外来者也许会陷入迷惑，失去自我。这不仅是法瑞尔对外来者调侃式的警告，更构成他对外来殖民者在场的质疑。

小说中的英国居民经常将帝国文明与印度文明并置对比，其中弗勒里（Fleury）与收税官的看法大相径庭。除了叙述者的评论，作者对帝国文明的态度主要是通过这两个人物的视角展示的。收税官作为克里希纳普城的最高长官，是作者重点刻画的主人公之一，小说的很大篇幅都是透过收税官的视角进行叙述的。小说伊始，收税官作为帝国文明的坚定支持者与捍卫者的形象就展现在读者面前。收税官作为筹备委员会成员参与了1851年在伦敦水晶宫举办的首届世界博览会，他对博览会赞誉有加，认为它是"所有文明国度的一次集体祷告"（48）；他还不吝重金购买了一些展品带回印度，如塑像、雕刻、油画和机器等。他认为这些东西是"一个进步而理性的文明的具体体现"（Binns：66）。在许多人眼里，这次博览会是英国高度发达的科技文明的全景展示，象征了大英帝国的辉煌成就，是西方文明的里程碑之一。对收税官来说，"信仰、体面、地质学、机械发明、通风、庄稼轮作构成了文明的基本要素"（Farrell，1985：90）。他经常大谈特谈英国所带来的文明与进步，炫耀、欣赏自己收藏的精品雕塑。他对博览会的赞颂，体现了他对帝国的所谓"优势文明"的认同与内化。收税官只是众多英国殖民者的一个缩影，对当时的英国人来说，作为白人的种族优越感如同"集体无意识"，已经深入其灵魂；他们深信自己祖国的文明远胜于东方，因此，他们自视担负着教化有色人种的不可推卸的光荣使命。对他们而言，殖民政策就是给黑暗落后地区的人们送去文明与进步的福音，是上帝赋予殖民者的神圣使命。

弗勒里却不这样认为，他完全站在主流意识形态的对立面。这个年轻人深受浪漫主义思潮影响，受命来到印度收集素材，准备完成一部反映"[东印度]公司统治下印度文明进步"的报告（24）。但是，他在印度的所见所闻，却使他对英国的殖民统治疑虑重重，更使他对所谓的优势文化产生怀疑。虽然我们不能把弗勒里看作法瑞尔的代言人，但是在整部小说中，他的观点与作者观点最接近。来到印度后，他发现英国人陶醉于自己所谓的优势文化中，在印度这块土地上构建了一个英国式的小天地。他们把自己孤立在这个小圈子里，继续过着英国式的生活，不愿也不屑与当地人交往；因此，他们虽身在印度，他们的生活却隔离于印度之外。在这里生活了大半辈子的收税官从未尝试去了解印度人，当印度人传送圣饼，秘密传递起义信号时，收税官虽心生疑虑，却也一筹莫展，不知所措。当他不遗余力地游说加尔各答的殖民官员加强防备时，那些人却对他的警告置若罔闻，甚至大加嘲讽，认为温顺的印度人不可能给他们的统治制造麻烦。生活如此自闭，与印度如此隔离，谈何为印度带来光明与进步呢？

因此，弗勒里批判帝国文明是"出于好意的疾病"（24）。虽然英国殖民者来到印度后，废除了自古以来的寡妇殉夫自焚等陋习，还开挖了运河，建造了铁路，但这些只不过是外在的"症状"，真正的疾病却被忽视。与收税官对博览会的高度赞赏不同，弗勒里认为，"大展览，不像人们说的那样，是文明的里程碑，它只不过是一堆无关紧要的破烂而已"（Farrell，1985：92）。确实如此，收税官从英国不远万里带到印度的小发明和小装置大多闲置于书房，成为装饰房间的摆设，但这还是丝毫不能撼动收税官对"文明与进步"的信仰。当收税官赞扬博览会上的那些科技发明及其体现的人类智慧与技巧时，弗勒里反驳：收税官所信奉的文明只不过是物质文明，缺少一个重要的元素：心灵，即精神元素。弗勒里经常批判物质文明"把人变成了机器"（95）。收税官断言，"像我们这样的优势文明是难以抗拒的"（77），弗勒里则针锋相对，"谈论优势文明是错误的，没有那么回事。任何文明都是坏的，它腐蚀人们内心高贵而自然的本能"（77）。收税官斥责弗勒里的观点是胡扯，凭借他官职大、年龄老而在争论中"占据上风"，弗勒里则愤懑不已。恰在此时，一枚火箭落在他们面前，所幸没有爆炸；弗勒里不失时机地告诉收税官，这枚火箭就是他所谓"优势文明的产物"。这句话本是弗勒里讽刺收税官的，但是，读者可以将其看作是作者刺破帝国话语肥皂泡的针尖，它揭穿了洋洋自得的殖民话语中的破绽，对殖民者的自我优越感不啻为当头一棒。

随着被围困时间的延长，官邸内部几乎弹尽粮绝；加之霍乱流行，居民之间为了食品等琐事矛盾不断。在这生死存亡的危机时刻，两位医生却仍然为霍乱的传播途径而争论不休，分属不同教派的牧师也依然在喋喋不休地辩论；面对此情此景，收税官突然对自己一向深信不疑的许多信仰产生怀疑。他倍感疲乏和厌倦，随之积劳成疾，感染了严重的丹毒。随着他逐渐脱离几近死亡的境地，他慢慢认清了帝国文明的实质，改变了以往关于英国优势文化的观点。痊愈后，他感到"印度现在是一个完全不同的地方，那个被引领着走向文明的快乐印度人形象再也难以为继了"（149）。也就是说，身体罹患疾病反倒治愈了他思想上的疾病，即那种欧洲人常见的认为西方文明优越于印度文明的顽疾。多年后，已经回到英国的收税官与弗勒里再次相遇，寒暄之际，他提到自己早把那些曾奉若珍宝的雕塑和绘画卖掉了，并且淡淡地说："文化是个假象，是有钱人涂在生活表层，掩盖其丑陋的化妆品"（Farrell，1985：195）。收税官眼里的这个所谓的文化自然是指西方人打着科学进步旗号自诩的"优势文明"。他看清了帝国主义者为了掩饰自己的殖民行为而对其文化进行美化的实质，看透了帝国话语的意识形态功能。此时，他对西方文明的幻灭感不亚于年轻人面对自己偶像坍塌时的愤世嫉俗。

曾有论者批评法瑞尔把印度人描绘成类型化的刻板形象，没有塑造真实可信的、立体的印度人形象。但是，我们不能忘记，读者是在透过小说中英国人的眼睛看印度人，印度人漫画式的形象本身就构成了对英国人看印度人方式的讽刺，这种人物塑造方法体现了法瑞尔对传统殖民文学中土著形象塑造中存在的缺憾的明察与纠正。比如，小说叙述了一个英国殖民官员以动物为印度仆人命名时那一本正经的自大语气，这颇令人发笑；但是，笑过之后，我们就能体察到法瑞尔对殖民者将土著人他者化、动物化的讽刺。

简而言之，也许法瑞尔不是唯一大量使用疾病意象的作家，但他无疑是较早将疾病与殖民病理学联系到一起的作家。通过众多的疾病意象，法瑞尔不仅影射了殖民者肌体（body-politic）已经染病的事实，更以疾病意象对帝国文明进行了质疑与反思。他在《克里希纳普之围》中通过大量运用疾病意象，获得了一种隐喻的效果：以身体的疾病预示帝国肌体的疾病及帝国文明的缺陷，从而揭示出，帝国话语其实在帝国主义蓬勃发展的十九世纪已经暴露出种种弊端。也许，法瑞尔对帝国主义的批判远不及后来兴起的后殖民主义理论家那样到位、深刻、彻底；但是，在同时代的作家里，他对帝国行径与殖民政策的认识是非常深刻的，并非像许多论者所批评的那样，对帝国主义的批判只是浅尝辄止、绵软无力。笔者以上的探究旨在唤起更多学者去关注法瑞尔这位二十世纪的重要小说家，重新挖掘其在批判殖民主义传统中的价值。作为小说家，法瑞尔以自己的作品大胆预见了英帝国主义在二十世纪的必然衰落，这对读者审视当今各种新帝国主义思潮同样大有裨益。

第五章 研究选题与趋势

　　前面两章的经典案例分析和原创作品示例均表明：无论身体理论如何在哲学、社会学等领域发出声音，围绕身体的研究最终都会回归于对社会文化、权力话语或者政治经济的解读；亦即，身体理论最终将用于我们身边的社会实践。在很大程度上，铭刻了社会文化书写意义的身体是一个中介，或者说是我们用来观察世间万象的"多棱镜"和"万花筒"。进入二十一世纪以来，身体研究呈现出持续深化和多元化的趋势，身体研究已经从传统的哲学、社会学、人类学、医学、生理学和心理学等学科扩展到教育学、认知神经科学、传播学、文化研究、信息计算机和地理环境等学科领域。实际上，以身体研究为中心的跨学科领域已初步形成。诸多研究者凭借自己本专业的研究素养和学术资源，打破了之前以理论思辨、阐述论证为主的定性研究套路，开始在实证研究领域采纳新的定量研究方法，比如进行身体实验、建立身体模型、搜集身体数据等；或者将两者结合，使得研究结果更为客观、可信，也使得身体研究领域呈现出日益蓬勃发展的态势。而在社会科学与人文学科的身体研究方面，笔者认为，参照进入二十一世纪以来身体研究的总体发展概况，在可以预期的将来，身体研究依然会沿续过去十年以来的研究方向；但对于社会中的身体、政治中的身体、文化中的身体等的理解将会更加深入，并逐渐理论化。综合来说，身体研究的热点问题仍会聚焦在以下五大方面：

第一，性别化、殖民化的身体问题。

从身体的视角进行性别研究，无论是女性主义的研究，还是同性恋研究，都已经取得了较为丰硕的研究成果。从二十世纪末到现在，这一研究角度已经持续了一段时间，上文我们介绍过的巴特勒、波尔多、伊里加雷等依然从事着各自的女性主义研究，并倾向于与其他学科进行交叉，取得了为人瞩目的成果。从女性主义的角度进行身体研究，这其中的诸多问题仍有待继续研究和探讨。笔者认为以上述论者为代表的后女性主义（post-feminism）思潮仍将持续；也就是说，学者们对建立在二分法和本质主义之上的传统女性主义将进行进一步的反驳，纠正其过于关注白种人、异性恋者，且过于关注自由主义的倾向，而更多地关注来自被边缘化群体的女性的需求。

身体的殖民主义也是诸多论者的目光聚焦点，具体来说，就是对身体的种族身份和种族烙印进行分析评价。许多论者认为，在社会实践和大众视野内，身体其实被视作一种合法的文本，它合理化了现实中的种族歧视实践，而这一做法自然是有问题的。有关种族身份，学界一般存在三种主要观点：第一种观点认为存在真正的种族差异，这是本质主义的观点；第二种观点认为种族完全是社会建构的产物，这是反本质主义的观点；第三种观点认为虽然种族是社会建构的产物，但种族因其本身的重要影响而具有一定的意义，这是种族现象主义的观点。

在后殖民主义身体理论氛围之中，白色研究渐成气候。白色研究的代表人物之一是大卫·罗迪格（David Roediger），他通常以马克思主义的理论视角聚焦种族身份的建构、阶级结构、劳工问题等。他认为，在美国，"白色"是一种历史现象，是一个逐渐形成的概念；一些现在被认为是白人的族群在过去并不被视为白人，比如爱尔兰人。到十八世纪，"白色"才逐渐演变成一个带有种族色彩的概念；而到了十九世纪，它成为一个无所不包的种族术语。罗迪格主张最终消灭"白色"。他的著作《白色工资：种族与美国工人阶级的形成》（*The Wages of Whiteness: Race and the Making of the American Working Class*），与亚历山大·萨克斯顿（Alexander Saxton）的《白色共和国的兴亡：十九世纪美国的阶级、政治与大众文化》（*The Rise and Fall of the White Republic: Class, Politics and Mass Culture in Nineteenth-Century America*）、莫里森的《黑暗中的玩耍：白色与文学想象》（*Playing in the Dark: Whiteness and the Literary Imagination*）通常被视为当代白色研究的开山之作。另一位白色研究学者查尔斯·马丁（Charles D. Martin）在其著作《白种非裔美国人的身体：文化与文学的探讨》（*The White African American Body: A Cultural and Literary Exploration*）中也表达了废除白色概念的观点。

另外一些白色研究者则主张对白色进行解构，比如鲁斯·法兰肯伯格（Ruth Frankenberg）在《白种女人和种族问题：白色的社会建构》（*White Women, Race Matters: The Social Construction of Whiteness*）中探讨了当代美国女性的白色体验：即使在种族主义的反对者中间，白色也是后天形成、逐渐自然化的概念。理查德·戴尔（Richard Dyer）在《白色：种族与文化文集》（*White: Essays on Race and Culture*）中指出，白人并非真的白，并非象征性的白，也并非纯洁与德行的代言人。种族意象与表征对于当代社会的组织构成非常关键，尽管存在对于黑人和亚裔人群意象的诸多研究，白色却是一个隐而不见的种族立场。白人并非某一种族群体，而是一个人类族群，是审视对照其他少数族裔的"颜色"。戴尔主张要超越白色表面上的寻常性，深入分析白人意象背后的社会文化意义。

更多的白色研究学者没有前两类学者那么激进，但也都主张对白色及其内涵进行重新思考，其中最早从肤色入手探讨种族与殖民问题的理论家是二十世纪中叶的弗朗兹·法农（Frantz Fanon）。法农的《黑皮肤，白面具》翻转了殖民时代被视为理所当然的白与黑、优与劣的关系，对于宰制现象进行了深刻的文化与价值观照。尤其与本研究密切相关的是，他从身体与肤色入手分析了被殖民者的深层心灵结构。法农认为，种族主义的意识形态囚禁了观看的模式与美丑的分辨标准，以致于被殖民者将自身囚禁于自己的肤色和永远的自卑、恐惧和自我厌恶等情绪中。他提出了劣势感的表皮化（epidermization of inferiority）的概念，即被殖民的黑色人种具有"以皮肤的感受方式存在"的内化了的劣势感。主体的自我意识被固着在身体形象的可感外部，并透过有关"他人如何看自己"的想象而定位。因此，黑人，尤其是受过较好教育的黑人，希望自己成为应该有的形象；他们为了被认可而教化自己、改变自己，渴望漂白肤色、转换语言、校正口音，甚至修正姿态、气质、品位等，这些都是文化强制的结果。在法农之后，诸多文化研究者在思考殖民问题的时候，都或多或少掺杂了身体的视角。比如，斯图尔特·霍尔（Stuart Hall）提出了著名的凝视理论；即视看并不是无辜的行为，而是一种文化实践，能够创造出各种各样的身体——正常或不正常的、暴烈的或美丽的、可取的或危险的、可爱的或恶心的。尽管他的这一理论并不仅仅针对殖民关系，却为我们理解殖民主义的微妙运作方式提供了一个重要的切入点。

当代理论界跨学科研究盛行，而多元交织性（intersectionality）是其主要特点。多元交织性指的是多种身份互相交织形成一个整体，而此整体有别于其中任何一个单独的身份。这些身份包括性别、种族、宗教、年龄、精神疾病、身体疾病以及其他种种。在分析少数族群文化和身份的过程中，多元交织性的概念显得益发重要。在身体研究中，这一概念也得到较为突出的体现，身体被同时置于性别与种族身份的考察中。

琳达·阿尔考夫（Linda Alcoff）便是一个例子。她不仅仅研究种族化的身体，也关注种族身份与性别化的身体问题。她的论作《可见的身份：种族、性别与自我》（*Visible Identities: Race, Gender and the Self*）充分体现了当代理论界多元交织性概念的深入人心。另一位新锐学者安奴普·那雅克（Anoop Nayak）也非常值得一提。他将性别研究与殖民研究相结合，丰富了当代的身体理论。他的主要研究兴趣包括：种族、民族性与迁徙、男性气概、性别与文化等等。他的论文《批判性的白色研究》（"Critical Whiteness Study"）论证道，白色其实是个现代发明，而白色的概念会随着时间与地点的不同而发生变化。白色是一种社会标准，与某些不可言说的特权联结在一起。为了整个人类的利益，白色的枷锁是可以打破或解构的（Nayak：738）。他的著作《性别、青年与文化：年轻男性气概与女性气质》（*Gender, Youth and Culture: Young Masculinities and Femininities*）则侧重性别研究的视角，探索当今年轻人的性别是如何被生产、被消费、被约束以及如何表现出来的。

除了上述列举的论者及其研究成果，还有更多的学者将种族化与性别化的身体作为考察的对象。因此可以说，从近期与当代的身体研究趋势来看，这个话题将继续成为下一阶段身体研究的热点。

第二，消费视域下的身体问题。

前文已述，鲍德里亚、费瑟斯通等社会学家关注身体的消费特性。鲍德里亚从符号学角度对人类刚刚步入的消费社会和商品的符号价值进行了解读，他认为身体在消费社会中成为消费品。这一理论在当今的社会实践中找到了最恰当的解释和证据，鲍德里亚有关消费社会所预言和分析的一切，正蓬蓬勃勃地发生在世界的各个地方。身体不仅仅是消费的主体，也成为消费的客体，即消费品本身；而与身体（尤其是女性身体）紧密相关的美丽和情色，更是成为了大众的消费品。在这样的消费文化氛围中，身体成为快乐的载体，成为一种符号，一种可以交换的符号。对身体、美丽的消费不再是个别现象，而是一种普遍现象，成为一种普遍性的意识形态。身体（尤其是女性身体）在广告、时尚、大众文化中华丽登场，卫生保健学、营养学、医疗学等学科日益深入人心。进入二十一世纪，随着读图时代的来临，身体审美问题日渐突出，对青春、美貌等的追求萦绕在每个女性的心头，而阳刚和健美则成为每个男性追求的目标；这些催生出了一个庞大的新经济产业，无论在哪个国家，都不能低估身体产业的巨大经济利润。化妆品、服饰、减肥药、美容院、整容医院、健身房、养生馆等等，为人们追求美丽、生产美丽应运而生的产品、场所、产业应有尽有，层出不穷。身体的形象无时无刻不充斥着人们的眼球，占据着人们的视线。

在如此的氛围之下，对于学者来说，身体在消费社会的商品化、市场化，成为一个不得不面对的话题。在人类身体的建构上，大众传媒发挥着越来越重要的作用。那么，传媒是如何激发着人们消费身体的欲望，如何诱导大众重新发现自己的身体、感受自己的身体、关照自己的身体的呢？当今消费社会中，权力网络高度复杂化，权力同大众传媒、社会文化、道德和法制是如何互相结合而对身体进行控制和支配的呢？消费社会之下，身体问题的凸显，又将如何体现在文学文本的创作之中？这些都有待社会学者与文化研究者继续深入探讨、分析与考察。

第三，科技与身体问题。

身体与科技的关系是当前身体研究的另一个热点。这个问题中的一个重要层面，其实与我们身处其中的消费文化的大环境密切相关。我们知道，在消费社会，人们把身体形象当作一种工具，希望依靠自己的外表获取社会地位和社会认可。身体，尤其是脸蛋，被认为是自我身份的重要组成部分，甚至成为自我的投射。当代科技的进步已经能够做到通过一系列高科技的身体改造或者整容手术使人们拥有更为美好的外形，同时构建更为美好的自我。如果从哲学的意义上来说，在这样的氛围之下，身体其实再次失去了梅洛-庞蒂等所建构的人的主体地位，而是沦为一个被任意支配的纯粹的客体。陶东风曾指出：

> 在消费文化中，随着现代科技（特别是生命科学）的日益发展，特别是出现了外科整容手术、变性手术、器官移植、克隆人等以后，关于身体不可改变的观点进一步受到质疑，身体的特征（不仅人体的个别器官，甚至包括性别与肤色）是可塑的，而不是固定的，人们通过努力以及"躯体制作"（body work），可以达到特定的、自己想要的外形。这样就有了所谓的"身体规划"：身体成了可以按照人的意志加以塑造的东西，成了一个应该不停地进行加工、完成、完善的对象。（陶东风：48）

实际上，在科技不断发展的背景之下，不仅是身体的重塑，身体的延展和再造都不再是遥不可及的神话。希林在其《身体与社会理论》中曾指出：

> 现在，我们有了一套程度空前的控制身体的工具，……随着生物学知识、外科整容、生物工程、运动科学的发展，身体越来越成为可以选择、塑造的东西。这些发展促进了人们控制自己身体的能力，也促进了身体被别人控制的能力。（转引自陶东风：49）

科技对身体的重塑与改造，挑战了以往身体与身份认同之间相对固定的关系。比如，医学技术的革新已经对性身份的性质提出了质疑，改变性别、漂白肌肤借助司空见惯的外科手术就可以实现。于是，诸如性别概念、肤色等种族身份标志，都逐渐在强大的现代科技面前土崩瓦解。

科技与身体之间关系的另一个重要层面是科技对身体的改造。早在二十世纪就有科学家预言，经过从单细胞生物到如今的智能生物这一进化过程后，人类进化的下一步，将是与机器的融合。人类丰富的想象力在人体与机器的融合方面得到了尽情的施展与发挥。从二十世纪末电子人或者人体机器人（cyborg）作品的流行，到如今人体改造小说的流行，科幻小说一直在探索被视为禁忌的科技领域方面的题材；而在现实社会中，人体植入的新闻也开始见诸媒体报道之中。生物医学方面的创新尤其常见，如：基因编辑、大脑芯片以及人造器官等等。2016年1月9日，世界上首位合法的电子人诞生：西班牙人尼尔·哈比森（Neil Harbisson）的头骨上植入了天线，能将"看不到"的色彩转化成"听得见"的声音。电子人的诞生跨越了技术史上自然与技术机器之间的边界，使得身体和机器的关系复杂化。

各种各样的身体现象，如试管婴儿、器官移植、人体机器人，等等，无疑都会引发人们有关什么是身体——尤其是，什么是自然的身体——

等方面的疑问和困惑。确实，很多技术创新或者能够帮助人类根绝基因疾病，或者能够提升人类的心智和身体机能，这些无疑都可以造福人类。不过，与此同时，人们也对生物医学技术的不断进展存有潜在的疑虑。比如，我们到底可以在多大程度上允许科技重构人类的身体？再比如，有关克隆人的激烈讨论势必会引发道德的焦虑。有关这一点，当代英国小说家石黑一雄（Kazuo Ishiguro）在作品《别让我走》中进行了淋漓尽致的探索。在这一研究背景下，身体无疑仅仅是一个客体，难逃"工具"的命运。在身体与科技的关系中，科技始终扮演着支持者和推动者的角色。科技参与身体的所有活动，对身体的不断完善、完整化及延展作出了重要贡献，科技甚至可以成为身体的一部分。然而，对于科技的过度依赖，也必将给人类带来难以预料的后果，甚至会让我们远离身体或自我本身，产生难以评估的，甚至如一些科幻小说所预料的反乌托邦式的严重后果。虽然人们对科技与人体结合的人造器官等现象的态度不一，有的谨慎，有的热情，有的质疑，有的欢迎；但是，一个不可争辩的事实是，科技对身体的塑造与再造已经而且将继续成为当代社会中的重要话题。因此，身体与科技的关系也必然成为当代与未来身体研究领域的热点课题之一。

第四，文学与身体的关系问题。

上文已述，身体理论在西方社会中已经逐渐发展成为一门显学；社会学家、哲学家、人类学家、文化批评学家都分别从不同的理论视角，对身体及身体现象的凸显作出了深入的思考与各自的阐释。这一思潮不可避免地影响到文学创作与文学批评领域。二十世纪后期，女性主义理论家西苏提出了"妇女写作"或"身体写作"的概念之后，身体、身体写作、身体革命等词汇已经成为今天文学文化批评中司空见惯的关键词。不过，虽然身体的概念已经不可阻挡地进入了文学批评的视野，也已经出现了颇多相关著作（详见本书2.4节），但是与其他学科对身体的研究热度与丰硕成果相比，身体在文学中的研究依然显得有些滞后，或者说不够景气；文学身体批评也还没有得到足够的关注，需要学者们进一步地深入探讨与思考。

各类身体现象大量存在于文学艺术作品的描写之中：生老病死的身体、充满情欲的身体、不同性别与族裔身份的身体、完美或残缺的身体，这些身体描写为文学中的身体批评提供了丰富的资源。不过，研究文本中的身体描写、身体话语不过是文学身体学的研究领域之一，而且是较为狭窄的一个领域；此外，目前有将肉欲或者与性有关的叙述等同于身体叙述的倾向，这更是对文学身体学内涵的过度窄化。实际上，文学的身体性包含两个方面的内容：一方面是上文提及的、单纯文学文本中出现的身体现象；而另一个方面就是经常被忽视的，即叙述者的叙事、语言、修辞技巧等投射出的身体性以及叙事中人物的语言、动作、活动等渗透出的身体性。总之，文学的身体性是一个拥有丰富内涵的概念，而目前总体的文学身体学研究常常让人产生隔靴搔痒之感。从另外一个角度讲，还有些做法似乎倾向于仅仅将人物当作身体器官而忽视了作品的文学性，正如丁普娜·卡拉汉（Dympna Callaghan）在分析马洛和莎士比亚等人在文艺复兴时期创作的剧作时所指出的，当前身体批评的误区在于"……把马洛和莎翁戏剧中的某些人物仅仅当作诸如心、肺和肠道等脏器，而非理想化审美主体的身体"（Callaghan：68）。而这一做法与"早期排除身体，把思想当作人类历史仅有的存在"的做法一样，无益于我们"理解文艺复兴知识的关键"，同时这种做法"对身体的关注与文学根本没有多大关系"（70）。她提出，身体批评应该遵循的原则是承认有思想的身体在历史进程中起着积极作用，而不应仅仅把身体当作被解剖和屠宰的肉体："尽管文学的意义和功能有必要在非文学文本的语境中确立，但我们不能放弃文学目标"（70）。卡拉汉的观点无疑具有一定的代表性。可见，在探讨文学身体学的过程中，如何把握身体性与文学性之间的平衡是今后文学身体研究中需要关注的一个问题。总体来说，尽管身体的文本建构在当代已经得到了应有的重视，但是尚缺乏系统的文学身体理论，因此文学身体学的理论建构依然是文学批评者的一大重要任务。在可以预见的将来，文学身体学、身体叙事学、身体修辞学等都必将是有关身体与文学问题的重要研究领域。如何以现有的文学身体理论引导文学批评实践也是文学研究者需要思考的内容，因为有效的身体批评实践能够给文学文化研究注入新鲜的血液，促进文学观念的变革，并最终推动文学研究的发展。另外，由于身体研究/身体批评具有明显的去学科化或者跨学科的特征，因此，一切用于文化研究与文学研究的手段和方法都可以运用到身体批评上来，这为文学研究者研究文学身体学开辟了一条更为宽敞通透的学术之路。

第五，以身体理论研究中国问题。

对于中国的文学文化研究者来说，身体研究还有另外两个重要任务。

第一个任务是系统考察中国自古以来的身体观，并以此指导中国的本土问题研究，最终发展出具有中国特色的身体理论。目前国内身体研究存在的一个不争事实是，对中国传统身体观的研究与挖掘依然有待丰富与深入。实际上，在中国传统文化中，身体是一个重要元素，"无论是儒家致力于社会秩序的重建，还是道家致力于自然之道的体悟，其实都是以自我身体的感性体验为起点的"（许总：5）。根据论者的观点，中国传统身体观有两大主要特点：一是中国传统身体观讲究身心一体，讲究形体之身与道德之身的内在贯通统一，与西方传统思想中的身心对立的二元思维方式有所不同；二是中国传统身体观与人生观、宇宙观、世界观甚至美学观的统一。儒家身体观中包含的家国同构、君民一体的认识，及道家身体观中包含的与大自然和谐共生的理念，都对当今世界在社会问题、政治问题、生态问题上的关切点有着极其重要的启示意义。

第二个任务是参考借鉴西方已经较为成熟的人类学、社会学、文化批评等领域的身体理论，分析研究中国这个多民族国家中特有的社会文化问题。到目前为止，本书所讨论的身体理论，基本指涉发轫、发展于西方的身体理论，这自然与本书关注"外国文学研究核心话题"这一主旨有关；不过，关注中国社会文化现象，透过西方身体理论的视角来分析中国特有的社会文化实践，将永远是中国的外国文学文化研究者不可推卸的责任，也是实现身体研究的社会价值与美学意义的最佳方式。

除了上述五大研究方向和趋势之外，由于身体是社会规范和文化隐喻的载体，因此身体的社会性，尤其是身体与社会的关系问题，无疑是社会与人文学科中身体研究的一个永恒的领域。这是一个多学科交叉的领域，涉及现今身体研究的诸多命题；例如比较身体在不同群体中的建构问题，仅这一研究点就涉及诸如话语权力、地方性、研究者的立场、对人群的重新分类和归类、性别与后殖民主义、文化民族主义等多个问题。

进行身体研究的时候，我们必然要面对特纳所谓的身体悖论："我们有身体，但在特定意义上说，我们也是身体"（特纳：61）。一方面，我们是身体的主体，身体是我们的客体；身体是心灵、知识、理性的载体，我们可以运用各种身体技术去再生产、社会化、组织、规训和惩戒身体。另一方面，我们与身体又是统一不可分的；身体不仅是我们存在的自然物质基础，也是我们进行活动的社会环境的构成部分，是生物有机体与社会自我的统一，也是个体实践和社会建构的统一。换句话说，身体是自然性与社会性的统一体，这已经成为当代学界对身体概念达成的共识。正如路德维希·维特根斯坦（Ludwig Wittgenstein）在《哲学研究》中所说，"人的身体是人的灵魂最好的图画"（维特根斯坦：279）。身体是主体与客体统一体的观念已经深入人心，不过，随着人类进入消费社会，我们将再次面临新的身体悖论：一方面身体似乎得到了几千年来最大程度的解放与自由；而另一方面，由现代媒体助力和催生的身体"美学化"标准的合法化和普遍化，又不可避免地导致了对身体的压制和暴力。而几乎与此同时，科学技术的高度发展也导致科技对身体的干预程度增强到令人吃惊的程度。于是，我们的身体在今天再次面临沦为客体和工具的危险，这些都是新形势下身体研究者不得不面对的话题。

至此为止，本书的第一章简述了身体话题的缘起，大致界定了身体概念，提及了身体研究的当代意义；第二章梳理了人类身体观的渊源与流变，以及人类对身心关系的认知史；第三章选取了两位学者的身体研究案例进行介绍与分析；第四章以笔者的两篇用身体理论分析文学文本的原创作品作为研究示例；最后一章则简略总结了当前身体研究的热门选题与未来发展的可能趋势。不过，对于身体这个内涵丰富、历久弥新、令人着迷的话题来说，仅仅一本十几万字的小书自然难以面面俱到。

限于笔者的学术功力，本书可能存在这样或那样的问题与错漏，希望读者批评指正；同时感谢书后所列参考文献中所提及或者未能提及的论文、专著为笔者带来的灵感与启迪。

参考文献

Aquinas, Thomas. *Basic Writings of Saint Thomas Aquinas, Volume One*. Beijing: China
    Social Science Publishing House,1997.

Aristotle. *De Anima*. London: Penguin Books, 1986.

Barnes, Jonathan. *Early Greek Philosophy*. London: Penguin Books, 2001.

Barthes, Roland. *The Pleasure of the Text*. Trans. Richard Miller. New York: Hill and
    Wang, 1975.

Bartky, Sandra Lee. "Foucault, Femininity and the Modernization of Patriarchal Power."
    The Politics of Women's Bodies: Sexuality, Appearance and Behavior. Ed. Rose Weitz.
    New York: Oxford University Press, 1998.

Bible. New International Version. International Bible Society, 2011.

Binns, Ronald. *J.G. Farrell*. London: Menthuen, 1986.

Bordo, Susan. *Unbearable Weight, Feminism, Western Culture, and the Body*. Berkeley:
    University of California Press,1993.

—. *Twilight Zones: The Hidden Life of Cultural Images from Plato to O. J.* Berkeley: University
    of California Press, 1997.

Brantlinger, Patrick. *Rules of Darkness: British Literature and Imperialism, 1830-1914*.
    Ithaca: Cornell University Press, 1988.

Brooks, Peter. *Reading for the Plot: Design and Intention in Narrative*. Cambridge:
    Harvard University Press, 1992.

—. *Body Work: Objects of Desire in Modern Narrative*. Cambridge and London: Harvard University Press, 2003.

Brumberg, Joan Jacobs. *Fasting Girls: The History of Anorexia Nervosa*. New York: Plume, 1989.

Butler, Judith. *Bodies That Matter: On the Discursive Limits of "Sex"*. New York: Routledge, 1993.

—. *Gender Trouble*. New York: Routledge, 1999.

Callaghan, Dympna. "Body Problem." *Shakespeare Studies 1*(29), 2001: 68-71.

Chernin, Kim. *The Obsession: Reflections on the Tyranny of Slenderness*. New York: Harper and Row, 1981.

Cixous, Helene. *Stigmata: Escaping Texts*. New York: Routledge, 2005.

Deleuze, Gilles, and Félix Guattari. *Anti-Oedipus: Capitalism and Schizophrenia*, Trans. Robert Hurley, Mark Seem and Helen R. Lane. London: Continuum, 1972.

Dickens, Charles. *The Pickwick Papers*. New York: Bantam Classics, 1984.

Douglas, Mary. *Purity and Danger: An Analysis of Concepts of Pollution and Taboo*. London: Routledge, 2002.

Eagleton, Terry. *The Ideology of the Aesthetics*. Oxford: Blackwell Publishing, 1990.

Eddy, William A. "Rabelais—A Source for *Gulliver's Travels*." *Modern Language Notes* 37(7), 1922: 416-418.

Ehrenpreis, Irvin. "How to Write *Gulliver's Travels*." *Jonathan Swift*. Ed. Harold Bloom. New York: Infobase Publishing, 2009.

Ellis, Sarah Stickney. *The Daughters of England*. London: Fisher, Son and Co., 1841.

Enterline, Lynn. *The Rhetoric of the Body from Ovid to Shakespeare*. Cambridge: Cambridge University Press, 2000.

Fallon, April. "Culture in the Mirror: Sociocultural Determinants of Body Image." *Body Images: Development, Deviance and Change*. Ed. Thomas Cash and Thomas Pruzinsky. New York: Guilford Press, 1990.

Farrell, James Gordon. *Troubles*. Harmondsworth: Penguin Books, 1981.

—. *The Seige of Krishnapur*. New York: Caroll and Graf Publishers Inc., 1985.

Featherstone, Mike. "The Body in Consumer Society." *The Body: Social Progress and Cultural Theory*. Eds. Mike Featherstone, Mike Hepworth and Bryan S. Turner. London: Sage Publications, 1991.

Feher, Michel, et al. Eds. *Fragments for a History of the Human Body*. New York: Zone
     Books, 1989.

Flynn, Carol Houlihan. *The Body in Swift and Defoe*. Cambridge: Cambridge University
     Press, 1990.

Foucault, Michel. *Power/Knowledge: Selected Interviews & Other Writings 1972-1977*.
     Brighton: Harvester, 1980.

—. *The History of Sexuality*. Trans. Robert Hurley. New York: Vintage, 1990.

Francus, Marilyn. "The Monstrous Mother: Reproductive Anxiety in Swift and Pope."
     ELH 61(6), 1994: 829-851.

Frank, Arthur W. "For a Sociology of the Body: An Analytical Review." *The Body: Social
     Progress and Cultural Theory*. Eds. Mike Featherstone, Mike Hepworth and Bryan
     S. Turner. London: Sage Publications, 1991.

Garland-Thomson, Rosemarie. *Extraordinary Bodies: Figuring Physical Disability in
     American Culture and Literature*. New York: Columbia University Press, 1996.

Gilman, Sandor L. *Obesity: The Biography*. Oxford: Oxford University Press, 2010.

Green, Martin. *The English Novel in the Twentieth Century: The Doom of Empire*. London:
     Routledge, 1984.

Green, Martin Burgess. *Dreams of Adventure, Deeds of Empire*. New York: Basic Books,
     1979.

Gross, Elizabeth. "Philosophy, Subjectivity and the Body: Kristeva and Irigaray."
     Feminist Challenges: Social and Political Theory. Eds. Carole Pateman and Elizabeth
     Gross. Boston: Northeastern University Press, 1986.

Haggard, Henry Rider. *King Solomon's Mines*. New York: Walter J. Black, 1928.

—. *Allan Kuatermain*. New York: Walter J. Black, 1929.

—. *The Annotated She: A Critical Edition of H. Rider Haggard's Victorian Romance*. Ed.
     Norman Etherington. Bloomington: Indiana University Press, 1991.

Hagstrum, Jean H. *The Romantic Body: Love and Sexuality in Keats, Wordsworth and
     Blake*. Knoxville: University of Tennessee Press, 1985.

Hamilton, Edith and Huntington Cairns. *Plato: The Collected Dialogues*. Princeton:
     Princeton University Press, 1961.

Harter, Deborah A. *Body in Pieces: Fantastic Narrative and the Poetics of the Fragment*.
     Stanford: Stanford University Press, 1996.

Heywood, Leslie. *Dedication to Hunger.* Berkeley: University of California Press, 1996.

Hunt, John. "A Thing of Nothing: The Catastrophic Body in *Hamlet.*" *Shakespeare Quarterly* 4(1), 1988: 27-44.

Heaton, Kenneth W. "Body Conscious Shakespeare: Sensory Disturbance in Troubled Characters." *Med Humanities 2* (37), 2011: 97-101.

Irigaray, Luce. *The Sex Which Is Not One.* Trans. Catherine Porter and Carolyn Burke. New York: Cornell University Press, 1985.

—. *Je, Tu, Nous: Towards a Culture of Difference.* Trans. Alison Martin. New York: Routledge, 1993.

James, George G. M. *Stolen Legacy.* Chicago: African American Image, 2001.

Johnson, Mark. *The Meaning of the Body.* Chicago: University of Chicago Press, 2007.

Katz, Wendy M. *Rider Haggard and the Fiction of Empire: A Critical Study of British Imperial Fiction.* Cambridge: Cambridge University Press, 1987.

Kelly, Veronica and Dorothea Von Mucke. *Body and Text in the Eighteenth Century.* Stanford: Stanford University Press, 1994.

Langer, Monika M. *Merleau-Ponty's Phenomenology of Perception: A Guide and Commentary,* London: Palgrave Macmillan, 1989.

Laqueur, Thomas. *Making Sex: Body and Gender from the Greeks to Freud.* Cambridge: Harvard University Press, 1990.

Lefkovitz, Lori Hope. *Textual Bodies: Changing Boundaries of Literary Representation.* Albany: State University of New York Press, 1997.

Lefebvre, Henri. *The Production of Space.* Trans. Donald Nicholson Smith. Cambridge: Basil Blackwell, 1991.

Lloyd, Genevieve. *The Man of Reason: Male and Female in Western Philosophy.* Minneapolis: University of Minnesota Press, 1984.

Lynall, Gregory. "Swift's Caricatures of Newton: 'Taylor,' 'Conjurer' and 'Workman in the Mint'." *Jonathan Swift.* Ed. Harold Bloom. New York: Infobase Publishing, 2009.

Macsween, Morag. *Anorexic Bodies: A Feminist and Sociological Perspective on Anorexia Nervosa.* London: Routledge, 1993.

Mann, Bonnie. "Gender and Representation." *Feminist Consequences: Theory for the New Century.* Eds. Elisabeth Bronfen and Misha Kavka. New York: Columbia

University Press, 2001.

McRuer, Robert. *Crip Theory: Cultural Signs of Queerness and Disability*. New York: New York University Press, 2010.

Marshall, Cynthia. "Body in the Audience." *Shakespeare Studies* (29), 2001: 51-56.

Marx, Karl. *Economic and Philosophic Manuscripts of 1844*. New York: Dover Publications, 2007.

Mauss, Marcel. *Sociology and Anthropology: Essays*. London: Routledge, 1979.

Merleau-Ponty, Maurice. *The Structure of Behaviour*. Trans. Alden L. Fisher. Boston: Beacon Press, 1963.

—. *The Primacy of Perception*. Trans. James M. Edie. Evanston: Northwestern University Press, 1964.

—. *The Prose of the World*. Trans. John O'Neill. Evanston: Northwestern University Press, 1973.

—. *Phenomenology of Perception*. London: Routledge, 2002.

Nayak, Anoop. "Critical Whiteness Study." *Sociology Compass* 1(2), 2007: 737-755.

Nietzsche, Ludwich. *The Will to Power*. New York: Vintage, 1967.

—. *Thus Spake Zarathustra*. Hertfordshire: Wordsworth Edition, 1997.

Philip, Thody. *Jean-Paul Sartre: A Literary and Political Study*. London: H. Hamilton, 1960.

Plato. *The Republic*. New York: Oxford University Press, 1993.

Poulton, Terry. *No Fat Chicks: How Big Business Profits by Making Women Hate Their Bodies and How to Fight Back*. Secaucus: Birch Lane Press, 1997.

Punday, Daniel. *Narrative Bodies: Toward a Corporeal Narratology*. New York: Palgrave Macmillan, 2003.

Robertson, Matra. *Starving in the Silences: An Exploration of Anorexia Nervosa*. New York: New York University Press, 1992.

Sceats, Sarah. *Food, Consumption and the Body in Contemporary Women's Fiction*. Cambridge: Cambridge University Press, 2000.

Shilling, Chris. *The Body and Social Theory*. London: Sage Publications, 2003.

Silver, Anna Krugovoy. *Victorian Literature and the Anorexic Body*. Cambridge: Cambridge University Press. 2006.

Smith, Michael B. Ed. *The Merleau-Ponty Aesthetics Reader*. Evanston: Northwestern University Press, 1993.

Stoker, Bram. *Dracula*. Harmondsworth: Penguin Books, 1979.

Swift, Jonathan. *Gulliver's Travels*. Beijing: Foreign Language Teaching and Research Press, 2007.

—. *Miscellanies in Prose and Verse by Pope, Swift and Gay*. London: Pickering & Chatto, 2002.

Trollope, Anthony. *Autobiography*. Oxford: Oxford University Press. 1980.

—. *Can You Forgive Her?* Oxford: Oxford University Press, 1982.

Turner, Mark W. *Trollope and the Magazines: Gendered Issues in Mid-Victorian Britain*. London: Palgrave Macmillan, 2000.

Vandereycken, Walter and Ron Van Deth. *From Fasting Saints to Anorexic Girls: The History of Self-Starvation*. London: Athlone Press, 1994.

Veblen, Thorstein. *The Theory of the Leisure Class*. New York: Palgrave Macmillan, 1899.

Woolf ,Virginia. "On Being Ill." *Virginia Woolf: Selected Essays*. Ed. intro. and notes, David Bradshaw. Oxford: Oxford University Press, 2008.

爱德蒙森:《文学对抗哲学——从柏拉图到德里达》,王柏华等译。北京:中央编译出版社,2000。

奥尼尔:《身体形态:现代社会的五种身体》,张旭春译。沈阳:春风文艺出版社,1999。

巴赫金:《巴赫金:诗学与研究》,白春仁等译。石家庄:河北教育出版社,1998。

巴赫金:《拉伯雷的创作与中世纪和文艺复兴时期的民间文化》,李兆林等译,载《巴赫金全集》(第六卷)。石家庄:河北教育出版社,1988。

巴特勒:《性别麻烦:女性主义与身份的颠覆》,宋素凤译。上海:三联书店,2009。

巴特勒:《身体之重:论"性别"的话语界限》,李钧鹏译。上海:三联书店,2011。

鲍德里亚:《消费社会》,刘成富等译。南京:南京大学出版社,2008。

鲍德温等:《文化研究导论》,陶东风译。北京:高等教育出版社,2004。

本雅明:《德意志悲剧的诞生》,陈永国译。北京:文化艺术出版社,2001。

波伏娃:《第二性》(第一卷),陶铁柱译。北京:中国书籍出版社,1998。

博克霍夫:《超越伟大故事:作为文本和话语的历史》,邢立军译。北京:北京师范大学出版社,2008。

柏拉图:《斐多》,杨绛译。沈阳:辽宁人民出版社,2000。

布鲁克斯:《身体活:现代叙述中的欲望对象》,朱生坚译。北京:新星出版社,2005。

程正民：《巴赫金的文化诗学》。北京：北京师范大学出版社，2001。

丹纳：《艺术哲学》，傅雷译。北京：人民出版社，1963。

德勒兹：《尼采与哲学》。周颖等译。北京：社会科学文献出版社，2001。

笛卡尔：《第一哲学沉思集》，庞景仁译。北京：商务印书馆，1986。

段祥贵：《本雅明身体政治学思想探微》，载《广西社会科学》2013年第3期。

费尔巴哈：《费尔巴哈哲学著作选集》(上卷)，荣震华等译。北京：商务印书馆，1984。

费瑟斯通：《消费文化与后现代主义》，刘精明译。南京：译林出版社，2000。

福尔斯：《法国中尉的女人》，陈安全译。上海：上海译文出版社，2002。

福柯：《权力的眼睛——福柯访谈录》，严锋译。上海：上海人民出版社，1997。

福柯：《规训与惩罚》，刘北成等译。北京：三联书店，1999。

福柯：《尼采、谱系学、历史》，载汪民安等译《尼采的幽灵》。北京：社会科学文献出版社，2001。

福柯：《性经验史》，余碧平译。上海：上海人民出版社，2005。

弗洛伊德：《弗洛伊德后期著作选》，林尘译。上海：上海译文出版社，1986。

弗洛伊德：《爱情心理学》，林克明译。北京：作家出版社，1986。

弗洛伊德：《精神分析引论》，高觉敷译。北京：商务印书馆，2004。

弗洛伊德：《性学与爱情心理学》，罗生译。南昌：百花洲文艺出版社，2009。

葛红兵：《身体政治》。上海：三联书店，2005。

海德格尔：《尼采十讲》，苏隆译。北京：中国言实出版社，2004。

海涅：《论浪漫派》，张玉书译。北京：人民文学出版社，1979。

荷马：《奥德修斯》，陈中梅译。南京：译林出版社，2002。

荷马：《伊利亚特》，陈中梅译。南京：译林出版社，2002。

黑格尔：《精神现象学》，贺麟等译。北京：商务印书馆，1983。

侯杰等：《身体史研究刍议》，载《文史哲》2005年第2期。

胡塞尔：《生活世界的现象学》，倪良康等译。上海：上海译文出版社，2005。

黄梅：《推敲"自我"——小说在18世纪的英国》。北京：三联书店，2003。

吉登斯：《社会学》，赵旭东译。北京：北京大学出版社，2003。

卡瓦拉罗：《文化理论关键词》，张卫东等译。南京：江苏人民出版社，2006。

拉巴雷尔：《杜拉斯传》，徐和瑾译。桂林：漓江出版社，1999。

兰德曼：《哲学人类学》。阎嘉译。上海：上海译文出版社，1988。

勒布雷东：《人类身体史和现代性》，王圆圆译。上海：上海文艺出版社，2010。

李金辉：《身体哲学研究的范式转换》，载《思想战线》2015年第1期。

李帅:《身体理论视域中的身体所指》,载《安徽文学》2011年第12期。

李斯:《垮掉的一代》。海口:海南出版社,1996。

李重:《实践的身体:对马克思哲学解读的另一种可能》,载《华南师范大学学报(社会科学版)》2010年第2期。

列维−斯特劳斯:《野性的思维》,李幼蒸译。北京:商务印书馆,1997。

列文:《倾听着的自我》,程志民等译。西安:陕西人民出版社,1997。

林华敏:《后现代身体反叛的开端:尼采的身体哲学》,载《网络财富》2008年第9期。

鲁杰等:《作为原始思维的身体及其现代回归》,载《河南社会科学》2014年第6期。

马克思:《1844年经济学哲学手稿》。北京:人民出版社,2000。

马克思:《德意志意识形态》。北京:人民出版社,2003。

马克思、恩格斯:《马克思恩格斯全集》(第3卷)。北京:人民出版社,1960。

马克思、恩格斯:《马克思恩格斯全集》(第8卷)。北京:人民出版社,1962。

马克思、恩格斯:《马克思恩格斯全集》(第23卷)。北京:人民出版社,1972。

马克思、恩格斯:《马克思恩格斯全集》(第25卷)。北京:人民出版社,1974。

马克思、恩格斯:《马克思恩格斯全集》(第17卷)。北京:人民出版社,1979。

马克思、恩格斯:《马克思恩格斯选集》(第1卷)。北京:人民出版社,1995。

梅洛−庞蒂:《知觉现象学》,姜志辉译。北京:商务印书馆,2001。

梅洛−庞蒂:《眼与心》,杨大春。北京:商务印书馆,2007。

莫斯:《社会学与人类学》,佘碧平译。上海:上海译文出版社,2004。

南帆:《躯体的牢笼》,载汪民安(编)《身体的文化政治学》。开封:河南大学出版社,2004。

尼采:《悲剧的诞生》,刘琦译。北京:作家出版社,1986。

尼采:《查拉斯图拉如是说》,尹溟译。北京:文化艺术出版社,1990。

尼采:《权力意志》,张念东等译。北京:商务印书馆,1991。

尼采:《论道德的谱系》,周红译。北京:生活·读书·新知三联书店,1992。

尼采:《偶像的黄昏》,周国平。北京:光明日报出版社,1996。

尼采:《尼采生存哲学》,杨恒达等译。北京:九洲图书出版社,2003。

欧阳灿灿:《欧美身体研究述评》,载《外国文学研究评论》2008年第2期。

萨特:《辨证理性批判》(上卷),林骧华等译。合肥:安徽文艺出版社,1998。

桑塔格:《疾病的隐喻》,程巍译。上海:上海译文出版社,2003。

叔本华:《作为意志和表象的世界》,石冲白译。北京:商务印书馆,1982。

宋红岭:《身体何谓——身体美学理论探讨之一》,载《艺苑》2010年第6期。

陶东风：《消费文化中的身体》，载《贵州社会科学》2007年第11期。

特拉桑：《身体思想》，王业伟等译。沈阳：春风文艺出版社，1999。

特纳：《身体与社会》，马海良等译。沈阳：春风文艺出版社，2000。

汪民安：《身体的文化政治学》。开封：河南大学出版社，2004。

汪民安：《福柯的界限》。南京：南京大学出版社，2008。

汪民安等（编译）：《尼采的幽灵》。北京：社会科学文献出版社，2001。

汪民安、陈永国：《后身体：文化、权力和生命政治学》。长春：吉林人民出版社，2003.

汪民安、陈永国：《身体转向》，载《外国文学》2004年第1期。

王江：《基于文本现象和文化语境的身体研究——以现代主义文学为例》，载《解放军外国语学院学报》2012年第6期。

王晓华：《西方哲学中身体——主体概念的演变》，载《深圳大学学报》2015年第5期。

维柯：《新科学》（上），朱光潜译。北京：商务印书馆，1997。

维特根斯坦：《哲学研究》，陈嘉映译。上海：上海人民出版社，2001。

吴华眉：《西方哲学身体观的嬗变及启示》，载《山东科技大学学报》2015年第10期。

伍小涛等：《身体的建构：尼采思想的谱系》，载《天津行政学院学报》2011年第3期。

谢有顺：《文学身体学》，载汪民安（编）《身体的文化政治学》。开封：河南大学出版社，2004。

徐蕾：《当代西方文学研究中的身体视角：回顾与反思》，载《外国文学评论》2012年第1期。

许总：《中国古代身体观念的文化内涵与现代意义》，载《江淮论坛》2012年第3期。

燕连福：《从资本的逻辑到身体的逻辑——对马克思哲学的另一种解读》，载《教学与研究》2012年第10期。

燕连福：《马克思关于身体概念的三个维度》，载《贵州社会科学》2014第11期。

杨大春：《从法国哲学看身体在现代性进程中的命运》，载杨大春、尚杰《当代法国哲学诸论题》。北京：人民出版社，2005。

杨大春：《肉身化主体与主观的身体》，载《江海学刊》2006年第2期。

杨大春：《语言、身体、他者——当代法国哲学的三大主题》。北京：生活·读书·新知三联书店，2007。

杨大春：《从身体现象学到泛身体哲学》，载《社会科学战线》2010年第7期。

杨克：《2000中国新诗年鉴》。广州：广州出版社，2001。

杨儒宾：《儒学身体观》。北京：中央研究院文哲研究所筹备处，1998。

伊格尔顿:《美学意识形态》,王杰等译。桂林:广西师范大学出版社,1997。

伊格尔顿:《历史中的政治、哲学与爱欲》,马海良译。北京:中国社会科学出版社,1999。

伊格尔顿:《后现代主义的幻象》,华明译。北京:商务印书馆,2000。

张雷:《福柯的身体观》。东南大学硕士论文,2007。

张立波:《身体在话语实践中的位置》,载《天津社会科学》2004年第4期。

张尧均:《隐喻的身体:梅洛–庞蒂身体现象学研究》。杭州:中国美术学院出版社,2006。

张之沧:《后现代理念与社会》。南京:南京师范大学出版社,2005。

推荐文献

Bamforth, Iain. *The Body in the Library: A Literary Anthology of Modern Medicine*. London: Verso, 2003.

Bersani, Leo. *The Freudian Body: Psychoanalysis and Art*. New York: Columbia University Press, 1986.

Blackman, Lisa. *Immaterial Bodies: Affect, Embodiment, Mediation*. London: Sage Publications, 2012.

Bordo, Susan & Leslie Heywood. *Unbearable Weight: Feminism, Western Culture, and the Body*. Berkeley: University of California Press, 1993.

Brooks, Daphne A. *Bodies in Dissent: Spectacular Performances of Race and Freedom, 1850–1910*. Durham: Duke University Press, 2006.

Coleman, Rebecca. *The Becoming of Bodies: Girls, Images, Experience*. Manchester: Manchester University Press, 2009.

Enterline, Lynn. *The Rhetoric of the Body from Ovid to Shakespeare*. Cambridge: Cambridge University Press, 2000.

Entwistle, Joanne. *The Fashioned Body: Fashion, Dress and Modern Social Theory*. Cambridge: Polity Press, 2000.

Featherstone, Mike. "Body, Image and Affect in Consumer Culture." *Body and Society* 16(1), 2010: 193-221.

Gallagher, Catherine. *The Body Economic: Life, Death and Sensation in Political Economy and the Victorian Novel*. Princeton: Princeton University Press, 2006.

Gatens, Moira. *Imaginary Bodies: Ethics, Power and Corporeality*. London: Routledge, 1996.

Giblett, Rod. *The Body of Nature and Culture*. Basingstoke: Palgrave Macmillan, 2008.

Grogan, Sarah. *Body Image: Understanding Body Dissatisfaction in Men, Women and Children*. London: Routledge, 2007.

Halberstam, Judith & Ira Livingston, eds. *Posthuman Bodies*. Bloomington: Indiana University Press, 1995.

Jeffries, Leslie. *Textual Construction of the Female Body: A Critical Discourse Approach*. Basingstoke: Palgrave Macmillan, 2007.

Johnson, Mark. *The Meaning of the Body*. Chicago: University of Chicago Press, 2007.

Kalof, Linda, ed. *A Cultural History of the Human Body in the Medieval Age (500–1500)*. London: Bloomsbury, 2012.

Kipp, Julie. *Romanticism, Maternity and the Body Politic*. Cambridge: Cambridge University Press, 2003.

Laqueur, Thomas. *Making Sex: Body and Gender from the Greeks to Freud*. Cambridge: Harvard University Press, 1990.

Lomperis, Linda & Sarah Stanbury, eds. *Feminist Approaches to the Body in Medieval Literature*. Philadelphia: University of Pennsylvania Press, 1993.

Mcmaster, Juliet. *Reading the Body in the 18th Century Novel*. New York: Palgrave Macmillan, 2004.

Miller, Jonathan. *The Body in Question*. New York: Horizon Book Promotions, 1986.

Paster, Gail Kern. *Humoring the Body: Emotions and the Shakespearean Stage*. Chicago: University of Chicago Press, 2004.

Scarry , Elaine. *The Body in Pain: The Making and Unmaking of the World*. New York: Oxford University Press, 1985.

Scarry, Elaine, ed. *Literature and the Body: Essays on Population and Persons*. Baltimore: John Hopkins University Press, 1988.

Shilling, Chris. *The Body in Culture, Technology and Society*. London: Sage Publications, 2005.

Waldron, Jennifer. *Reformations of the Body: Idolatry, Sacrifice, and Early Modern Theater*. Basingstoke: Palgrave Macmillan, 2013.

Young, Iris Marion. *On Female Body Experience: "Throwing like a Girl" and Other Essays*. New York: Oxford University Press, 2005.

Youngquist, Paul. *Monstrosities: Bodies and British Romanticism*. Minneapolis: University of Minnesota Press, 2003.

波尔多:《不能承受之重: 女性身体、西方文化与身体》, 綦亮等译。南京: 江苏人民出版社, 2009。

桑内特:《肉体与石头: 西方文明中的身体与城市》, 黄煜文译。上海: 上海世纪出版集团, 2006。

舒斯特曼:《身体意识与身体美学》, 周宪译。北京: 商务印书馆, 2011。

希林:《身体与社会理论》, 李康译。北京: 北京大学出版社, 2011。

希林:《文化、技术与社会中的身体》, 李康译。北京: 北京大学出版社, 2011。

谢有顺:《从俗世中来, 到灵魂里去》。郑州: 郑州大学出版社, 2007。

于坚、谢有顺:《写作是身体的语言史》, 载《花城》2003年第3期。

索引